關於我轉生變成史萊姆這檔事 17

Regarding Reincarnated to Slime

Kadokawa Fantastic Novels

目錄 — 時空斷章篇

第一話 摩邁爾的野心 7
第二話 久遠的記憶 69
第三話 動盪的日子 263
第四話 青色惡魔的獨白 347
特別收錄 培斯塔的諮詢 391
（首次出處為安利美特《關於我轉生變成史萊姆這檔事》周邊聯動特典小冊子）

Regarding Reincarnated to Slime

我的名字叫做摩邁爾。

自認是個運氣很好的男人。

不過，話雖如此。

最近的運氣好到用「運氣很好」這句話來形容還不太夠。

如今回想起來，要說我的運勢是從什麼時候開始變得穩固，那就是在我答應利姆路大人的邀約後。

說起這個利姆路大人，他是我的上司。

雖然是上司，卻不單只是上級長官喔。

其實他還是朱拉・坦派斯特聯邦國的國家元首，換句話說就是國王。

而且還是魔王。

不是在開玩笑，是說真的。

剛開始遇到他的時候，就覺得他不是泛泛之輩，直到現在依然覺得那位大人就像女神，但老實跟你們說，他強大到超乎我想像的地步。

別說是能夠毀滅掉大都市了，當時那個魔物天空龍（Sky Dragon）可是強到有可能讓整個小國覆滅的程度，利姆路大人卻在轉眼間打倒天空龍拯救我。從那個時候開始我就把他當成大恩人、英雄，後來過不久大人他就成為「八星魔王（Octagram）」之一，我聽說後嚇了一大跳。

這還沒完。

他還跟那位傳說中的人物，像是只會出現在神話中的魔王蜜莉姆大人是死黨，甚至跟世上據說僅有四隻的「龍種」之一——維爾德拉大人也是盟友。

我最近已經驚訝到麻痺了，這陣子不管聽到什麼都只會覺得「哼——嗯」。

於是關於利姆路大人的話題就先到這邊為止，我要切入正題了。

我的野心是成為一位不會讓任何人看不起的大商人。

我有在布爾蒙這個小國經營商店，還在英格拉西亞這個大國開了分店。

當我的人脈逐漸愈來愈廣，生意也開始上軌道的時候，我接到一筆大買賣。就是布爾蒙王國的自由公會分會長（Guild Master）費茲先生對我提出的邀約，那也成了讓我認識利姆路大人的契機。

後來當上魔王的利姆路大人過來拜訪我，問我要不要去魔國擔任政要。

而我如今的職稱是財務大臣。

名稱有的時候會改變，但做的事情不變。將魔國這邊聚集的龐大財富，由我自行判斷並將那些財富分配到所需之處。

以前在當商人的時候，各式買賣的部分盈餘就是我的報酬。扣掉進貨成本和人事費用，再從剩下的金額中擠出周轉資金，那是很辛苦的。但現在則是在別的意義上傷腦筋。

要經手的金額在程度上天差地遠。

說起我以前能夠得到的報酬，那頂多就像是井水對上大海。

至於我現在的薪水……

一個月可以拿到金幣五十枚。這些當然都是扣掉稅金後的金額。

獎賞和各類補貼另外算，而且包吃包住喔？

除此之外。

職業訓練生會免費來當幫傭，居住環境的維持管理也會由魔國那邊來負責。

面對這非比尋常的的待遇，我也是笑得合不攏嘴。

當然，他們也會負責照顧從布爾蒙跟著我過來的人們，這些人大部分都作為我的部下，在這邊工作，國家那邊會給他們薪水。被我直接僱用的，就只有交代他們處理家務事的家庭幫傭和比特，頂多只要金幣二十枚左右就搞定了。

但真正讓人驚訝的還在後頭。

事實上我除了薪水，還有好幾樣收入。

其中一個就是來自我商會的利益。

在開國祭上，我們從速食店開始著手，以利姆路大人的點子為雛形，把店開在布爾蒙王國或街道的休息處，這些店舖都讓我來經營。國家也有出面管轄，但不知為何還是有給我薪水。

利姆路大人說了，說我跟他是命運共同體。

「摩邁爾老弟。你若是賺錢了，我也跟著分紅。是不是？能夠賺到這些錢都是以我們的點子為基礎，不覺得該拿些正當的報償嗎？」

他是這麼說的，對我全然的信賴。

我原本是不曉得的，從利姆路大人的想法看來，我跟他算是立下了五五分帳的契約。雖然沒有留下書面資料，但利姆路大人似乎打算徹底遵守契約。

於是我要盡全力回應利姆路大人的期待。

結果就是各個店鋪每個月都會有百枚金幣進了我的口袋。而且一開始我有投入資金，雖然獲得的利潤並不多，但我想今後會持續增加。

現有店鋪也在擴大規模中。各國都來跟我們申請，希望我們過去開分店，這部分需要商量一下。

還有店鋪的種類變多了。這是因為利姆路大人拜託哥布一先生開發的菜單還有很多。我也享有特別優待，就是能夠第一個品嚐到美味的飯菜，因此我也很願意投資。

漢堡店和拉麵店生意興隆。最近鐵板燒店也開始營運了，冰淇淋店之類的正在籌備中。

街道那邊有設立一些旅店，會提供新菜色。

依受歡迎的程度而定，想必未來店鋪也會隨之增加吧。

就是這樣，今後必定能夠回收到與投資金額成正比的利益吧。

如此一來，我的年收入不曉得會增加到什麼地步，這已經不只是令人期待了，想來更讓人害怕。

說真的都還不到一年，我就已經賺到一生遊玩也不愁吃穿的金錢了。

這真不是一般人會有的待遇，但這樣還沒完。

我還有另一個收入來源。

就是來自「三賢醉」——別稱「利艾葛」……

＊

說到這個「三賢醉」，是取自利姆路大人、超級大國魔導王朝薩里昂的天帝艾爾梅西亞陛下還有我葛倫多．摩邁爾，這三人名字的第一個字來命名的組織。

我就別提了，那位艾爾梅西亞陛下可是身分尊貴的貴人。

就算是來自大國的貴族，往往要預約會面也要等上好幾年。即便是王族，也不是想見這位大人物就見得到。

畢竟她的影響力非常大。

人們都說薩里昂的國力跟西方諸國加起來相當，艾爾梅西亞陛下從這樣的超級大國建國開始就一直支撐著這個國家，因此她可是威震四方，深至最基層。

聽說在薩里昂國內，艾爾梅西亞陛下被當成神一般對待。能夠跟這樣的大人物交情好到一起輕鬆喝酒，利姆路大人真是個可怕的人。

而我為什麼也跟著一起喝了，事到如今想都想不起來。只不過多虧這樣，我才能跟著稱呼艾爾梅西亞陛下為大姊頭。

事情就是這樣，也有人會叫我們「奸計三人組」，卻不知道我們三個已經組成「三賢醉」。

這件事情是機密中的機密，只有極少數人知情。

在魔國這邊，就只有紅丸先生和蒼影先生兩位大人知曉。

蒼影先生有的時候會借部下給我，或是提供資源，所以我無法對他隱瞞祕密。

至於紅丸先生，利姆路大人有找他談過。

「我說你呀，總有一天會結婚的吧？」

「不，其實還沒有那個打算……」

「為了替結婚做準備，你必須瞞著未來的老婆，偷偷存點私房錢對吧？」

「不，靠薪水已經足夠了——」

「你這笨蛋！年收入沒有適當隱瞞，跟男性友人們一起去喝酒的時候會不好辦事喔！」

「是、是這樣啊！」

「對啊。這樣才像有擔當的男人！」

他們曾經有過這樣的一段對話。

我覺得好像哪裡弄錯了，但這件事情沒有我插嘴的餘地。所以我聰明地聽聽就算了，避免被捲進去攪和。

對了，話說軍事部門的總帥——也就是擔任軍務大臣的紅丸先生，年收入跟我一樣。都是金幣六百枚，我想應該不至於為酒錢發愁。

反正這也不是什麼重要的事情。

不知道為什麼，利姆路大人總是很怕計畫穿幫被朱菜大人發現。

之所以會找紅丸先生一起去喝酒，大概是希望他以朱菜大人兄長的身分幫忙察言觀色，協助配合自己的一套說辭吧。

總而言之，有了紅丸先生來協助我，再加上蒼影先生會出借部下。這些人加起來組成替我們執行行動的部隊，祕密結社「三賢醉」計畫就此發動。

利姆路大人的觀點很有趣。

這個計畫的要點在於將三強鼎立的關係轉變成另一種形式。

除了完全支配負責執行暴力任務的黑暗組織——祕密結社「三賢醉」之外，表面上是在推廣良性競爭。

若只是創立一個巨大的組織，最後終究會從內部開始腐敗。畢竟某些人可能會對我們魔國聯邦(Tempest)懷恨在心，因此我們才會準備兩個組織。

目的是讓組織之間彼此競爭，活化商業行為。除此之外藉著在表面上互相扯後腿，於組織內部打造出互相合作的關係。

如此一來就能預防組織腐敗。

我很佩服在創立的時候利姆路大人就已經看那麼遠了，我根本不會想到那裡去。

我的工作就是負責管理兩個組織中的其中一個。

大姊頭主要負責統整追隨德蘭將王國德蘭王的羅素一族倖存者。而對我們魔國同仇敵愾的人則是集結起來創立了「西方綜合商社」。

為了對抗他們，我也需要盡量讓「四國通商聯盟」站穩腳步。

一切按照當初的計畫，我們把布爾蒙王國、法爾梅納斯王國、矮人王國的國家棟梁們都牽連進來，準備了負責充當主幹的組織。

至於我的左右手，就是那些在開國祭後吸收的商人們。

他們做買賣的對象銳減，還被祖國切割，甚至連家人都準備放他們自生自滅。我看準這個時機，對他們伸出援手。

如果來我底下做事當我的部下，可以保障你們生活無虞——我跟他們如此提議，很少有人會笨到拒絕這種邀約。

這是當然的。

既然是被各國的新聞報導出來，那他們已經臭名昭彰。沒什麼人願意信賴這樣的人還僱用他們，因此那顯然是最後的救濟手段。

記者們事情也辦得漂亮。利姆路大人和迪亞布羅先生誘導記者們做出這番報導，可想而知，我不免心想這兩個人還真可怕。

多虧這件事推波助瀾，我的工作進展順利到令人發噱的地步。

當然也有人發現我們葫蘆裡在賣什麼藥，應該那麼說，這樣的人還不少，但若非如此就沒搞頭了。而且我們在金錢交易上並沒有坑人，因此也沒人有資格對我們指手畫腳吧。

比較有問題的是這些傢伙的尊嚴層面，但這部分自然有解。商人是很現實的，只要有利可圖，大部分的事情都好商量。

如果他們證明自己夠能幹，地位跟薪水也會跟著提高，所以那幫人漸漸地不再抱怨。甚至還宣誓效忠於我。

還有我把店讓給他管理，名叫瓦哈的傢伙，他也被我找來了。

他除了還清向我借的錢，還成為厲害的經營者，於是我就開出「剩下的欠款都不作數」這種條件，讓他來替我賣命。

瓦哈原本就覺得我對他有恩，因此在工作表現上比預料中更好。

我還培育了其他優秀的人才。

布爾蒙王聽完費茲先生的主張後，據說他把自己的親信家臣通通找來。然後為了因應未來所需，先替我們培養人才。

不僅如此，矮人王國那邊也派遣了幾位優秀的文官過來。

矮人都很長壽，上面的人沒有退休，底下的人就沒機會往上爬。因此某些眼睛雪亮的機靈人士早就看準這個機會，爭先恐後地報名。

有野心是很棒的事情。

聽說在大姊頭組織的「西方綜合商社」那邊也有壽命很長的長耳族（精靈）加盟。我們這邊有矮人王國的幾位文官參加，我想找這些人來當抗衡勢力是無可挑剔的。

只不過……

反倒是法爾梅納斯王國那邊需要我們協助開設分店。自由公會那邊也會提供協助，但他們勢必要以國家的安定為優先。

這些都在預料之中，我們有納入長期考量。最終還是會把希望寄托在培養出來的人才上，因此我們才提供協助。

但真正費力的還在後頭。

若想協助整個西方諸國，我們這邊的職員人數根本不夠。

看到「三賢醉」一一擊潰黑道組織並吸收他們，規模愈來愈大，我打從心底感到羨慕。

黑社會的部分這樣經營就行了，然而在檯面上活躍的組織需要的是能夠交派工作的優秀人才。我挖角過來的人才都送去魔國受教育了，要等個好幾年才能等到萌芽的那天吧。

再說守信用是最重要的。

把重要工作交派給不熟悉的人物，這有違我的美學。

如此一來，僱用的人才也需要先篩選過。在將職員派往各國的這段期間，我害怕的事情發生了——人手果然不夠。

於是我就去找利姆路大人商量。

「嗯——這下困擾了。我國的人才都是魔物，送往人類社會還是會有人反對吧。」

「的確是這樣。這邊有很多優秀人才，一旦開始共同工作，我想他們就會被人們接納，但個人愚見認為目前談這些都還太早。」

「我也那麼覺得，摩邁爾老弟。發現原本看不起的人竟過度優秀，那樣反而會招來嫉妒。要是被人迫害就不好了，凡事不可操之過急。」

事情就是這樣，我跟利姆路大人意見一致。

那這下該怎麼辦？

正在煩惱的時候，利姆路大人提出解決方案。

「沒辦法。那傢伙看起來蠻能幹的，就讓她去協助這方面的事情吧。」

他說完就把直屬部下戴絲特蘿莎小姐叫過來。

這位戴絲特蘿莎小姐是外交武官，人們評價她很優秀。以前就有人把她介紹給我認識，因為是個超級大美女，害我緊張到連話都沒辦法好好說。

而這次也不例外。

「利姆路大人，您在叫我嗎？」

那無與倫比的美貌，配上充滿慈愛的笑容。

對方看起來非常性感，我完全被震懾住了。

當我整個人都處於茫然的狀態中，利姆路大人和戴絲特蘿莎小姐開始在一旁對談起來。

「是這樣的，目前我們人手不夠，不知道該怎麼辦。」

「原來如此，既然是這樣，就交給我處理吧。我也會讓部下出面協助的。」

「啊，是嗎？哎呀，得救了。還有這是祕密作戰行動，妳一定要保密喔。」

「哎呀，那就成了我跟利姆路大人的祕密對吧。我保證一定不會說出來。當然我的部下也會守口如瓶。假如他們洩露消息──」

這時戴絲特蘿莎小姐開始「唔呵呵呵」地笑著。

看到她那樣笑，利姆路大人和我確定這個祕密絕對不會外洩。

就這樣，事情輕輕鬆鬆就解決了。

接著戴絲特蘿莎小姐轉頭看我，並面露微笑。

「我會嚴令他們一定要絕對服從葛倫多大人。」

當這個聲音傳達到腦海中，我立刻有種像是要升天的感覺。

葛倫多大人──那位戴絲特蘿莎小姐叫了我的名字。

「那就麻煩您啦！」

不能怪我答得這麼起勁。

如此這般，得到戴絲特蘿莎小姐的協助後，計畫開始飛躍般進行，順利到讓人恐懼的地步。

＊

才過了幾個月的時間，所有的評議會加盟國境內全都設了「四國通商聯盟」的分部。雖然格局不大，頂多只能容納大約十人左右的職員，但目前這樣已經很夠用了吧。

光這樣就已經夠讓我嚇一跳了，沒想到還有更令人驚訝的事情等在後頭。

那就是我居然被選為「四國通商聯盟」的代表。

「全都交派給你。若是由利姆路信賴的摩邁爾閣下來擔任，那朕能夠相信你。」

當蓋札王這樣激勵我的時候，即便是我也難免緊張到渾身僵硬。

既然王都這麼說了，矮人的文官們沒有提出反對意見。或許有人會感到不滿，但表面上還是乖乖服從。

「我們是受幫助的一方。目前這樣實在沒什麼好挑剔的，總之你就多多努力吧。」

這話則是尤姆先生說的。

後來他偷偷在我耳邊說：「你被利姆路少爺使喚來使換去，也是不容易呢。」但我痞痞地笑了一下，回他說：「這點你也跟我差不了多少。多虧這樣，才能夠過上無與倫比的快樂人生。」

看到尤姆先生也開心地笑了，我想我的心情應該已經傳達給他。

布爾蒙王不好處理。

乍看之下是個隨和的人，我的直覺卻在警告我。

德拉姆．布爾蒙，不能小看這男人。

之後果然被我料中，跟布爾蒙王的交涉並不順利。

「呵、呵、呵，成為聯盟的代表，將來會手握超乎想像的權力吧。搞不好連一國之君都動不了你。摩邁爾先生能坐上這個位子，我也能放心了。」

有這麼誇張嗎？雖然我那麼想，但又覺得依之後的發展而定，也是有那個可能。

「哈、哈、哈，這是我的榮幸。那麼今後也——」

「不過——」

來了！當腦中閃過這念頭，我便嚴陣以待。

「我國正為了配合利姆路先生的計畫在教育職員。勢必會期待他們在雇用上是獲得保障的。」

「這是當然。反而該這麼說，若是少了各位的協助，我們的計畫將難以成行吧。」

「是這樣啊，聽你那麼說，我就安心了。那麼想必，你們應該也知道我國有難處？」

「有難處……是嗎？」

我不知道他指的是什麼，因此在回答時並沒有隨便回應。

緊接著布爾蒙王臉上那好好先生的笑容依然不減，嘴裡說出的話卻讓人想大叫「太扯了」。

「簡單來講，我國已經完全不再從事農業耕作。保管在國庫裡頭的糧食全都放出去了，目前只能勉強讓國民糊口。這才想請求你們支援。」

「什麼？」

我不由得做出震驚反應，但這不能怪我。

「能、能力所及範圍當然願意提供協助，但這件事情實在不是我一個人能決定……」

「這是哪的話，利姆路先生想必會笑著應允吧。畢竟他都願意在我國建設『魔導列車』的『世界中央站』，面對願意回應那份氣魄的我等，他肯定不會見死不救吧。」

太強人所難啦！

我很想大叫「這是什麼奇怪邏輯」，但心中的某個角落也浮現出認同感。

這個男人要把國家的命運全都賭在利姆路大人的計畫上。

那該是讓人難以置信的愚蠢行徑，還是英明決斷——不，都不是吧。

應該要由我來證明這麼做是對的。

這是因為假如那種行為被評為愚蠢行徑，利姆路大人的計畫就形同失敗。

基本上我們這邊人手完全不夠，若是布爾蒙王國的全體國民都願意當職員替我們工作，對我們而言也是一大幫助。

既然如此，我的答案就只有一種。

「這麼說也對。這次是我們虧欠布爾蒙的。布爾蒙王啊，我發誓會負起責任，僱用布爾蒙的全國人民。當然，當作是提前給付薪水，糧食支援的部分也包在我身上吧！」

「呵、呵、呵，摩邁爾先生真是可靠！今後也請你多多提供資源。既然有這層交情，希望你能夠直接叫我德拉姆。」

哎唷，真讓人驚訝。

他竟然允許我這一介商人直呼名諱？

「那怎麼行，太踰矩了。」

搞不好是陷阱，於是我先試著拒絕了——

「摩邁爾——不，這次就讓我直呼你葛倫多先生吧。」

「不不，我只不過是由利姆路大人推舉而已，原本只是個平民老百姓——」

「呵、呵、呵，用不著那麼謙虛。畢竟不只是利姆路先生，葛倫多先生還跟艾爾梅西亞陛下頗有交情，不會有人只把你看作平民的。」

那位大人可不是我能夠直呼名諱的——這時布爾蒙王一臉認真地說了那番話。

即便認識利姆路大人，還跟他有不錯的交情，一旦遇到超級大國薩里昂的天帝陛下，就連布爾蒙王也淪為一介渺小的王族，他臉上表情就像在說這些。

這我無法否認。

我一直都沒有正視這個事實，但大姊頭果然是很不得了的大人物。

那麼我判斷布爾蒙王也是真的想跟我打好關係。

能夠直呼他的大名是種榮幸，可以構築良好的關係，於我而言也值得慶幸。

那接下來該怎麼辦呢……不，沒什麼好煩惱的。

仔細想想，大姊頭是以國家名義參與商社的。而且他們那邊的代表人還是費加羅王子，我照辦應該也不至於造成問題吧。

「那麼，請讓我稱呼您德拉姆陛下。」

「先等一下，這種時候應該要平起平坐吧。直接叫我小德也可以──」

「不不，那樣太奇怪了！應該說太強人所難了！」

「會嗎？」

「當然會！呼，我明白了。那今後可否稱呼您德拉姆先生？」

因為是他本人提出的，因此我戰戰兢兢地改變稱呼。若是被當成無禮之人逮捕，我可吃不消，但我相信不至於淪落到那個地步。

結果德拉姆先生對我開心地笑了。

「呵呵，我好高興。能夠跟那位大人的朋友葛倫多先生拉近距離，感覺自己好像也變偉大了。那麼今後我們也要繼續保持友誼關係，請你多多指教！」

不知不覺間，我跟德拉姆先生已經變成朋友了。

我心想「做這種事情是被允許的嗎？」，試著對周遭那些人求助，看看他們會不會提出反對意見。

只不過……

德拉姆先生背後站了一些神情嚴肅的大臣，然而都沒人表達不滿。豈止如此，大夥都一副放下心中大石的模樣，還笑得很開心呢。

這下我也只能認清現實，明白布爾蒙王國這次是來真的。

他們要全力投資由我擔任代表的超國家組織「四國通商聯盟」，跟我們同進退，將國家存亡都放在這次的賭注上。

還真是一個令人難以置信的賭徒。

就算是我，要做出那麼重大的決斷也不容易。單看這點，這位名叫德拉姆．布爾蒙的國王是個如假包換的豪傑呢。

「我才想跟您永遠保持良好關係。為了避免我『狐假虎威』，還請您以我友人的身分多加指導。」

我打心底懷著敬意，對德拉姆先生如此回應。

*

跟國王德拉姆先生見過面後，還有個實務上的研討會議在等著我。

貝葉特先生已經晉升為子爵，他要來跟我報告現況。

他說糧食的儲備量還有一年份，教育方面進展順利。能力比較好的人都派往各地直接上陣了。

「總之，我國原本就很擅長在黑社會中從事諜報活動。從事這些活動的人已經前往各國，在做價格調查等工作。至於事務人員的培育，我們打著國富民賢的旗幟，正在努力中。不管是大人還是小孩，大家都在學習世界趨勢和經濟學。」

對方笑瞇瞇地說了這段話，但如此極端的政策令我驚訝到說不出話來。並不是在懷疑德拉姆先生說的話，而是沒想到他會做得那麼徹底。

果然是有什麼樣的王就有什麼樣的臣子。

哎呀，我也不能光顧著吃驚。

「我知道了。那麼換我跟你說說我們這邊的計畫進展狀況。」

我也不再有所隱瞞。

先以這段話當開頭，我一五一十將現況道出。

「魔導列車」的開發工作很順利。

至於軌道（Rail）的鋪設工程，從終點站德瓦崗經過中間站法爾梅納斯，接著來到中央站布爾蒙前方，這一段都已經開通了。

將法爾梅納斯生產的食材運到德瓦崗，可於那邊將貨物替換成工業製品。然後來到法爾梅納斯卸下他們需要的部分，剩下的都運往布爾蒙。

有朝一日還需要布爾蒙發揮集散地的功能。

「當然了。今後食品衛生管理也會成為一項重要工作吧？」

「的確是。此外，必要物資要賣到哪裡，這部分也想拜託布爾蒙方面研究一下。」

「這是一定的。針對這點，我們也已經跟派遣出去的職員說明過了。」

嗯，有聽說過他是費茲先生的好朋友，不過這位貝葉特先生做事還真是周全。

這麼說來，利姆路大人也曾經說過，貝葉特先生是個精明的人，要我小心應對。原來如此，看來確實是個不容輕忽的對手。

「果然精明。那麼，放棄耕作的土地打算如何處置？」

「關於這部分，我已經立定計畫了。在這裡，也就是王都附近已經保留了『世界中央站（World Station）』的建設預定地。四面八方都留有空地，正在進行整備工作，準備與外頭的街道相通。」

「嗯？」

「王都郊外也準備了土地。用來跟『世界中央站』連結，預計會成為物流據點。」

「居然……」

這事前安排過分妥貼到令我驚呆的地步。

接下來我們展開交涉，過程中沒有戴假面具都是真心話。

我們魔國會提供勞動力。藉此來建造巨大的「世界中央站」，開通連往德瓦崗的路線。

之後計劃逐步開通新的路線，要通往薩里昂和英格拉西亞。

而且決定在同一時間於預先準備好的空地上建造一些倉庫。如此一來，可以預見布爾蒙未來將會成長為一大商業區。想必土地價值也會跟著攀升，因此目前當務之急就是要確保一級地段。

這個布爾蒙王國可是將來要成為物流據點的地方。我個人是預定購入最棒的地段，不過……

「那麼，關於『四國通商聯盟』的分部，目前那個地方只是暫時性的，我其實打算另外建造。」

「請放心。我們已經預留了特別棒的地段。」

聽到對方這麼說，我心中馬上浮現一種不好的預感。

雖然很想解讀貝葉特先生的表情，卻還是被那可疑的笑容阻礙，不能如願。

「那是不是能轉讓給我們？」

要建設車站或軌道之類的必要土地，已經透過技術提供和勞動力等價交換，而且將來雙方都會提供經費，我們已經做過協議認定這部分不需繳納費用，所以沒問題。於是我就延後購買用來當分部的土地，但事情發展好像怪怪的。

我的這份不安成真了。

「不不，這方面還請您高抬貴手。我們布爾蒙王國將所有的土地都定為國家所有。然後國王再把土地租給國民，已經轉變成這種新型態了。」

被擺了一道！

竟然用那麼蠻橫的手法，真是連我都想不到的奸計呀。

不過我反而感到佩服，心想虧他們有辦法通過這種法案。不曉得他們是如何成功說服那些身為既得利益者的貴族……

「那些地段的租賃費用是……？」

「一平方公尺的單價預計設定為銀幣一枚。」

還不至於太貴。

但也不算便宜，若要在英格拉西亞的王都租借土地，每平方公尺可是需要三枚銀幣。因此，雖然每年都要被課徵所得稅，用買的還是比較划算。

然而還有一個更大的問題。

那個問題就是在計算損益之前，這件事情的主導權已經被掌握在對方手中啦！

利姆路大人意外地不在意這種事情，不過大姊頭在這方面不會輕易退讓。

若是他們中途變更條件，你打算怎麼辦啊——她八成會繃著臉這樣斥責我吧。

跟對方關係還不錯的時候，都還好說，可是負責人是會調換的。這樣想來，確保我們能夠永久享受權利就變得很重要了。

我想應該不至於發生，但假如他們抬高租賃費用呢？

若還在符合常理的範圍內，我們也可以跟對方交涉，接受他們提出的條件吧。不過，若是他們把價錢抬高到不合理的地步，那我不否認雙方會有起衝突的可能性。

其實我也知道這只是在假設「萬一那樣的話」，可是大姊頭有跟我交代過，在思考事情的時候要先預設這類問題有可能發生。

如果土地所有權在我們手上，碰到不恰當的要求就可以推掉。可是所有權是在對方手裡，雙方條件談不攏會很麻煩。

即便咬著這個部分做文章抱怨，擁有正當性的還是土地所有人。若我們不願意接受，也只能離開。

正因為這樣，無論如何才想要先保障土地所有權。若無法達成，就很難對這塊土地做堪稱過剩的投資。

那這下該怎麼辦——才剛想到這邊，貝葉特先生就奸詐地笑了一下。

「租賃費用預計要隨著景氣調整，但有件事情只在這邊跟摩邁爾先生偷偷說！」

這傢伙真的是工於心計的男人。

雖然有不好的預感，但也不能不聽吧。

「是什麼樣的事情？」

「其實很簡單。為了證明我們布爾蒙王國跟貴國是友好國家，我們在考慮可以準備租界。」

「你說租界？」

「是的。關於剛才提到的特優地段，我們可以簽署會發揮永久效力的土地永租契約，讓你們享有治

外法權。」

「什麼！」

我表現出驚訝的反應，但這提議未免太完美了。

還來不及細想這背後暗藏什麼玄機，貝葉特先生似乎就打算對我解說。

「背後沒有任何陷阱。這是德拉姆陛下的點子，我那時是反對的，可是其他大臣都贊成，就被採納了。這個提案的利益和損害是相對的。損害用不著多說，就是做了形同割讓國土的行為，會被其他國家看扁吧。」

「也是，大概會那樣吧。」

我原本還想「他不打算隱瞞此事啊」，並感到驚訝，可是聽說這是德拉姆先生的點子就想通了。而我也知道所謂的利益指的是什麼。

「而利益當然就是可以期待貴國將全力投資。而且土地永租契約會加上各式各樣的條件，我們認為我國能占據優勢。」

「言下之意是？」

你們要開出什麼樣的條件——我要問的就是這個。

「其實也沒什麼。就是希望你們能夠僱用我國國民當職員，這是其一。另一點是希望能將『四國通商聯盟』總部設置在我國。」

原來如此，這下我會意過來了。

假如「四國通商聯盟」的總部設在布爾蒙王國，那他們不只會成為物流據點，還會發展成世界經濟中心吧。要取代英格拉西亞王國目前的地位不是夢，到時布爾蒙王國的價值將會飆升。

想當然土地的價格會跟著水漲船高，若是各國代表要來這邊建置大使館，光不動產收入都能獲得可觀的利益。

有別於觀光地區，這麼做不會受到景氣影響。而且還能確保布爾蒙的國民都能找到工作。

只要有跟「四國通商聯盟」同進退的氣概，就能做這場有機會獲得高收益的賭注。這讓我打心底感到信服，心想真像天生賭徒德拉姆先生會幹的事情。

而且利姆路大人的構想中也提及要讓布爾蒙王國成為世界經濟中心。我個人也沒有反對的理由，於是就大力首肯了。

＊

最後我跟貝葉特先生詳細談論一番，並締結契約。

諸如進入戰爭狀態，一切契約就不算數等等，基本上內容都是在保障雙方的權益。

我想內容上算是令人滿意的，但為了當成今後的參考，我想試著探尋貝葉特先生的真實想法。

「有個問題想請教——」

「何事？」

「剛才貝葉特先生有提到反對簽訂這份契約。看到結果變成這樣，你有沒有什麼想法呢？」

契約內容上都是在優待我們「四國通商聯盟」，那他們就得去跟其他國家做些解釋之類的，雜事將會變多。即便還不至於不滿，但我很好奇他會不會感到無趣。

「喔喔，原來要問這個啊。」

嘴裡這麼說，貝葉特先生做出像是在思索的樣子。他在沒看我的情況下從位子上起身，接著似乎想到了什麼，走到窗邊看向外頭。

「？」

面對一臉不可思議的我，貝葉特先生咳了一下清清喉嚨。

「這是我在自說自話，請你當耳邊風。」

先這樣打了預防針後，他語重心長地開口：

「貴族這種生物絕對不會將真心展露出來。他們不能展現。即便交涉後結果不如預期，還是要說大話表示就跟原先想的一樣。若不這麼做，就形同在向對手示弱。我說的是『那時反對』。換句話說，後來在交涉的時候我已經贊同了，希望你能理解。」

我好驚訝，原來他的真實想法是這樣。

這樣說來，這次結果就如同貝葉特先生原先所期望的吧。

我不認為自己輸給對方，但重新體認到跟貴族交涉還真是不容易。

因此我也不由得吐起苦水。

「真是的，看來我還不成氣候呢。原本以為自己算是很會跟貴族做買賣。但今後能不能當好『四國通商聯盟』的代表，這方面的自信心開始有點不足了。」

「哪裡哪裡，我也覺得摩邁爾先生算是很會死纏爛打呢。失禮了。」

「哈哈哈，我會把這個當成稱讚的。」

我面帶苦笑望著貝葉特先生。緊接著令人意外地，他也在苦笑。

平常那種冷酷的表情彷彿子虛烏有，現在的面容看起來很有人情味。

於是我就情不自禁恢復本性跟他交談。

「希望你聽了不要太介意，想問問你願不願意來我底下做事，當我的部下？」

我看他八成會拒絕吧。都做好這樣的打算才問的，但裡頭也參雜幾分真心。

像貝葉特先生這麼優秀的高貴之人若願意來當我的部下，那不久之後，去英格拉西亞王國進行令人頭疼的事業推展時，我相信他將會成為最大的助力。

「唔嗯。」

「哈哈哈，哎呀，一不小心就說了多餘的話。希望你能當成無聊的玩笑話聽聽就算了——」

「不會不會，這個提議挺有意思的。」

「咦？」

這使我目不轉睛地看著貝葉特先生的臉。

他看起來非常認真，不像在開玩笑。

「你是……認真的嗎？」

「對。其實我也有在考慮轉職。」

貝葉特先生說完就接著闡述布爾蒙王國的現狀與未來預測。

他說國富民賢是雙刃劍。國民今後能過上安泰的生活，將來貴族的地位卻會動搖。

「我們布爾蒙這邊的貴族名下都沒有土地。而且人數很少。假設總人口有百萬人，那大概只占其中的百分之一吧。有騎士爵位的不到兩千人，他們的家人大概有八千位，這樣算來能夠參與政治的人還不到一百個。目前還好，不久之後這些全都會成為榮譽職吧。德拉姆陛下最後有點出事情會朝那個方向演變。」

原來如此，因為他們是小國才有可能像這樣強硬推行吧，守住貴族們的利益，才完成如此急遽的改革是嗎？但八成還是會有人反對吧，貝葉特先生說結果就如現在所見。

「那貝葉特先生，那個……不反對我的提議？」

「不反對啊。那個提議對我來說好處更多。只是『在我失業之前必須去找下一份工作才行』，我是這麼想的。」

臉上帶著有點老謀深算的笑容，貝葉特先生如此回道。

看他露出那樣的笑臉，我便明白了。

知道自己著了他的道。

「呵、呵、呵，這下被人將了一軍。假裝是在回答我的問題，卻在毛遂自薦是不是？」

「呵呵，我正期待你能看出這點。」

原來是這樣啊，若沒看出來就不及格是吧。

「那麼你真的要來？」

「對。還請摩邁爾大人務必僱用我。不過，目前能不能先讓我當顧問就好？」

當然好。

畢竟他也是貴族，暫時不能有太大的異動。而且我原本期待得到的就是貝葉特先生的智慧和經驗，他只當顧問完全沒問題。

「當然可以啦！今後也請你多多指教。」

「彼此彼此，請多關照。」

我跟貝葉特先生兩人臉上都掛著不甘示弱的笑容，用力握住對方的手。

＊

自從貝葉特先生成為我的顧問後，「四國通商聯盟」開始更加順利地成長。

然後那一刻總算來了，要面對那群堪稱最大商業敵人的大商人。

「葛倫多先生，今天是想來光顧一下久違的英格拉西亞王國啊？」

這麼問我的，是被我找來當護衛的比特。現在我們已經混得很熟了，我還准他直接叫我的名字。

至於他現在的實力，因為在魔物王國受到鍛鍊，已經從D⁺級躍升為B級。裝備也煥然一新，變得很值得仰賴，因此我要遠行的時候，必定會請他同行。

當然哥布衛門先生也一起。

這邊這位又變得更厲害了，看起來活脫脫是個身經百戰的勇士。事實上他的實力已經突破A級，似乎已經進化成鬼人族。

我聽說鬼人族是傳說級的存在，可是這種人物在魔國遍地都是。動不動就去吐槽這些也沒什麼意思，於是我選擇接受現實略過不管。

「對啊。今天有重要的會議要參加。得去有點危險的地方。」

「嗯？那表示也會有我出場的機會吧。」

「你在說什麼啊，哥布衛門大哥！這邊有我在，還用不著大哥出馬。」

「呵，天曉得。」

看比特一副自信滿滿的樣子，哥布衛門先生開始苦笑。

哥布衛門先生已經變成鬼人族了，皮膚的顏色卻還是一如既往。這部分似乎存在著個體差異。

甚至連角都長出來了，但還很小，可以用頭巾或帽子蓋住。今天戴了一頂跟身上西裝很合的帽子，看起來很有型。

乍看之下還只是人鬼族（滾刀哥布林），聽說這樣比較容易讓對手輕敵。

比特也變強了，但還是不夠可靠。哥布衛門先生充當我的護衛，我常常被他拯救。

總之我的護衛就是這兩人，但今天總覺得這樣還不夠。因為今天要去見的都是一些能在西方諸國呼風喚雨的大商人。

但應該用不著擔心。

因為今天這個預定行程，就連利姆路大人都知曉。交涉能否成功姑且不論，他勢必會保障我的人身安全。

因此我現在想要好好享受這種令人感到舒服的緊張感。

回應了我的邀約，各國大人物齊聚一堂——這就叫做男人的浪漫。

時隔許久要再次讓自己繃緊神經，因此我們今天決定三人一起穿黑色西裝。

「那麼，都準備好了嗎？」

被我這麼一問，比特和哥布衛門先生都強而有力地點點頭。

我也做好覺悟，前往作為會面場所的旅館。

自動門打開了。

「這位客人，方便請教您的大名嗎？」

旅館服務人員舉止優雅地詢問我。

「我是摩邁爾。」

「——唔！恕我失禮。謹慎起見，能否讓我確認您的身分證？」

嗯，我想應該不至於有人冒名頂替我，但這種時候還是要配合。反而該說他們也會對其他人徹底執行過濾工作，那樣反倒比較放心。

「用這個可以嗎？」

比特從懷中拿出介紹函，讓服務人員看。看完並確認後，他開始檢查我們身上是否攜帶武器。

正在忙這些的時候，我的部下們慌慌張張地跑過來。

「摩邁爾大人，恭候大駕多時！」

「準備工作都很順利。會場在這邊。」

部下將旅館服務人員打發走，我在他的帶領下進入會場。

貴族拿來舉辦舞會等活動的大廳就是本次會場。

那裡已經聚集了一大票人，現在目光全都投向準備入場的我們。

「那就是『四連』的代表，這次的發起人？」

「嗯，我看過這號人物。印象中是個做起生意貪得無厭的男人……」

「聽說那個男人是去巴結魔王利姆路才爬到如今的地位？」

「沒錯。但是不能小看他。聽說在那個魔物王國經手的買賣，都由那個男人操盤。他吸收幾個踢到鐵板的零售商，據說已經擁有龐大的權力。」

「哼，反正也只是暴發戶吧。羅素一族的影響力已經大不如前，似乎想要藉著德蘭將王國東山再起，可是其他的五大老似乎後繼無人。想必已經沒戲唱了吧。」

「還有羅斯帝亞的約翰公爵，他也被英格拉西亞的魔法審問官逮捕了。不可能重新振作吧。」

「根據大家在傳的消息，西德爾邊境伯爵好像也被抓起來了。因為他明明被指派負責英格拉西亞的國防任務，卻放棄執行。我想應該再也看不到第二天的太陽了吧。」

「換句話說，誰能夠在這次的會議上掌握主導權，將會成為下一代最有權勢的人。」

「呵呵呵，我可不會把這個寶座讓給新來的。『四國通商聯盟』這種鄉巴佬團體根本是多餘的！」

「可是魔國不好應付。」

「的確。他們的武力不容小覷，那個叫戴絲特蘿莎的女中豪傑據說連評議會都掌控了。」

「那我們就來拜見一下他們的手法吧。」

「正是。假如那個男人沒有能力，我們就來取代他的位置。」

「想必魔王利姆路會以更有實力的人為優先吧。」

諸如此類，大家偷偷地——豈止如此，他們聊小道消息聊得正起勁。

究竟這個摩邁爾的實力如何——似乎每個人都對我很感興趣。之所以會交談得那麼露骨，都是故意要說給我聽。

不過，這也難怪。

今天聚集在這的，不只是舊羅素派系的人馬，還有在各國黑社會地位舉足輕重的大人物。平常大家根本不會碰頭，都是一些霸占世上財富的人。

如果是以前的我，甚至很難有機會見到這些大人物。光看他們曉得關於五大老的傳聞，就知道他們的情報網確實厲害。

這些人一路走來總是不擇手段獲取利益。他們的慾望永無止境，別說因為羅素一族失勢而心生畏懼，反而認為這是一個機會。

可不能對這些人掉以輕心，我的神經繃得更緊了。

＊

就在這時，有人來找我說話。

「唷，這不是摩邁爾嗎？看來你也變成大人物了呢。不跟我打聲招呼？」

呃，這傢伙是唐·卡瓦納的保鏢阿列奇歐。

他是名身材高大肌肉發達的壯年男子。身上穿著不合時宜的黑革全身鎧，但是都沒有人挑他毛病。

這是當然的。

因為阿列奇歐原本是A級的冒險者，後來退休成了暴力分子，他的大名在黑社會中無人不知無人不曉。

當然我也認識他。硬要說起來，我可不想見到這個人。

他是一個猶如凶猛野獸的男人。

永遠沒有飽足的一天，一直在尋找獵物。

自從年輕時碰到他之後，常常被他逼請客，不然就是要錢去花。我很想跟他發牢騷，但他可是暴力分子。

而且更麻煩的是，這個傢伙背後有唐·卡瓦納在撐腰。只是沒有爵位，身為貴族的後代，地位大到連英格拉西亞的王族都不敢跟他作對。就連阿列奇歐下手過重殺了小混混，憲兵也當成自殺結案。

在那之後，再也沒有人敢忤逆阿列奇歐。

這次我們來是為了針對今後的經濟界做討論，在這邊跟阿列奇歐起衝突會很不妙。我身為這次的發起人，即便出師不利也要想辦法克服這次的難關。

臉上浮現笑容的我跟阿列奇歐面對面。

「原來是阿列奇歐先生。沒想到會在這種地方見到你，還真巧啊。」

「什麼？那是什麼說話態度。喂，你這混帳，不過一小段時間沒見，就變得很跩啦。」

好、好恐怖……

他明明沒有大聲喝斥來恐嚇我，聽起來卻很沉重。

害我差點尿褲子。

在布爾蒙那邊，我好歹被人稱作黑街帝王之類的，可是遇到像這樣的「真貨」，我才知道自己有多渺小……

「阿、阿列奇歐大哥，今天是個值得慶賀的日子，所以關於那件事之後再——」

就連比特那傢伙都被阿列奇歐比下去。他似乎也聽說過阿列奇歐的傳聞，看上去很害怕的樣子。

我也沒資格說別人，但這反而讓我對比特刮目相看。

如果是以前的他，照理說是絕對不敢忤逆阿列奇歐的。

可是，這下事情就不妙了。

「你算什麼東西？竟然敢隨便直呼我的大名，是誰允許你這麼做的？說話啊？」

阿列奇歐的矛頭從我身上轉向比特。

果然不出所料，這個男人根本不記得比特了。應該說，他認為這種小角色根本不值得自己去記吧。

而這樣的小角色在未經允許的情況下跟自己說話，想必看在阿列奇歐眼裡是不可原諒的一件事情。他看起來超級不爽的。

換作以前的我，大概會拿錢給他息事寧人吧。

但今天可不能那樣。

我身為「四國通商聯盟」的代表，怎麼能在這種時候被商業對手小看。

就好比現在，周圍那些人都不打算對我們伸出援手，笑著看戲。他們覺得這是有趣的表演，當成餘興節目在看吧，若是默許這種事情進展下去，那我就站不住腳了。

連這點程度的麻煩都無法解決，只會被來賓看笑話吧。

「阿列奇歐啊，我看搞不清楚狀況的人是你吧。我現在可是『四國通商聯盟』的代表。看在我們以前交情的分上就不跟你計較，快滾吧！」

我裝出從容不迫的樣子，拿這些話嗆阿列奇歐。煞費苦心地讓自己說話別發抖，後來總算順利穩住聲音，讓我鬆了一口氣。

「你說什麼？」

這、這莫非就是所謂的殺氣！

阿列奇歐身上的氣息變了，他瞇起眼睛瞪我。

好可怕。

「摩、摩邁爾先生……」

比特的雙腿都在發抖，用快要哭出來的聲音呼喚我。但我根本沒有餘力回答他，也沒有將目光從阿

列奇歐身上移開。

「喂，摩邁爾。你這傢伙是不是真的連狀況都搞不清楚了？還是說，那個啊。你認為會場這邊那麼多雙眼睛盯著，我就沒辦法對你出手？」

「唔……」

我就是那麼想的！

但凡有點腦子的人，絕對不敢在這種地方對有地位的人出手。憑本能行動的魔獸另當別論，但一般有常識的人照理說都會忍住吧。

而且阿列奇歐還是唐．卡瓦納的保鏢。若是在這裡引發問題，甚至會給雇主添麻煩。

所以我肯定很安全——才剛這麼想，我彷彿看見阿列奇歐的左手晃了一下。

咦——這個念頭剛閃過腦海，比特就被人拽倒，換成哥布衛門先生擋在我前方。

看來就在剛才那瞬間，阿列奇歐想要扁我。哥布衛門先生則是保護了我。

把比特拉倒的也是哥布衛門先生，若是直接丟著比特不管，他可能會有危險。證據就是比特的耳朵已經被阿列奇歐的拳頭風壓給切碎了。

「你還好嗎？比特。」

「還、還好。抱歉，我沒幫上忙……」

「用不著在意。若你死在這種地方，利姆路大人可是會震怒喔。」

「就、就為了我這種人，他還願意動怒啊？」

「那當然。就連我都會生氣！」

我朝著比特伸手，把他拉起來。正當我這麼做的時候，哥布衛門先生和阿列奇歐之間已經展開一場像要擦出火花般的唇槍舌戰。

「你該不會是想殺了他吧？」

「那是意外、意外。我只不過要輕輕碰他一下。都怪你出來搗亂，那個小混混才會跌倒。」

「聽你在放屁。雖然功夫還不到家，但比特可是我的小弟。給你面子才在旁邊觀戰，但你做過頭了。」

「哈哈哈，應該要怪他自己太弱才對吧。這裡禁止人家帶武器進來，只不過被人稍微弄了一下就要死喔。」

「……哦？」

哥、哥布衛門先生身上的氣息也變了。

這樣下去還跟人家開什麼討論會啊——我在心裡想著。然而好像早就在等待這個瞬間似的，唐・卡瓦納出現了。

＊

「阿列奇歐，你這是在做什麼？」

「哎呀，是卡瓦納先生。沒什麼啦，只是在跟老朋友稍微打聲招呼罷了。」

「是這樣啊。嗯？這位仁兄，你好像受傷了呢。噢對了，請用這個吧。」

這是刻意在演戲吧。

一個人負責恐嚇，另一個負責打圓場，用這種方式賣我人情，想要把我壓下去。

阿列奇歐也很識相，沒有反抗對方，而是把回復藥灑到比特身上。

好端端的一套西裝就這樣被弄濕——才這麼想，比特的耳朵一下子就回復原狀了。有那麼棒的效果，看來這是完全回復藥吧。

「喔喔喔，竟然把貴重的完全回復藥用在那種低賤之人身上！」

「真不愧是卡瓦納先生！對那位大人來說，就算用掉稀有的祕藥也不覺得可惜吧。」

「正是正是。一旦結合了阿列奇歐先生的武力和卡瓦納先生的財力，簡直無敵了。」

一聽到在旁圍觀的人說這些，也不知怎麼的，突然覺得有點掃興。

頓時再也不害怕，有種從惡夢中醒來的感覺。

我的目光轉到比特身上，發現他一臉錯愕。看他那個樣子，大概跟我有一樣的心情。

畢竟是那樣嘛？

完全回復藥這種東西，我們早就司空見慣了。

比特一有空就會找哥布衛門先生鍛鍊身手，一天下來會被砍斷手腳好幾次。若是沒有完全回復藥，哪有可能活到現在。

因此對我們而言，完全回復藥是一種理所當然會有的東西。

聽到一群人在那邊當成寶議論紛紛，讓我們重新體悟自己現在生活過得有多優渥。

「喔喔，再看看那個！卡瓦納先生胸口有個閃閃發亮的徽章！」

「噢噢，我也看到了。那個徽章正散發低調的光芒。」

「沒錯。也就是說，那是用真正的『魔鋼』製成的。」

「肯定沒錯，就跟傳聞一樣。聽說有個新銳謎樣團體出現，將非法組織一個不留地吸收。那個團體

的徽章就跟他身上戴的一模一樣——」

那些圍觀人士說的話引起我的興趣，我也跟著看向唐．卡瓦納的胸口。接著感到一陣驚愕。

在上頭閃閃發光的紋路看起來很眼熟。是三條蛇糾纏在一起的樣子。

之所以會覺得眼熟也不奇怪，畢竟我們為了想出這個花樣，可是花了三天三夜。

印象中利姆路大人說過：「乾脆就直接用蛇吧？比起龍還是鳳凰，我覺得這種更簡單的樣式會更好。而且蛇象徵『智慧』、『慾望』和『永遠』，不是很適合『三賢醉』嗎？」然後大姊頭也同意了，她說：「說得對，而且蛇也很符合醉漢形象，或許蠻適合我們。」最後我總結道：「哇哈哈哈哈！那就讓三條蛇糾纏在一起吧。就好比是我們三個人，讓牠們彎來彎去好像喝醉一樣！」——果然不管怎麼看，那都是「三賢醉」的徽章啊！

我並沒有詳細探聽組織裡頭有哪些成員，原來還吸收了唐．卡瓦納的組織啊……

如今知道這件事情，就覺得自己剛才白害怕了。

但這不失為一個機會。

為了幫襯唐．卡瓦納，就來強調一下我的立場吧。

「我記得你是卡瓦納商團的會長閣下吧。那麼，有關於這次事件的賠罪事宜，你打算怎麼善後？」

「你說什麼？」

「我說你，反應也太遲鈍了吧。就是要為我部下受傷一事賠罪。那位比特是因為處在這樣的場合，才沒有去反抗那個小混混。看我們沒有出手就趁人之危，未免太不知好歹了吧！」

「……你說我是小混混？」

呵、呵、呵，真愉快。那一對主僕被我反擊到反應不過來啦。

「那、那個男人是怎樣！竟然敢對卡瓦納先生出言不遜。」

「卡瓦納先生可是隸屬於謎樣團體——『三賢醉』啊！」

「說得對。聽說就連有名的武力集團都歸順『三賢醉』了。可是他卻——」

「真是不知死活……還是說他有什麼祕密對策？」

「雖然覺得不可能，也許『四國通商聯盟』有本錢對抗『三賢醉』？」

那些圍觀的人好煩，但這樣一來就能吸引大家的注意力，我就先忍耐一下。

如今更要緊的是——

「你這混蛋，看我宰了你。」

「哎呀先等等，阿列奇歐。在這裡出手不妙。而且兩三下就把他殺掉太無趣了。」

「我知道了，卡瓦納先生。這傢伙就晚點再——」

眼前這兩個傢伙有夠囂張，要先想想該如何料理他們。

「還不閉嘴！」

這時我朝著現場一喝。

聲音並沒有發抖，話說得很流暢。感覺自己又找回平常的步調了。

直到剛才為止還在懼怕阿列奇歐一事彷彿是假象般……想想會那樣也很正常。

因為我平常就在跟更可怕的存在(人物)交談。

對維爾德拉大人來說，唐．卡瓦納比雜碎還不如。只是解放妖氣(Aura)這個動作就會讓他灰飛煙滅吧。

或許阿列奇歐可以挺過，但還是沒辦法撐到打出勝負。只要維爾德拉大人釋出殺意，對方就會被消滅掉。

總而言之……

我平常就在跟那麼可怕的維爾德拉大人之類的人應對。他跟我商量說想要增加零用錢，還被我硬生生拒絕。

再說那個城鎮上還住了一大票相當於災厄（Calamity）級以上的魔人。

而我的工作就是管理跟這些魔國居民有關的財務工作。就算是能夠輕鬆滅掉一個小國家的人，想要增加預算也得來跟我鞠躬哈腰。

而我會對那些人怒吼把他們趕回去——說出來連我自己都有點難以置信，但如今那已經成為我的日常生活了。

話說之前我有跟席恩先生稍微聊了一下——

「哎呀，戴絲特蘿莎小姐不僅優秀，做事情也很有效率，幫了我很大的忙呢。而且又是個大美人，我很羨慕席恩先生喔。」

「是嗎？您太抬舉了，哈哈哈。摩邁爾大人真是會開玩笑。我好久沒笑得這麼開懷了！」

——平常冷靜沉著的他居然哈哈大笑。後來不知道為什麼，他跟我一拍即合，我們兩人交情好到有的時候會一起去喝酒。

這才讓我想到戴絲特蘿莎小姐好像是個非常可怕的惡魔。雖說容易被她的外表所騙，但是戴絲特蘿莎小姐平常為人處事都很優雅，柔和的微笑也是一絕，我不認為她是個可怕的人。

不過呢，這樣的戴絲特蘿莎小姐稱霸評議會一事很有名，我個人則是時時謹記在跟她應對時態度要拘謹。

絕對不能性騷擾！

這可是職場上的精神口號。

要說的就是這些，情況如上，在我們工作的職場上有很多很厲害的人。如今回想起這件事情，覺得根本沒道理去害怕唐・卡瓦納或阿列奇歐。

「你、你這傢伙——！」

唐・卡瓦納他們變得怒氣沖沖，連臉都漲紅了，但我根本不以為意。

不只是我，似乎連比特也想起現實狀況。

「搞什麼，因為摩邁爾先生是個紳士，我才代替他說這種話，你們用那種語氣不好喔？我還可以忍，但摩邁爾先生可不是你們這種人可以評斷的大人物啊！」

結果呢，他開始煽動對方。

不過這樣一來，就能讓會場上所有人將目光牢牢盯在我們身上，打造出最棒的舞台。我要趁機耍嘴皮子把唐・卡瓦納比下去，讓他知道誰才是老大。

＊

這個時候我選擇露出像痞子般的笑容。

雖然我不擅長跟人打架，但我這張壞人臉可是公認的。

「沒錯。就像比特說的那樣。我們也不用當好人看什麼往日情誼了，從一開始就該好好教訓他們。」

「就是說啊，摩邁爾先生。那樣我也不用忍耐，甚至不會掛彩。」

「抱歉抱歉。話說該叫他們如何賠償比較好？」

「就先叫他們道歉吧。看他們的態度怎樣再做後續考量，這樣也不遲！」

「那麼說也對。喂，阿列奇歐，還有卡瓦納先生。若你們現在就在這邊道歉，這次事情要我睜隻眼閉隻眼也行，但你們若是無論如何都要把事情鬧大，那就另當別論了。本人是朱拉・坦派斯特聯邦國的財務大臣，『四國通商聯盟』的代表人葛倫多・摩邁爾，你們要找麻煩我奉陪！如何啊？」

我放話的時候刻意虛張聲勢。

聽到我那麼說，那兩個人連臉都在抽搐了。

「混、混帳……」

「等等，阿列奇歐。稍安勿躁。看來我們之間有誤會，若是因為我們的原因惹他不快，那我們道歉不就好了。你是摩邁爾老弟對吧？」

「老弟？」

「啊、不對……應該是摩邁爾先生……」

受到我的質疑，唐・卡瓦納懊惱地改口。

我在心裡想著「是我贏了」。

這裡聚集了很多大商人。不只英格拉西亞王國，負責掌管其他國家財務的眾多人士也聚集在此。而唐・卡瓦納必須當著這些位高權重之人的面，認可我這個人。

我想他八成沒算到我不會屈服吧，太嫩了。

像蛇一般的冷酷雙眼蘊含殺氣瞪著我，但是一點都不恐怖。以前的我可能會哭著求饒，但我也已經有所成長了。

「嗯。那麼，是哪部分產生誤會？」

我給對方台階下，這讓卡瓦納額頭上爆出青筋，同時對我低頭。

「這次似乎是我的護衛先出手，給你們添麻煩了。他好像有點激動過度，就麻煩您這次先大人不記小人過——」

「啊啊？莫非你都教你下面的人，被人弄傷也要笑著原諒？我們家的比特可是承受了失去一隻耳朵的屈辱啊？」

「那已經用回復藥……」

「哼！竟然想用那種便宜的藥物打發，讓人一下就看清你的底細了！」

我說完就大聲嘲笑他。

事實上，愛操心的利姆路大人要我帶在身上，所以我現在有好幾個完全回復藥。這不是在騙人，因此我強勢地接話。

「若只有這點程度的器量，根本沒資格參加我原本想請你加入的大計畫。你趕快從這邊滾蛋吧！」

被我這樣大聲叱喝，唐．卡瓦納臉色難看。

然後他用讓人打心底發寒的冰冷聲音說道——

「你可別後悔喔？」

——丟下這句僅讓我聽見的話，唐．卡瓦納跟阿列奇歐一起離開會場。

我獲得全面性的勝利。

會場內變得鴉雀無聲，但是當唐．卡瓦納的聲音一消失，便一陣歡聲雷動。只不過，不只是正面的反應，也參雜一些充滿惡意的批判。

沒想到竟然能把唐・卡瓦納趕跑——可以肯定的是，這是大家共同的看法。

如今成了注目焦點是一個契機，我直接發表開會宣言。

在那之後，我展示了跟利姆路大人和貝葉特先生談過的「布爾蒙流通據點計畫」，成功讓大批人士產生興趣。

不過並沒有人立刻就答應要參與計畫。

原因很簡單。

我對唐・卡瓦納——也就是對整個「三賢醉」宣戰，他們都認為我會立刻被收拾掉吧。

反正等主辦人消失再來頂替他就可以了。核心人物若是不在，計畫本身更有可能出現破綻。對那些大商人來說，遇到這種案子用不著急著出手，是這麼說的吧。

不過這對我來說正好。

只要能夠成功挺過這一次，大家對我的信賴將會水漲船高。

而且我的對手還是「三賢醉（利艾葛）」。

我就是這個利艾葛之中的「葛」，根本等同未戰先勝。

就這樣，我盡情分享我要說的。

會場內氣氛熱絡，討論會變得很熱鬧。

＊

時間來到隔天早上。

我們一行人離開旅館，看到一輛黑色馬車停在面前。

在眾目睽睽之下做這種事情，未免太大膽。

「上車。」

此時阿列奇歐用低沉的聲音開口對我們這麼說。

我先是不屑地笑了一下，接著就跟比特和哥布衛門先生一起坐進馬車。

「……膽子不小嘛。」

最後坐上車的阿列奇歐出言恫嚇，可是在我看來只覺得他輸不起。

「那麼，這是要去哪？」

「去個好地方。你們就好好享受這段最後的旅途吧。」

話一說完，阿列奇歐就閉口不語。

看來他不打算繼續跟我們說話了，於是我們也悶不吭聲地任由馬車搖搖晃晃地載著前進。

花了二十分鐘左右，馬車抵達目的地了。

從旅館到此的距離來推敲，這裡應該是高級住宅區。換句話說，這是我預料中會去的地方。

這讓我打從心底鬆了一口氣。

原本還在想萬一被帶到唐・卡瓦納的地盤該怎麼辦，讓我有點焦急。不過現在這樣，就沒什麼好擔心的了。

因為這裡是「綠之使徒（verte）」用來當作英格拉西亞據點的地方。我也有幫忙為這個地方做改裝，所以我很清楚。

「下來吧。有幾位超乎你們想像的恐怖人物就在前方等著。我很期待。期待看到你們屁滾尿流地在地上爬，為了活命求饒的樣子。」

我用憐憫的目光看向如此威脅我的阿列奇歐。

這傢伙也是個可憐的男人。

「這是怎樣，你這傢伙？用那種眼神看人是怎樣！」

「沒什麼，算了沒關係。反正已經──」

這傢伙已經完蛋了。

「反正？混帳……你到底在鬼扯什麼？」

看我表現出這樣的態度，阿列奇歐似乎也察覺到什麼。他擺出有點不安的表情。

那裡有一棟宅邸聳立著，前面聚集了好幾個男人。馬車一停，他們就跑過來。

其中一人跟阿列奇歐說話。

「那個……阿列奇歐先生。我來傳話。」

「……什麼事？」

「幾位上頭的幹部正在『下面』等著。」

「上頭的幹部？是『七刃』嗎？」

「不……是更高的……」

「難道是『賢人會』的賢老嗎？還是『暗天眾』的凶忍們──」

「這些人都被叫去當帶路的人。」

「莫非是三首領──！」

阿列奇歐一陣驚愕，但我也很少聽說這些人，沒辦法想像他們是什麼樣子。

照對話內容來看，這些傢伙都是卡瓦納幫派的吧。看上去應該還是菜鳥。

不過呢，關於祕密結社「三賢醉」都吸收了哪樣的組織，就連我都知道得不多。所以才會衍生出像這次的不幸事件。

我想他們應該都是黑社會的人，原來西方諸國也有那麼多組織啊……

「卡瓦納先生先被帶過去了。」

「知道了。喂，我們走。」

在神情僵硬的阿列奇歐帶領下，我們踏入宅邸中。

雖然要去的地方是地下室，但那裡很豪華。

這裡原本是「綠之使徒」拿來設立祭壇祭祀的地方，我們把它拆掉，改建成謁見所。

這是利姆路大人的點子，特別重視氛圍的呈現。

他說祕密結社就應該是這個樣子，還不容妥協，連細節部分都很講究。

搞不好還比魔國的裝潢豪華。

在那邊我名義上也算是要管理預算，怎麼能讓人隨便浪費錢。不過換到這邊，賺來的錢不管要怎麼花都行，反正是邪惡組織。

「你這傢伙……為什麼那麼鎮定？」

大概是覺得不安吧，阿列奇歐開始跟我說話。

「不知道，這是為什麼呢？」

在我這樣回答完後，他「嘖」地咂嘴。之後就一直保持沉默，我們來到位於地下三樓的一扇大門前面。

「進去。」

「七、『七刃』的費肯大哥竟然負責看門？」

「呿，阿列奇歐。我本來很看好你。若是『七刃』出現人員欠缺，我還打算推薦你。蠢蛋。」

「怎麼這樣，費肯大哥！我有做了什麼——」

「好啦趕快進去！喂，你們幾個在這邊等。上頭交代只要讓客人們跟阿列奇歐進去就好。」

眼神不善地盯著阿列奇歐的部下們看，費肯接著如此告知。

也好，是應該那麼做。

知道我真實身分是組織首領之一的人愈少愈好吧。

因此我當場並沒有多說什麼，而是選擇閉嘴照辦。

「——要進去了。」

阿列奇歐一說完這句話就進到裡頭，我們幾個跟在後面。費肯是最後一個進房的，之後門就關上了。

這扇門有經過魔法處理，裡面的聲音不會傳到外面。這樣一來裡頭不管發生了什麼，外面的人都不會知道。

雖然是在地底，房間裡頭卻燈火通明。被數也數不清的蠟燭徹底照亮。

利姆路大人曾經說過，雖然靠魔法什麼都能搞定，卻刻意選用蠟燭。就是要做這種多餘的布置才夠有情調。

這個地下三樓並沒有做隔間，與其說那是房間，倒不如說更像是一個大廳。所以才能當作謁見用的房間，基本上只有幹部才能進來。

這裡說的幹部是指知道我真實身分的人。不過在這個房間中有半數以上的人都是我不認識的。

在這近百名幹部的注視下，我大方邁開步伐。

「喂！」

阿列奇歐出聲叫喊試圖制止我，但我把他當空氣。

他想要把手放到我的肩膀上，但是用不著比特和哥布衛門先生動手，他就被費肯踹倒了。看來被人點名當守門人員的當下，他就有聽說我的背景了吧。

這些我不認識的幹部們在反應上也很多樣化。

有人感到驚訝，也有人一頭霧水不曉得出什麼事了。

這些人一看到那些認識我的人不約而同跪下，似乎察覺到我真正的身分。便仿效旁邊的人，一起對我低頭敬禮。

「難、難道說……摩邁爾──先生就是首領！」

房間裡頓時安靜下來，只剩下唐．卡瓦納茫然的聲音。雖然有開空調，但這裡是地下室，所以他的聲音在裡頭迴盪。

我猜他在房間最深處，在我很熟悉的人面前發表了一場演說。恐怕是想給氣焰囂張的新興組織──「四國通商聯盟」一個下馬威，希望能夠找人把我殺掉吧。

「說對了。你剛才拚命遊說，要我讓他死得很慘的對象，就是我們偉大的三位首領之一。」

出面回答唐．卡瓦納的不是我，而是一名穿著暴露豪華洋裝的女性。

她就是古蓮妲．阿德利，代替我們扮演「三賢醉」頭目的女英豪。

而她那番話證實了我的推測。

不過呢，事情明明跟我有關，我卻覺得有點事不關己。

「咦、咦咦咦咦——！」

那個冷靜沉著的唐．卡瓦納都嚇到腿軟了。以前的我覺得他是高高在上的存在，真沒想到有機會見到他如此不堪的樣子。

「古蓮妲，辛苦妳了。多虧有妳，計畫才能順利進行。昨天的討論會也辦得很成功。」

「多謝誇獎！那麼功勞點數的部分也麻煩您務必——」

「這我知道。我會給妳比平常多更多倍的點數。」

「那樣我會很高興的。真不愧是老大，這麼通情達理！」

這時古蓮妲領我過去，讓我來到原本是祭壇的高台上。那裡有三張椅子，我坐到其中一張上。

＊

看到古蓮妲的反應，沒人敢質疑我是首領這檔事。這表示古蓮妲是如此受到大家懼怕吧。

而如今唐．卡瓦納和阿列奇歐被帶到我面前，遭人壓制住。唐．卡瓦納向上面的人進言，要對方殺了我這個首領，阿列奇歐則是對我出言不遜，我必須做個決斷，看要如何處分他們。

所有的幹部意見一致，說要取他們的性命。

「敢對我們的首領無禮，只能用死來贖罪。」

「最好別讓他們死得太痛快。為了殺雞儆猴，要折磨他們七天。」

「說得好。把他們獻給惡魔也很有趣，拿屍體當素材製作合成獸似乎也蠻開心的。」

「那傢伙剛剛還開開心心講述要用哪些方法殺了首領。現在正好有機會。全都拿他本人來試驗吧！」

諸如此類的話冒出來，大家談論的內容殘忍至極。

只見唐・卡瓦納臉上都沒了血色，呼吸也跟著急促起來。長褲上出現一灘汙漬，我還是假裝沒看到好了。

阿列奇歐的臉色也好不到哪去。

他大概知道自己接下來會面臨什麼樣的命運，正在盤算要不要抵抗吧。

不過——聚集在這的都是黑社會的強者。若是他只面對我一個人，或許馬上就能把我幹掉，可是其他很多幹部的身手都不錯。

就算要對戰好了，也不可能戰勝所有人。先不說那個，他不可能獨自一人打倒古蓮妲吧。

幹部們給的意見愈來愈過火，房間內的熱度也跟著攀升。

那麼，這下該怎麼辦。

我看向垂頭喪氣的那兩人，同時一面思考。

老實說，這兩個人雖然有過錯，卻不至於造成罪孽。

想要給新興勢力一點顏色看，這對黑社會的人來說是理所當然的做法。對自身組織的老大不敬，這是個問題，但他們不曉得我是什麼人，所以這不能怪他們。

他們對比特暴力相向令我火大，但是那部分若只看結果，並沒有引發問題。再說利姆路大人也知道我們這次要來辦這檔事，他肯定有派人來保護我們，以免鬧出什麼大問題。

就連這邊都有好幾位蒼影先生的部下坐鎮。從這點來看，萬一真的出事了，我們也不會有危險。

如此想來，去處分唐．卡瓦納他們未免太矯枉過正。

「大家安靜！」

我心中已經有主意了，便開口要大家先閉嘴。

「用不著處分。卡瓦納並沒有背叛組織，只是不曉得我是首領罷了。若是今後背叛，事情就另當別論，但這次事件是不需要問罪的。」

雖然某些部分令我有點火大，但我可以忍。基於那樣的判斷，我才會做出這樣的決定。

只不過有人對此感到不滿。

「這樣太天真了！那麼做沒辦法讓組織裡頭的人信服！」

聽到有人這樣大喊，大多數人都表示同意。

一旦被激情沖昏頭——

「首領——你這傢伙，該不會是門外漢吧？對我們這樣的黑社會弟兄來說，面子可是比什麼都重要啊？若是這種時候做出會讓人小看的行為，大家就不會再聽你的話了。」

——好比是這樣，甚至開始有人說出瞧不起我的話。

若只是對我的決定不服，不跟他計較也行，但這種的放任下去不好吧。

「剛才說那句話的人，上前來。」

在我說出這句話後，有個一臉傲慢的年輕男子向前踏出一步。

「他是『黑爪團』的成員，亞恩。以前我在傭兵團的時候跟他一起共事過，不過他的性格很激烈，對敵兵不會手下留情。他個人也具備相當的實力，大概有到Ａ級。」

這些話是不知不覺間站到我身旁的傑拉德告訴我的。不愧是「綠之使徒」的團長，見多識廣。

我點了點頭，開始盯著那傢伙看。

「聽說你的名字叫做亞恩。」

「對。」

「你說我是門外漢？」

「難道不是嗎？不乾不脆心慈手軟，這樣在我們待的世界可是會——」

「會被小看嗎？」

「……難道不會？」

真是的，他難道沒發現自己剛才說的那些話是在貶損我？

不，重點應該不是那個吧。

他是想要趁機挑起大家對我的不信任感，將來方便以下犯上。

沒有力量的人，哪能在黑暗世界發光發熱。

這代表沒有時常彰顯力量就會被人踢掉，但我不想讓「三賢醉」變成那樣的組織。

不過我另當別論，要把利姆路大人或大姊頭踢掉是不可能的。

因此我得教會他認清現實才行。

「誰會小看我？」

「咦？」

「我是在問你有誰能夠贏過我。亞恩，你有辦法嗎？」

「不、不是……」

被我這麼問的亞恩偷偷看古蓮妲。看樣子擊潰「黑爪團」的不是「綠之使徒」，好像是她呢。

「你剛才說面子很重要。那麼亞恩，你說了一些話來藐視我，是不是該負起這個責任？」

「這、這就……」

「古蓮妲啊，有關剛才談到的功勞點數，我看還是算了吧。」

「怎、怎麼那樣——」

「住嘴！包括這個叫亞恩的在內，其他人根本都不尊敬首領不是嗎！妳哪有資格去責備卡瓦納！」

此時唐．卡瓦納和阿列奇歐用驚訝的表情看著我。

看到他們兩人露出那樣的神情，我又浮現另一個想法。

就是那兩人被利用了。

「古蓮妲，妳是故意不去教育這些傢伙的吧？要讓他們自以為是地來挑釁我對吧？」

「被發現了嗎？」

「那還用說。這次是遇到我，還不至於鬧大，假如是遇到那幾位，那問題可就大了……」

「這部分萬無一失。這次事件是我們預先商量好的，艾爾大人說要瞞著老大暗中進行。」

「原來是這樣啊……」

大姊頭老是喜歡惡作劇，我也一天到晚被她耍弄。

好吧，事情確實因此進展得比較順利。

這點姑且先不談。

「亞恩啊。若只是原諒卡瓦納就會導致有人看不起我，那我還真想見見那些人。其他人也一樣。我不會要求你們不能把上面的人都拉下來，但你們最好做好心理準備。我比較弱，或許你們能成功也說不定，但到時候『三賢醉』可是會消失的。」

我明確地做出警告。

亞恩那傢伙一聽到我這麼說就開始渾身發抖。我這可不是在誇大其詞或虛張聲勢，想必他聽出我在說真話吧。

「那、那個……三位首領中的另外兩人該不會是……」

「這件事情你們沒必要知道。」

「沒錯。知道的太多會被人幹掉，還是說你無論如何都想問個明白？」

聽到傑拉德和古蓮妲如此回應，幹部們全都冷汗直流閉上嘴巴。

看到這情景的我決定最後再補一刀。

「那麼，我不打算處分卡瓦納他們，你們對我的決定都沒意見吧？」

「「「是——！」」」

所有人都下跪，對我的決定表態服從。

「亞恩，你該感到高興。這次你的無禮行為，我就當作沒看見。但下不為例。」

「樂於從命！謝謝您。為了回報您的恩情，我會努力賣命的！」

「是嗎？這份決心不錯。」

我心想「很好很好」，感到很滿足。

就這樣，徹底掌握「三賢醉」的我，決定趁這個機會制定根本規範。

一、不能背叛夥伴。

二、要有包容他人失誤的雅量。

三、不能踩著其他人往上爬害他人不幸。

就是這三個基本規則。

以不背叛夥伴為原則，違反了當然以死罪認定。

要去包容他人的失敗並不容易，但「三賢醉」原本就預定用來接納在人生中不得志的人。我想這裡優秀的人才並不多，因此我要大家盡可能包容部下的失誤。

像這種思想改造就是要上頭的人帶頭執行。目前幹部都聚集在這，因此我利用這個機會確實叮嚀他們。

最後是不能踩著其他人往上爬害他人不幸，這個規範是最重要的。

「三賢醉」集結了黑社會的武力，若是被他們盯上，負責在檯面上活動的商人們根本無法與之抗衡。之前有些人幹那種不法勾當來牟利，今後將要全面禁止這種行為。

希望那些人有自覺，知道自己的影響力已不如從前，並能夠用更正當的方法對社會作出貢獻。

他們要當的不是非法暴力集團，而是鋤強扶弱的「俠客」。不只是我，利姆路大人也如此期盼。

既然是黑社會組織，那就不可能不幹骯髒勾當，但依然不能失了格調。

若是上頭的人腐敗，底下的人也只能跟著沉淪。這套用在我身上也適用，必須謹記在心。

「我想要你們改變以往的生活方式很困難，但你們要記住，這就是『三賢醉』的要求。求生的手段並非只有一種，希望你們這些年輕人也可以慢慢學會這點。」

當我最後用這句話做總結後，幹部們都面色凝重地陷入沉思。

那些人之前似乎都習慣幹骯髒勾當了。要馬上扭轉他們的想法是不可能的。然而，靠我——應該是說有利姆路大人他們的威信撐腰，我想要實現並非不可能。

雖然到最後會演變成靠蠻力鎮壓反對聲浪，但我的對手都是看誰力量大就聽誰的，我想這麼做才是正確的選擇。

希望能以此為契機，讓大家跟著做出改變。

＊

我讓卡瓦納的人馬解散，組織成員轉到其他的組去。卡瓦納則變成我的直屬部下，我讓他改名並在布爾蒙的總部活動。

這個男人對金錢很有一套，算是很優秀的。任他遊手好閒未免太埋沒。

於是我把最麻煩的工作「列車運用計畫」交派給他。

說到底，萬惡根源都是利姆路大人。

他就只是負責起頭，後續的雜事通通推給我。

不對，其實這樣也好啦？

那也算在我的職責範圍內，而且我不否認這是個很有魅力的計畫。

但我希望他能夠想到我就只有一個人而已。

而且我跟利姆路大人不同，是個平庸的人類，每天都需要睡覺的。聽到他說：「就拜託你了，摩邁爾老弟！」我很難拒絕，但說成是預算不足導致要讓計畫擱置，那其實也是為了我的健康著想。

不過我們現在都賺到那麼多錢了，眼下用那個當藉口也已經行不通。

正好處在這個節骨眼上，能夠收卡瓦納來當部下算我走運。

而卡瓦納他本人則說：「可惡，雖然很感激，但工作多到跟山一樣！我沒料到會這麼操勞。」聽說他每天都在抱怨這些。那些工作都是利姆路大人硬塞給我的，要恨就去恨他吧。

話雖如此，我心中還是萌生了些許罪惡感，因此我想在薪水發放上還是要給予比較優渥的條件。

再來看看阿列奇歐，我把他交給哥布衛門先生。

一方面是因為除了比特那件事，哥布衛門先生說是非黑白要有個定論。

阿列奇歐也沒權利拒絕，但我們開出條件說他若是贏了就讓他當幹部，於是他就答應跟哥布衛門先生比試。

結果自然不用說，是哥布衛門先生獲得壓倒性的勝利。

「這樣你就明白了吧。一山還有一山高。就連我在母國那邊實力也只算中上。強大不是刻意彰顯出來，而是要內省於心。還有為了守護絕對不能輕易妥協的事物，用在正確的地方。別人是這樣教我的。現在開始還不晚，你也可以試著重新審視自己。」

阿列奇歐被人這樣說教，想必他也如夢初醒吧。他還自願去當哥布衛門先生的小弟。

事情就是這樣，跟我們有過一段糾紛的卡瓦納等人採用和平方式處置，但我們表面上的說辭是另一套。

因為我們得利用「三賢醉」讓「四國通商聯盟」華麗出道。同時為了避免「三賢醉」被人小看，我們得在輕重拿捏上取得適當的平衡。

於是首先就是要讓買來當「四國通商聯盟」英格拉西亞分部的宅邸炸成碎片。我們已經預先讓裡頭的職員離開避難，所以他們安然無恙，如此一來就能在民眾之間造成足夠的話題性。

迪亞布羅先生還有介紹一些記者給我們認識，他們寫出來的優質新聞也起了很大的效應吧。

這麼做除了能夠對外昭告「三賢醉」有多恐怖，還能突顯我沒有因此屈服的英勇表現。而且我還是魔國的財務大臣，人們也能順道看出我這麼做的原因是為了不向非法暴力低頭。

卡瓦納的幫派解散也是一大新聞，這樣能襯托出「四國通商聯盟」是比大家想像中更大的組織。

而且我們還對外放出消息，說「三賢醉」和「四國通商聯盟」鬥到兩敗俱傷。民眾都接受了這個說法，於是這次的騷動順利壓了下來。

有鑒於此，「四國通商聯盟」開始順利運作……但是看到各個分會報上來的收益，就連我都驚訝到說不出話來。

偷偷跟大家說，算起來大概就是一小時可以賺到好幾十枚金幣，一天下來就有超過年收入的財富入袋。

這裡說到的年收入，就相當於在魔國擔任大臣的我，所能領到的薪水……看在一般人眼裡，我就變成一小時收入已超越大家年收入的男人了吧。

還有一件事情，就是「三賢醉」這邊會支付協助費用給紅丸先生和蒼影先生。沒記錯的話，一個月大概是金幣五十枚左右吧。

至於隸屬於「三賢醉」的蒼影先生部下們，包括必要經費在內，他們應該會獲得更多的報酬。

總之幹部若是太窮困，那樣在部下面前也抬不起頭吧。像是古蓮妲或傑拉德等人，為了讓他們扮演老大，門面可是極盡奢華。

而底下的人也會對我們朝貢，利姆路大人、大姊頭跟我分別能夠拿到收益的百分之二。每年支給一次，光是目前就已經累積了會讓人看到嚇一跳的金額。

一直以來我都自認自己是個運氣不錯的男人，但是運氣好到這個地步未免太沒有真實感，讓我感到害怕。

不過我的野心可不只這樣。夢想是很遠大的，不能因為小小的成功就滿足。

我的名字叫做摩邁爾。

因為遇見了利姆路大人，我這個男人的命運也改變了。

為了不讓自己對此感到後悔，我要盡全力衝刺，看看在這段人生中能夠有多高的成就。

直到最後「壽終正寢」的那天為止，在那之前我都會不斷挑戰。

第二話 久遠的記憶

Regarding Reincarnated to Slime

維爾格琳最初跳躍到的地方，是個不知位於何處的異界夾縫。

她在那邊不受時間拘束，面對自己的內心。於是學會徹底掌控究極技能(Ultimate Skill)「火神之王克圖格亞」。

究極技能「火神之王克圖格亞」具備能夠追蹤魯德拉「靈魂」的能力。嚴格說來是具有能夠找到已鎖定之物的效果。

維爾格琳有了這個，不管距離多遠都無所謂，甚至能夠跨越時間和空間，讓她找到心愛的魯德拉「靈魂」碎片。

再來就只要朝著碎片「跳躍」過去就行了。

在究極技能中較為突出且強大的能力才能結合「時空間操作」和「次元跳躍」——演變成完美的技能「時空間跳躍」。

只不過無法算出目的地的座標地點，因此沒辦法「跳躍」至任意的時間和場所。頂多就只能鎖定一個目的地再進行「時空間跳躍」。

但若是處在同一個時空中，就不只這樣了。

那可以無視時間，不管多遠的距離都能移動過去，甚至還能進行「瞬間移動」。

於是維爾格琳開始靠自己的能力追蹤魯德拉。

而她最初抵達文明才剛萌芽的某個行星大陸上。

遇見有著紅銅色肌膚的野蠻民族首領。

這位年紀尚輕的金髮青年，就是魯德拉「靈魂」碎片的宿主。

青年他們的民族靠著狩獵維生，最終在大河流域一帶定居。

維爾格琳並沒有自我約束，而是選擇出手相助。

她降雨來整治大河，催生出肥沃的大地。

從這個時候開始，該民族就不只是狩獵，還會著手進行農耕。人民的糧食問題獲得大幅度改善，能夠餵養的人口數跟著變多。最終那個部落變成了大城鎮，讓四周的村莊都對他們敬畏三分。

生活優渥的人正常來說都會被盯上。

於是維爾格琳就著手進行下一階段。

賜予人們對照這個時代會被稱為超文明之物的高溫熔爐，能夠耐得住「鐵的熔點」。如此一來青年他們就能瞬間跳過石器及青銅器，改用鐵器。

他們去併吞周邊的聚落，發展成一個王國。

王位傳給兒子，再傳給孫子繼承。

維爾格琳不再對王國相助，只是一直陪在心愛之人身邊。不管該國如何請求，她都沒有再發揮身上的力量。

這是因為她的所愛之人曾經如此希望。

「妳對我有大恩大德，我還都還不清。但我不需要更多了。在我退休不當國王之後，那股力量就不是那些笨蛋能夠駕馭的。」

「好，我明白了。魯德拉。」

國王的兒子們和孫子們身上都沒有「靈魂」碎片，維爾格琳沒道理去幫他們。她是能夠看心情給予協助，但國王既然希望子孫能夠自立自強，維爾格琳就打算尊重他的意願。

「嘖，又是『魯德拉』啊。我的名字叫做——呿，既然妳另有心上人，也難怪不把我當一回事。」

「呵呵。你在嫉妒啊？真可愛。」

「別亂講啦。眼前明明就有一個這麼棒的女人，這根本要人命吧。」

正如他所說，這個男人是從野蠻民族首領搖身一變，成為打造大河文明的艾西亞王國第一任國王，他一直把維爾格琳當成女神珍視，卻沒有跟她結合。

維爾格琳覺得這樣就夠了。

她認為自己的職責是在一旁守望。

所愛之人會生下孩子，他的血脈會被人繼承下去。接著她只要等到他的子孫身上再次出現魯德拉的「靈魂」碎片就行了。

維爾格琳就是這樣的作風。

一路發展下，他們迎來繁榮的時代。

幸福的時光總是過得特別快。

青年老去，成了行將就木的老人。

「我很幸福。女神啊。妳——愛妃妳都叫我親愛的，我有對得起這個稱呼嗎？」

「有，很對得起了。我過得很幸福。」

「這樣啊，聽妳這麼說我就放心了。祝福妳。」

那是偉大的王最後的遺言。

雖然沒有直接說出，但那等同表態要把「靈魂」轉讓給維爾格琳。

就這樣，維爾格琳得到她要的「靈魂」了。

但這只是很小的一個碎片。

她的旅程才剛要開始，朝向下一個目的地，維爾格琳跳躍過去——

這個王國後來併吞周邊的國家，發展成帝國。

後代子孫把這些寫成傳記流傳於後世。

神話因應而生。

那一帶以留有青年血脈的神聖艾西亞帝國為盟主，維爾格琳則成了司掌火焰的「創世女神」，永遠受到人們祭拜。

*

維爾格琳經歷了好幾段邂逅與離別。

她理解到一個事實，那就是維爾達納瓦創造出的世界並非只有一個。

而是有好多好多的世界。

同樣的世界只有一個，不會同時出現平行世界(Parallel World)。但卻存在其他次元世界(Another World)。

他們的世界有出現過「來自另一個世界的人」，因此她一直都知道這件事情。但維爾格琳卻想像不到世界是如此多樣化。

全都依循不同的法則運作，彼此之間沒有因果關係。都是被包裹在巨大精神世界中的物質世界，混雜了各式各樣的文明。

有她所熟悉的，以刀劍和魔法為主流的世界，還有幾乎不存在魔素，沒辦法使用魔法的世界。甚至也有科學文明之類的東西發展後，人類被機械化的罕見世界。

某些世界弱小到「龍種」一旦解放全力就會被滅掉，也有力量相當於覺醒魔王的天使、惡魔時常在爭鬥的荒廢世界。

維爾格琳在這些世界中行走過。

但完全不是出自她本人的意願，而是在引導下來到那些地方。

文明水平也各不相同，是處在哪一個次元或哪一段時間軸上，維爾格琳全都無法推斷。此外不會同時有平行世界並存，因此同一個時間軸上不可能重複存在相同的世界。

換句話說，雖然曾經去過，卻不代表能夠再去同一個地方。

若是來到跟維爾格琳所在次元的相同時間帶上，她就能辨識出正確的時間和空間座標。可是那邊當下還有另一位維爾格琳在，就算靠究極技能「火神之王克圖格亞」的「時空間跳躍」也沒辦法跳過去。

於是維爾格琳記住了所有世界中的所有魯德拉。

有宇宙的艦隊司令官。

在劍與魔法的世界中，他是小國家的大臣。

在沒有魔法的世界裡，他成了當代少見的詐欺師。

來到文明世界又變成貧窮的科學家。

往往都是在魯德拉的「靈魂」碎片宿主陷入危機，當下維爾格琳才會受到呼喚。這是因為快要死掉

的時候，那「靈魂」才會綻放光芒。

也因為這樣，有的時候來不及搶救，對方在很小的時候就死了。這雖然是很令人悲傷的一件事情，維爾格琳還是當成命運的安排，選擇去接納。

而且那樣一來，還能更快蒐集到「靈魂」的碎片，其實沒必要沮喪。

只不過她不會自行動手讓時間提前。能夠守望有著各式各樣性格的魯德拉，對維爾格琳而言也是一種樂趣。

她很早就察覺所謂的血脈沒什麼意義。

就連身體上的特徵也不重要，有的人是黑髮，有的人是紅髮。

可是這些人對維爾格琳而言都是「魯德拉」。

就這樣過了好長的一段時間。

她蒐集到的「靈魂」碎片變得龐大起來，逐漸找回原本美麗的樣子。

維爾格琳的直覺告訴她剩下的「碎片」不多了，她很確定。

心想是不是下一次，或是在那之後就是最後的了。

緊接著，她受到呼喚並前往要去的世界。

＊

那裡被稱為皇國。

跨越時空，維爾格琳出現在皇帝的起居室裡。

當時她身上穿著絲質的披掛外衣。是深藍色的，跟維爾格琳很相配。

而在問她是何許人也的，正是這個房間的主人——老皇帝。

「——妳是誰？」

老邁的皇帝已經沒有體力了，就躺在豪華的大床上。

這種時候起居室裡突然出現一名可疑女子，不感到驚訝才奇怪吧。還有辦法把持住，跟對方攀談，可見皇帝相當有膽識。

但維爾格琳並不介意。

「哎呀？這次已經是個老人了。真懷念。看到這樣的外貌，會讓我想起那個野蠻民族的王。」

對維爾格琳來說，「年老」無傷大雅。

那只不過是表現人類狀態的一種型態罷了。

因此她慈愛地將手伸向老人的臉頰，臉靠過去輕聲呢喃：

「維爾格琳。那是我的名字。你呢？」

「呵，妳不怕朕啊。還有那股力量，莫非妳是神佛之類的？」

雖然有劍架到維爾格琳的喉嚨上，但她卻頭也不回地伸出如白魚般的手指擋住那劍。

連一滴血都沒有流，能夠砍殺惡鬼的破邪之劍就這樣被接住了。

當然砍出這一刀的不是皇帝，而是在他身旁擔任守護者的人。

他的名字叫做荒木幻世。

為了守護皇國免受惡鬼羅剎和魑魅魍魎的侵擾，他成了揮舞除魔劍的人。是當代第一的劍士，「朧心命流」的現任宗主。

年紀輕輕才三十歲出頭，就因他的強大被指派為「皇帝守護者」。

就連幻世的劍都沒辦法傷到維爾格琳。這是理所當然的，可是在幻世看來卻很不尋常，已經超越他所能理解的範疇。

「——沒想到我的刀劍居然不管用。皆本，陛下就交給你保護了。」

「明白！」

被幻世稱呼為皆本的人，是一個二十幾歲的年輕青年。

他是皆本三郎。跟幻世一樣，讓自己的氣息完全隱藏起來，充當皇帝的護衛。在幻世的徒弟中，他是位居第三的高手。

「哎呀，用不著那麼警戒啦。我想你們應該都很厲害，但是在我看來只覺得可愛。」

「口氣真大。我確實比不上妳，但至少能夠爭取時間。」

「這倒是。要你們相信我或許很困難。好吧沒關係，但你們不可以把那個人帶出去。」

這時維爾格琳聳聳肩膀如此回應。

對方不信任她是很正常的，但她不能容許他人對皇帝造成負擔。

在維爾格琳看來，皇帝的壽命所剩無幾。她不忍心因為自己的緣故，使得最後的生命之火被人吹熄。至少她希望最後能夠看著對方安詳地離世。

這下皆本自討沒趣了。

只是被維爾格琳看了一下，他就渾身僵硬。

光是感受到視線帶來的壓迫感，他就察覺雙方之間的實力差距有著天壤之別。

不，不單只是這樣而已。

甚至讓他覺得他們之前對付過的怪物或妖魔都算可愛的了，知道這個對手深不可測。

一看到敬愛的幻世用刀劍也傷不了對方，他就知道維爾格琳不簡單。但眼下皆本被迫體悟到這樣形容仍嫌不足。

自己根本沒機會履行職責，這讓皆本感到懊惱。因此他至少要擠出那所剩無幾的氣概，用來瞪視維爾格琳。

「妳是不是妖魔的首腦？已經對小規模的爭鬥感到厭煩，所以要親自出馬？」

他流著冷汗跟對方耍嘴皮。

會有這樣的膽識，是想說至少要讓對方暴露底細，才會說出那種話，但維爾格琳早就看出來了，所以她毫不介意地回應。

「妖魔？原來這個世界也有啊。那些傢伙還真是不管在哪都源源不絕呢。」

「哦，意思是說妳跟妖魔沒有關聯？」

「我們完全沒關係。基本上我還懷疑你們口中的妖魔，跟我知道的那種是否相同。」

如果是維爾格琳，不管面對哪個世界的哪種語言都能瞬間解析，然後說得很流暢。因為她可以讀取出在那個世界中交錯的「意念」，因此不用靠技能就能展現這種特質。

不過有的時候類似概念會混淆，所以她必須注意，以免弄錯。

例如這次需要注意的就是「妖魔」。

維爾格琳認知中的那樣東西，指的是妖魔之王菲德維率領的妖魔族（Phantom）。他們是在各個次元中都有可能存在的侵略種族（Aggressor），在這漫長的旅途中，曾經跟維爾格琳起過好幾次衝突，是她的敵人。

沒想到這次也會遇到就覺得心煩，同時維爾格琳也想到那有可能是不一樣的東西。

「所謂的妖魔，就只能用妖魔來形容。因為就連朕也不清楚他們的真實底細。」

出面對維爾格琳的問題做出回應的不是皆本，而是皇帝本人。

一看到皆本動彈不得，幻世就立刻改變方針。要趁皆本吸引對方注意的當下，伺機而動讓皇帝逃走。

在隨機應變下，沒有先經過商量就改變任務分配，這表示幻世他們彼此之間都很信賴對方。

雖然完全沒有成功的可能，可是試圖讓皇帝逃走的作戰計畫還是值得一試。然而皇帝本身卻不讓他們那麼做。

「陛下！」

「不礙事。不知為何，她身上散發一種令人懷念的氣息。再說帝都之中已經布下了防衛網，這裡是最安全的地方，還能逃去哪裡？這個人可是突破了層層警備，來到這個地方。朕不認為自己逃得掉。」

皇帝說得沒錯。

皇國——大日本征霸帝國目前正在跟強大的敵人進行戰爭。因此他們才會進入戒嚴狀態，防衛網被人突破就跟戰敗沒什麼兩樣。

而且皇帝無論如何就是沒辦法對維爾格琳心生警戒。正如他剛才所說，覺得對方身上散發一股令人懷念的氣息，讓他覺得有點安心。

於是皇帝決定相信維爾格琳。

他要跟對方說明事情原委，若是可行的話，甚至想讓她成為自己人。

＊

地點依然還是在皇帝的起居室中。

他命令侍女準備紅茶和小點心。

「那我就先來自我介紹吧。雖然一開始已經提過我的名字了，我叫做維爾格琳。」

「我是幻世。荒木幻世。負責守護陛下。」

「我是皆本三郎。擔任皇宮警護劍士隊的隊長。」

「是嗎？請多指教。那魯德拉呢？」

維爾格琳對這兩個人完全沒興趣。

面對兩人的自我介紹隨便應和幾聲，視線拉回心愛之人身上。

「到了這把年紀，居然還能被這樣的大美女盯著看。感覺還不壞，但不免覺得遺憾，想說自己若再年輕一點就好了。」

「哎呀，魯德拉也會說客套話。好稀奇的體驗。」

「呵呵，這不是客套話，好吧無妨。朕的名字叫做櫻明。原以為這個名號應該廣為人知，原來是朕太自戀了啊。」

雖然這是廣為人知的賢帝名號，卻需要避諱。這是他的真名，一般而言並不能隨便拿來稱呼。就連很親近的人都不可以直呼那個名字。不過只要是這個國家的子民，大家都知曉這個名號，並且懷抱敬意。

然而他對維爾格琳來說就是魯德拉。別說是不能直呼他櫻明了，她原本就不打算這樣叫對方。

「呵呵呵，我當然不認識你。因為一剛開始跟你相遇的那瞬間，我正好才剛踏入這個世界。我認識的你，名字叫做魯德拉。所以今後也讓我這樣稱呼你。」

如此這般，維爾格琳還說出在他人眼裡無禮至極的話。

但這卻被公開認可了。

因為皇帝笑著准許她那麼做。

「准了。」

「陛下！」

「無妨。若是這樣能夠討女神歡心，算是划算的買賣吧。只不過在公開場合，妳不能站在朕的身邊。」

「哦，這是為什麼？」

「朕也有立場要顧。若身旁隨侍之人用來路不明的名字稱呼朕，會讓臣子們擔不必要的心。」

若是維爾格琳對所有人展現力量，這樣會造成混亂吧。皇帝想採取安穩的做法，讓維爾格琳不要在眾目睽睽下出現，藉此息事寧人。

維爾格琳也明白這點，所以沒有繼續使性子要求。只要魯德拉拜託她，她就會乖乖聽話，目前決定先這樣配合。

如今比起那些，更重要的是先把情況釐清。

「既然這樣，之後再來想想有必要出現在他人面前時，該怎麼辦吧。那目前這邊是什麼樣的情況，可以麻煩你說明一下嗎？」

維爾格琳可沒有要收斂的意思。

假如魯德拉在為某些事情困擾，她就要盡全力協助。

看到這位世外高人表露出這種態度，兩名護衛開始感到頭疼。

（這個維爾格琳，是個實力深不可測的厲害角色。或許就如陛下所言，是神佛之類的。與其惹她不悅，還不如求她協助才是上策吧。）

以上是幻世的看法。

另一方面，皆本的心情更複雜。

（她並沒有對陛下唯唯諾諾，但這是為什麼呢？我不禁覺得那樣才自然。有這種想法不配當護衛，不過陛下都准許她那樣了，這就不是我能插嘴的問題。只不過該如何對皇后陛下或皇子殿下交代……）

他想得更具體，在思考接下來可能會產生的問題。

照皇帝的身分來看，有一兩個情婦也不至於會被人挑毛病——話可不能這麼說，事實上正好相反。若是有可能生下孩子，那就會產生世襲問題，若不是家世正經的女性根本端不上檯面。除此之外，立場上也必須明確區分，皇后陛下跟側室之間有不可跨越的身分差距。

這次必須讓維爾格琳接受側室的身分才行。

（她是能安於這種身分的女性嗎？假如她一定要當皇后，那我們也拿她沒轍……）

愛操心的皆本連這種事情都考量到了，但擔任皇宮護衛才是他應盡的本分。不對，假如皇后、側室跟維爾格琳起糾紛，那樣事情就麻煩了，他這樣不算在杞人憂天。

幻世只要去想該如何守護皇帝就好，皆本卻必須注意整個皇宮的安危，心理上的負擔差距太大。

話雖如此，皆本還是認為現在該針對維爾格琳的問題做出回應。

「關於這部分，就由我來說明。我們的皇國——大日本征霸帝國的處境，可以說是非常緊迫。眼前正面臨一些大敵——」

所謂的皇國，指的是由皇帝治理的國家，而大日本征霸帝國蘊含的又是另一個意思。有別於當代所用的名稱，這是在東方島國一帶代代相傳的敬稱。

在皇帝和他的守護者們出手保護下，子民們才能免受魔之眷屬所害。然而在這以外的世界，卻是極其混亂。

東方有他們這個皇國。

南方有阿傑利亞合眾國。

北方有大羅西安姆王朝。

西方有神聖艾西亞帝國。

中央則有中華群雄共和國。

分別在那些地區竄起，以五大勢力之姿君臨。

幾十年前，他們還在爭奪霸權，後來各勢力之間形成相互制衡狀態。在虎視眈眈等待其他勢力衰退的這段期間，不知不覺間經濟關係逐漸成熟。如此一來就不再有表面化的爭鬥，整個世界開始變得和平——看似如此。

然而……

彼此之間對其他勢力的不滿並未消除，有人得到好處，就會有人蒙受損害。這樣的不滿日積月累，逐漸發酵。

時日已久，四年前就爆發了那個事件。

起因是中華群雄共和國——中華地區出現了大規模的乾旱現象。

因為水源不足導致饑荒，瘟疫蔓延。即便必定會鬧得人心惶惶，中華政府依然為了保住他們的地位，讓人們的不滿對外宣洩。

這讓整個世界都遭受池魚之殃。

他們最先開刀的，是跟該國一樣都擁有富饒糧食生產地的南方。在全國人民會議上一致贊同對阿傑利亞合眾國發動侵略行動。戰火因此點燃。

轉眼間，全世界都發生戰亂。

看到中華出動軍隊，緊接著行動的是北方國家。大羅西安姆王朝開始對中華展開侵略。他們的企圖很明顯，就是要占領富饒的糧食生產地，和萬年不結冰的港口。

雖然中華那邊目前受乾旱這種自然災害困擾，但再過幾年就會平息吧。在這樣的判斷下，大羅西安姆打算讓他們的霸權主義復活。

中華怎麼可能允許他們那麼做。集結剩餘兵力出面迎擊，引發了一場如假包換的大戰。

而受到波及的正是皇國。

他們的糧食都要從中華那邊進口，被迫要以人道支援的名義派兵至中華。目的是想讓這場戰爭速戰速決，這番舉動卻讓大羅西安姆非常惱火。

跟阿傑利亞合眾國的關係也隨之惡化。

皇國必須在阿傑利亞和中華之間二選一，看是要偏向哪一方，他們選擇跟相當於自身命脈的中華成為同盟，才會造成如今這種局面。

在這樣的發展下，皇國也得跟阿傑利亞合眾國作戰。

神聖艾西亞帝國一開始按兵不動，但安寧的日子持續不到一年。這次換他們的國家鬧饑荒，使得他們也無法對各國提供援助。

壞事接連發生。他們的石油儲備基地發生了意外。這讓帝國損失了三年份的燃料。從遺留在現場的痕跡來看，他們斷定犯人是大羅西安姆王朝的情報人員。

神聖艾西亞帝國的民意逐漸傾向於反大羅西安姆。在這樣的民氣驅使下，終於連神聖艾西亞帝國也發動軍事行動。

有人對這一連串的發展產生疑問。

那個人出自神佛教、聖靈教、自由教這三大宗教之一，是待在聖靈教聖教會的「怪僧」普契尼拉。

他感覺到有人在惡意操弄——此人留下了這麼一句神諭。

接獲這句神諭後，各國的聖教會展開調查，這才發現有妖魔存在。

然而知道得太晚了。

「人們任由他們擺布，慾望受到刺激，還被挑起怒火。」

「太慚愧了，正如您所說。冷靜下來想想，這樣的發展明明就很古怪。然而民眾的怒火一旦被點燃，就沒那麼容易澆熄。」

「用不著聖教會提出，各國首腦也在開戰不到一年就察覺事情不對勁。可是軍事部門中存在激進分子。這些人也著了敵人的道，開始有大動作，等到大家發現事情不對，戰爭已經一發不可收拾了。」

聽到皆本如此說明，幻世也出面補充。

各國的情況都一樣，如今事態發展全都超乎高層預期。已經出擊的部隊幾乎都等同無法駕馭了。

就在前幾天，隔著一片海，阿傑利亞合眾國的大艦隊跟皇國引以為傲的帝國海軍展開一場海上大戰。

結果他們輸了。

事先調查的結果顯示雙方勢均力敵，可是真的開戰了才發現戰力差距將近三倍。

「原因在於中華艦隊背叛我們。這件事情麻煩的地方就在於，那並非出自本國的本意。」

就連中華的領導階層都無從掌控這些人，因此情報人員也不可能得知相關情報。等他們發現早就來不及了，害他們蒙受巨大損害。

但這次戰敗也不算白白犧牲。

「這個情報是我的徒弟拚上性命捎給我的。他對敵人的艦隊發動自殺攻擊，最後死得轟轟烈烈，這個叫近藤的男人在將死之前用『傳達咒法』通知我。說敵人那邊的司令官都被『妖魔』這種異類操控了。」

根據幻世所說，阿傑利亞合眾國大南海艦隊總司令官「戴伯特．雷根」及中華群雄共和國東海艦隊司令官「李金龍」這兩人都發揮出異於常人的力量，把近藤耍得團團轉。

近藤知道自己不是他們的對手，一直到最後都努力蒐集情報。然後幻世跟他的聯繫似乎就到這邊中斷了。

幻世語重心長地說：「他大概喪命了吧。」

聽完這些話，維爾格琳這才明白。

剛才幻世話中提到的近藤，就是維爾格琳也很熟悉的近藤中尉。

她想近藤會那樣追隨魯德拉，是因為覺得對方身上散發跟皇帝一樣的氣息吧。

近藤單憑本能察覺魯德拉和櫻明有著相同的「靈魂」。發現這點的維爾格琳開始對近藤產生親近感。

她總算相信近藤是真的對魯德拉忠心耿耿。

這下子不只是魯德拉的事情，維爾格琳也開始在意起近藤心中的遺憾。

仔細想想，無法守護祖國似乎讓近藤一直很不甘心。於是他為了不讓自己再次感到後悔，才會不擇手段為魯德拉賣命。

明白這點後，維爾格琳事到如今才開始思考自己能否為近藤做些什麼。

答案就只有一個。

必須完成近藤的遺願。

有了這份決心的維爾格琳轉念一想，認為自己應該更認真聽他們解釋。

對此毫不知情的皆本繼續說明。

那些異類可以附身在人身上，並且操控他們，他們立刻跟各國的領導階層知會此事，說有這種東西存在。然而實際上是哪些人被操控，那些沒在現場的領導階層根本就毫無頭緒。

行動上跳脫常理的人比較可疑，可是要把正在執行作戰行動的將領們叫回來是很困難的。

有人提議可以將事實公諸於世，但這肯定會造成混亂。某些人可能會懷疑自己的長官是妖魔，那樣一來很有可能連指揮系統都會遭到破壞。

此外國內恐怕還會發展出獵巫風氣，那樣就慘了。他們認為無論如何都要避免事情演變至此，才一直暗中調查。

最後他們得知妖魔可不是什麼怪物，他們行動上很有組織性。而且還有明確的侵略意圖，在這個世界上暗中蠢蠢欲動。

「還有就是那些傢伙很強。我們皇國是用『怪級』來表示怪物的強度，但就連最弱的個體都相當於高階怪級。就連高級劍士或高級術士都拿他們沒辦法，厲害到令人恐懼。」

「怪級」由上而下的排行依序是神佛、鬼龍、天妖、高級妖怪、中級妖怪、下級妖怪，分六個評價段位。中級或下級被稱為魑魅魍魎，高級妖怪至逼近鬼龍的天妖，這些都稱為惡鬼羅剎。

至於這次出現的妖魔，就連最弱的先遣兵都是天妖等級。

聽說近藤和他的部下們對敵人艦隊發動自殺攻擊時，暴露了真實身分。而且還敗給敵方的頭頭，就只有把相關情報傳回來。

「近藤先生認為戴伯特和李金龍所屬的『怪級』在鬼龍級之上。我也認為他的判斷沒錯。」

「為什麼？」

「因為近藤先生他在我們日本這裡是數一數二的強者。」

在發動自殺攻擊的當下，近藤的技量（Level）就已經是頂尖中的頂尖了。還能將「朧心命流」的精髓「氣鬥法」運用自如，戰鬥能力相當於鬼龍級高階。但他還是戰敗了，推測是因為碰到兩個敵人。

「的確，那個男人是有那樣的能耐沒錯。」

「——？」

「咦？」

「莫非妳認識達也？」

「對，魯德拉。就連在我原本待的世界裡，近藤也是效忠於你。」

「效忠朕？懂了，那位魯德拉跟朕擁有相同的『靈魂』吧。」

「就是這樣。在那個世界裡，近藤也為你而戰，死得很光榮。」

「……」

只見皇帝不發一語地陷入沉默。聽到那個身為自己忠心部下的男人已死，他有種深深的失落感。

「怎麼會，近藤先生竟然……」

皆本則是難以置信，茫然地呢喃著。這位名叫近藤的劍士在實力上就是如此突出，他原本還在猜想近藤是不是依然活著，有沒有可能成為拿來對付妖魔的王牌。

聽到他真的死去的消息，皆本這下也不知道該怎麼辦了。

「原本還期待近藤有可能生還，太遺憾了。」

身為他師父的幻世在說這話的時候，態度依舊平靜，但那渺茫的希望就此消失，他心中其實拚命在壓抑那股悲傷之情。

他還有責任要背負，怎麼能夠自亂陣腳。因此大力約束自己的心，告訴自己必須保持冷靜。

每個人都相信維爾格琳說的是真的。這樣很奇怪，但不可思議的是，他們都能感受到維爾格琳所言不假。

維爾格琳跟大家說近藤最後是怎麼死的。而且依據近藤的實力推測，試著找出敵人的真實身分。

（就連「橫渡世界」之前的近藤都有辦法打倒，那表示天妖級也不會怎樣吧？我在想「妖魔」應該是妖魔族的人，那樣應該不是我的對手——不，不能掉以輕心。在沒有判斷標準的情況下，無法斷定，目前還是先觀察一下。）

維爾格琳不愧是最強的「龍種」，她對自己很有自信，但是輸給利姆路之後，她學會要多用點心思。雖然心想十之八九不會是自己的對手，不過她還是認為該多蒐集一點情報。

事實上她此時的推測有部分正確。

這個世界的魔素濃度很稀薄，不存在特別厲害的魔物。所以從「異界」流竄過來的特殊個體才能作威作福，甚至被稱為神佛。

而這樣的個體在人海戰術下不至於會獲勝，在劍士和術士們一起聯手出擊下，如今數量已經減少到幾乎不太會碰見了。有鑑於此，便不至於出現魔素聚集的現象。連帶打造出了不容易催生強大魔物的環境。

眼下的維爾格琳不同於維爾德拉，她能夠自行完成魔素循環。不需要從大氣中補充，也不用排出體外。

這是她在橫渡各式各樣世界時學會的技術，所以就沒去注意這個世界的魔素濃度，才會一直沒發現這件事情。

基本上在一般情況下，想要逆向橫渡世界是不可能的。就算透過「冥界門」好了，也會因為門的大小而受到限制。

像維爾格琳這樣能夠不受任何限制進行「時空間跳躍」，那已經跳脫了世界的法則規範。

於是跟維爾格琳那充滿魔素的故鄉一比，這個世界的強度基準就劣化許多。

這點稍後就會立刻得到印證。

*

有了皇帝的加入，一起交換情報，維爾格琳已經認清了大致的狀況。

這個世界若繼續按照現況發展下去，要起死回生是不可能的，大概再過不久就會落入侵略者手中。

各國首腦其實也發現這個事實了，可是他們無計可施，所以目前就容許民意——放任相當於體現民意的軍事部門胡作非為。

「那麼，敵人目前的動向如何？」

敵人的聯合艦隊在打敗近藤所屬的帝國海軍後，動向不明。照理說應該還有一些皇國的戰艦殘存，跟他們的聯絡卻完全中斷了。

「照理說一旦確定戰敗，而他們投降。這個情報應該也會傳回母國才對，我們卻沒收到。」

「按照我們的判斷，推測他們可能都被妖魔抓起來了。敵人不受人類的規範束縛，有可能不接受他們的投降……」

「近藤留下的訊息也令人在意。他有說到被取代這個字眼，所以我在猜妖魔是否能夠附身於人體上。如果是的話，那生存者就機會渺茫了。」

某些人的任務是要把情報帶回來。可是他們完全沒跟這邊聯繫。若是所有人都被妖魔附身，會出現這樣的情況就說得通了。

「那是在大南海上，無路可逃。各國也都有試著聯繫他們的艦隊，但是據說都毫無反應。這種時候他們沒必要撒謊，所以我認為可以看成我們的戰力已經被敵人剝奪。」

這是其中一種可能性，假如是真的，那情況就很不妙。

就連人類之中最厲害的劍士都不及敵人的首腦。不僅如此，這些堪稱精銳人員的軍人們或許還成了敵方妖魔手下的犧牲品。除此之外，今後也不太可能有軍隊出來迎擊，若想去掃除那些被操控的人，很有可能還會反被操控。

他們想不到辦法。

於是幻世等人決定盡全力做好帝都防衛工作。

「這只能當作爭取時間。我想你們應該也心知肚明吧？」

「當然。目前能夠用的手段只有一種。就是派遣值得信賴的人過去，打探敵人的動向。然後集結全世界最強的戰力，來打倒敵人的首腦。」

「這個作戰計畫的成功率不高，但或許只剩這條路可以走了。近藤先生也是，如果只碰到一個敵人，應該早就被他打倒啦！鬼龍級以上的若有兩個人，他連逃跑的機會都沒有。所以若是有荒木師父再加上我，還有天理先生，以及跟其他國家的英豪們聯手，或許就有辦法打倒妖魔的首腦！」

說起這個叫做天理正彥的男人，他跟近藤常在比誰是第一、誰是第二，是皆本的師兄。而且不只是劍術，這個男人就連法術都用得很高竿。擅長從事諜報工作，目前也在執行機密任務。

而且在日本這塊土地上，還有其他深藏不露的強者。

皇帝櫻明並沒有提及此事，不過「皇帝守護者」除了幻世，還有其他人。

而且各國之中也有名氣響亮的英豪存在。

不只是那些滲透進一般社會的人，於黑社會中甚至還有一些人換算成「怪級」相當於鬼龍級以上。比較有名的就是之前提過的，北方的「怪僧」普契尼拉，還有中華的「拳聖」仙華。光靠流傳至皇國這邊的傳聞也可得知這對雙雄實力非同小可。

要對抗這種世界性的威脅，只能由那些英雄們聯手。若無法成行，人類就只能等著滅亡。

不過那就像是天方夜譚一般，這點櫻明有著深深的感觸。

不只這樣，問題不僅僅是那些。

「現在有個問題，就是敵人那邊的首腦不是只有兩個。還有一件事情，我實在不願去想——」

「是不是想到上面還有更厲害的人就覺得困擾？」

「正是如此。」

聽到維爾格琳指出這點，幻世苦著臉點點頭。

說句心裡話，若要打倒的是相當於鬼龍級的怪物，他希望能派出好幾倍等級更高的戰士去應戰。可是目前連敵人規模有多大都無法掌握，哪有可能去把世界上的英雄找過來。

皇國這邊也不例外，保護他們國內的要人才是第一要務。

要面對的問題一大堆。

若能將相當於鬼龍級的妖魔個別引誘出來，那再好不過。假如辦不到，他們派出的人數至少也要足以戰勝敵人。倘若敵人那邊的人馬更多，到時候他們勢必會吞下敗果。

然而就在這個時候，情況有所改變。

面對苦惱的幻世，維爾格琳伸出援手。

「哦——問題挺多的。那好吧。我也會協助你們，先讓我看看你們有多少實力。」

「什麼？怎麼突然說起——」

「若是不了解敵人，那就沒辦法擬定作戰計畫了吧。為了弄明白，我想了解一下那個叫妖魔的究竟有多強。」

「妳說這話是何用意？」

「說來簡單。你叫做幻世對吧，既然你是近藤的師父，那實力應該比他更強吧？我才剛到這個世界，不清楚你們這邊的強度基準。所以才想找你——」

「原來如此，我明白了。拿我跟近藤相比，技量上是我優於他。某些奧義我還沒示範給他看，有一些最強奧義只會傳給宗族成員。不過那個男人的信念值得讚許。有著不同凡響的氣魄，對於勝利的執著也不像一般人那麼薄弱。若是他認真應戰，我的勝敗還要看機運。」

簡單講就是雙方勢均力敵。

些許差距在維爾格琳看來也只是誤差。幻世已經足以拿來當作基準了，她決定立刻來試試。

＊

他們換個地點，來到練兵場。

幻世說不能讓皆本看見最強奧義，要他先離席。因此，現場除了皇帝這個見證人，就沒有其他第三者了。

維爾格琳身上穿的衣服沒換，維持在手無寸鐵的狀態下，盯著幻世看。

幻世則是拿著自己愛用的刀劍，看起來有點困惑。

絲質披掛外衣不至於阻礙行動，但任誰看了都知道穿那個不適合戰鬥。在防禦力上就更不值得期待了。

若是幻世認真起來出招，那就等同會將對方一擊必殺。他不認為這樣就能戰勝維爾格琳，但心想或許有可能讓她受傷。

此時幻世下定決心，對維爾格琳提出疑問。

「有個問題想問。這樣問或許很失禮，但我可以認真起來出招嗎？一旦使出我們流派的最強奧義，或許就連妳都無法全身而退……」

維爾格琳也知道對方會這麼問是在擔心她。雖然當作沒聽見也無所謂，但既然對方都問了，她決定讓幻世放心。

一方面想著這樣幻世也比較好發揮實力。

「你心地真好。不過你可以放心。話說你的武器，是不是叫做打刀？看起來很古老，品質也不錯，只可惜傷不了我。所以你別想太多，放馬過來吧。」

事實上幻世的刀在性能上連特質級（Unique）都不到。這個世界中的魔素很稀薄，刀不會出現進化的現象。

而幻世也對維爾格琳的挑釁起了反應。

「喝！」

他將暴漲的鬥氣集中起來，要放出「朧心命流」的最強奧義八重櫻——八華閃——

可悲的是，花並沒有成功綻放。

這絕招被維爾格琳的指尖制住了。

那用劍的軌跡變幻莫測，卻不至於能分裂。速度快到尋常人無法捕捉，對維爾格琳而言卻過分緩慢。

「若這就是你認真起來的實力，那就到此為止吧。」

「唔，是我輸了……」

這已經不是用一句實力落差來形容就能了事的。

而是有著天壤之別，應該說是更大的差距，幻世和維爾格琳之間有著無法跨越的鴻溝。先前的結果就足以讓人明瞭這點。

就這樣，相對於幻世的失意，維爾格琳取得了正確的資訊。

說起幻世的八華閃，那是只傳給宗室子弟的奧義，並沒有傳授給近藤。

在這個世界上無疑擁有最高段、最強大的威力。因此光看威力，推測已超越鬼龍級，直逼神佛級。

「妳當真是神？」

「創造出世界的人是我哥哥，但我不是神。」

「是這樣啊……在我們的認知裡，這樣就稱為神。」

「神這種概念，套用在不同的時間地點上，就有不同的認知。我不在乎你是怎麼想的，但希望你記住，還有人可以消滅我。」

維爾格琳想起那個悠悠哉哉的史萊姆。

一想到輸給那種東西就很火大，可是再跟對方對決一次還是贏不了，這點無庸置疑。

（雖然是那樣，我也不覺得利姆路是「神」。結論上，其實神那種東西並不存在，這麼說才是對的吧？）

維爾格琳是這麼想的。

其實一直去想也找不到答案，所以她很快就轉換思考別的事情了。

現在更重要的是這個世界的敵人。

她指的就是妖魔。

「感謝妳願意與我交手。這讓我深切體認自己有多麼不成熟以及渺小。我會以這份經驗為借鏡，今後將更加精進自我。」

聽到幻世那麼說，維爾格琳隨便應和了事。

接著她迅速假設出一套理論。

幻世和近藤實力大約相當。可是幻世論強度，比維爾格琳剛開始遇到的近藤還要遜色許多。

處在物質世界的人類一旦橫渡世界，大部分都會因為濃密的魔素死去。但偶爾會出現一些人在身體上受到魔素洗禮改造，蛻變成更強韌的個體。

這些人在維爾格琳的故鄉都被稱為「異界訪客」。

（對了還有這種情形，我一不小心就忘了。這個世界的魔素很稀薄。因此要發動魔法大概也不容易，身體的強化程度自然不高。肉體強度還維持在原本的素質水平上，反而該說幻世能夠發揮這麼大的威力才叫厲害。）

維爾格琳邊回想剛才指尖感受到的衝擊，邊做出這樣的判斷。

在她的故鄉，威力上相當於A級。用的武器只到稀有級（Rare），虧他能夠做到這種程度，這讓維爾格琳為之佩服。

這樣說起來，敵人會有多強也能想像得到。

（天妖級大概介於B級前段到A^-吧。是不是到鬼龍級才有機會來到A級？那麼所謂的妖魔，八成就是妖魔族。）

妖魔族是半精神生命體的侵略種族。在物質世界若是沒有取得肉體，只能夠活動很短的一段時間。

尤其是這個世界的魔素含量又很低，若沒有附身在人類身上，能源轉換效率會過低吧。

所以說，若要發揮他們原本應有的實力，靠人類的肉體是承受不住的。

（也就是說他們變弱了。也對，這個世界並沒有受到魔素守護，若是釋放太大的力量就有可能把肉體弄壞。若是要滅亡人類另當別論，但他們是來侵略的，應該也會控制力量的使用吧？所以靠近藤在這個時間點上的實力，才有辦法跟他們對戰……）

若是妖魔族使出真本事，這世界的居民根本沒有獲勝機會。維爾格琳下了這番結論，心想幸虧自己現在出現在這，臉上還為此浮現笑容。

就算遇到妖魔族的真正首腦妖魔王菲德維，她也有自信能扳倒對方。不過她認為菲德維不可能親自來要侵略的地方，自己也不用多擔這種心。

事實上，維爾格琳料想得沒錯。

正在侵略這個世界的，是「三妖帥」柯洛努麾下的妖魔軍隊先發部隊。

除此之外，在這個世界自然生成的「冥界門」尺寸不大，要讓柯洛努的本體現身是不可能的。目前他們正在想辦法擴張門的大小，距離他們統治整個世界，還剩下為數不多的空檔。

雖然維爾格琳沒辦法透析到那麼準確的地步，但這些資訊對她而言已經很夠用了。

＊

看似保持平常心，幻世實際上卻很沮喪。

這是當然的。

他原本相信自己的劍術堪稱最強，卻對維爾格琳完全起不了作用。

就連使出奧義都撼動不了她。他明白對方就像來自另一個次元，感情上卻很難接受。

然而幻世還是靠著經過鍛鍊的精神力，努力保持心靈鎮定。面對這樣的幻世，維爾格琳露出微笑。

「你大可感到驕傲。這個世界幾乎沒什麼魔素，我想也沒幾個人能練到像你這麼強的境界。假如你吸收魔素讓肉體昇華，別說是『仙人』，甚至還有可能成為『聖人』。這點令人遺憾。」

「仙人啊，那對我來說太遙遠，境界太高了。」

「話也不能這麼說，對了。為了感謝你陪我過招，我給你一些獎賞吧。你願意接受嗎？」

「獎賞是嗎？」

「對。前提是你願意，我可以用我的力量重新鍛造你那把打刀。」

話說到這邊，維爾格琳微微一笑。

如果是她，能夠透過「物質創造」創造出相當於神話級（Gods）的武器。這次她打算對幻世的刀注入魔素，促使那把刀進化。

「連這種事……」

都有可能辦到？

幻世感到困惑，但他又想，現在去想那些未免太多餘。

這名叫做維爾格琳的女性早已超出幻世的認知，就像來自天上的神仙，既然她說有辦法，那應該就能辦到才對，於是幻世就釋懷了。

（這是祖宗流傳下來的傳家之寶，相信維爾格琳小姐並將刀托付給她也挺有意思的吧。）

做好這樣的覺悟後，幻世對維爾格琳低頭拜託，並將愛刀交出去。

「就麻煩妳了。」

「好，交給我吧。」

只見維爾格琳大大地點了一個頭，並接過那把刀。

換作平常，她能夠隨意創造出青龍刀，不過這次情況不同。她選擇慎重地分析刀劍成分，做細微的調整，並將自己的魔素注入。

神情比戰鬥時更加認真，維爾格琳持續手邊的作業。

後來經過了約莫三十分鐘左右。

有了古老鍛造師的巧奪天工，加上透過維爾格琳完美控制的魔素強化。兩者相互結合，使得那把劍開始能夠綻放出神話般的光芒。

「完成了。」

原本這樣的武器進化需花上數百年甚至是數千年之久，維爾格琳卻在這麼短的時間內將幻世的愛刀鍛造至神話級。

「這、這是？」

「這把刀成了這個世界上絕無僅有的頂尖武器了。但我想現在的你或許無法運用到極致……雖然是那樣，劍上依然寄宿著它的意志。只要得到劍的認可，我想它或多或少會願意助你一臂之力吧。」

只是不曉得那會是你，還是你的子孫——維爾格琳講到這邊就露出笑容。

她的笑容非常美麗，令幻世為之醉心。

＊

時間來到傍晚。

現在是用餐時間，櫻明回到起居室。

他還邀請維爾格琳。既然有這個機會，櫻明決定請她一起吃飯。

皇宮裡頭的侍女們都是從嚴格挑選出來的人才中遴選出。各個訓練有素，不管遇到什麼事情都穩如泰山。

就算看到維爾格琳還是連眉毛都沒動一下，一臉理所當然地準備餐點。

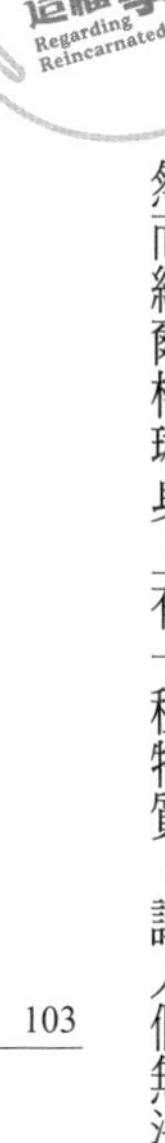

皆本繼續在門外負責警備任務，幻世則是站在櫻明背後待命。坐到位子上的就只有櫻明和維爾格琳這兩人。

「那麼，妳今後有什麼打算？」

「我會待在你身邊。並且會守護你。」

「朕很高興，但可以想成妳是站在我們這邊的嗎？」

「可以，的確是那樣沒錯。」

維爾格琳回答完面露微笑，只要能待在魯德拉身邊，她就覺得很幸福。

對這樣的維爾格琳感到不解之餘，櫻明還提出另一個問題。

「呵呵呵，那妳是否能平息這個世界的爭端，讓朕安心？」

當然皇帝說這種揶揄的話是在開玩笑。然而維爾格琳卻笑著如此回應。

——可以呀。

「若是你希望，我可以把這個世界當成禮物送給你。還能把你不想要的國家消除掉，也可以讓有意見的人都閉上嘴。不過在那之前得先把礙事的雜碎妖魔們滅掉呢。」

看到維爾格琳在回答時，臉上的笑容是那樣天真無邪，在場所有人都啞然失聲。至於正在服侍他們的侍女，手中的湯還差點灑出來。

所有人都憑直覺領略到她說這話是當真的。

就算有人真的想這麼做，也未必能夠辦到，大言不慚說這種話未免太過頭了。假如那段話是其他人說的，人們會一笑置之，說「未免太誇大其詞」。

然而維爾格琳身上有一種特質，讓人們無法這麼做。

再加上幻世他們知道維爾格琳其實有多厲害，這才明白那並非玩笑話，在現實中是有可能成真的。

櫻明也這麼想。

「哈哈哈，好久沒有笑得這麼開心了。竟然能說出會讓侍女當真的玩笑話，妳也挺有一套的。說出這麼豪情的話，聽了令人愉快，不過妳的好意朕心領了。」

他當場設法掩飾，好不容易才讓這件事情作罷。

櫻明早就知道維爾格琳不是泛泛之輩，晚餐時間的對話更是證明這點。

她不只強大，就連那思考邏輯都很棘手。

櫻明總算理解她為了自己，當真什麼事情都做得出來。

假如他命令維爾格琳毀滅其他國家，維爾格琳八成真的會執行吧。

對她而言善惡已經是其次，最重要的就只有櫻明的意願。

老實說，這是櫻明有生以來頭一次如此困惑。

他生來就是要當皇國的下一任皇帝，在生活中可以說是要什麼有什麼。只不過沒什麼自由，而他從小就受到教育，被告知這就是身為王者要承擔的責任與義務。

任何的必需品都手到擒來，可是真正想要的東西卻得被迫放棄。

跟人談戀愛也只能當作是一種幻想，他迎娶公爵家的千金當妻子，因為她能夠成為自己的後盾。那就好像跟人簽訂契約一樣，無法推拒。

櫻明資質聰穎，在長大成為青年前就體悟到這點了。

知道所謂的真理就是「萬事如浮雲」。

人生在世就如同一場夢。

因為是一場夢，想要盡全力實現夢想也行。

反過來看，不去抗拒命運隨波逐流，逐步體會生活中不時出現的微小幸福，這樣也很美好。

櫻明選擇的是後者。就算他是擁有一切的皇帝，想做自己喜歡的事情依然還是奢望，沒有機會實現。

因為櫻明是這樣的一個人，維爾格琳才會讓他感到驚奇。

她那麼自由自在，不會受任何人束縛吧。可是她卻表示願意聽櫻明一人的話。

（真是位不可思議的女性。不，她是女神才對吧。我雖然是那個魯德拉的代替品，可是她毫不掩飾對我表現好感，這點還是意外的令人害羞呢。）

懷著這樣的感受，櫻明開心享受許久未曾經歷的祥和晚餐時光。

*

隔天一早。

這天要在大本營召開會議。

在此大家要處理的問題，就是該如何安置維爾格琳。

如同櫻明說過的那樣，嚴禁在第三人面前展露出如同戀人一般的態度。

這樣一來，該如何解釋維爾格琳的身分就成了要先思考的問題。

緊接而來還有另一個問題，就是她的服裝。

自然不能讓她穿異國的服飾。

必須替她張羅符合她身分的衣服。

優秀的侍女們集體出動，將各式各樣的衣服陳列出來，櫻明除了聽取幻世和皆本的意見，還一邊思考該給維爾格琳什麼樣的名分。

「要不要讓她當侍女——」

「侍女怎麼能參加會議，笨蛋。」

話還沒說完，皆本的提議就被幻世駁回。

「那當護衛——應該也不可行吧。」

「陛下，這也在考量之內，不過維爾格琳小姐的樣貌太過引人注目。怎麼看都是外國人，可能會被懷疑是奸細。」

假如她是日本人，他們也不用這麼煩惱。可是維爾格琳是長得像北歐人的美女，在這個國家實在太過醒目。

就算對他人介紹說這是護衛或密探，人家也會質疑為什麼要重用外國人。話雖如此，要維爾格琳不出去拋頭露面，她不可能照辦吧。

再說維爾格琳都願意成為他們的戰友了，白白浪費她這份戰力未免太可惜。

正當他們在想該如何是好，維爾格琳本人提出她的看法。

「沒辦法呢。其實我不是很喜歡那樣，所以不想那麼做，但我可以改變外貌。改成這樣如何？」

話一說完，維爾格琳的外表就變了。

變成黑髮、黑眼睛。皮膚顏色也變成帶點微紅的淡黃色。

了。

「唔哇，原來還有這樣的能耐呀！」

皆本驚奇地開口，他覺得對方好厲害，而幻世則是覺得看到她做這點小動作已經沒什麼好訝異的了。

「原來我們是白煩惱了啊。」

這下櫻明也稍微鬆了一口氣。

只是改變色素的排列，看起來給人的印象就大幅度改觀。雖然這樣看來還是跟日本人有段落差，但到這個程度，要混淆視聽也不是不可能。

他們給變化外貌的維爾格琳一樣東西，是跟幻世相同的制服。還給她一個身分，好讓她出席會議，就是讓維爾格琳擔任櫻明的「近衛」。

補充一點，有三個組織負責保護皇帝。

第一個是皇宮警護劍士隊。

只有這支部隊被允許在宮殿內佩戴武器。不過能夠進入皇帝起居室的就只有隊長皆本一人。

第二個是皇宮警護術士隊。

這些人會利用魔術來保護皇帝，讓皇帝免受咒術等法術侵擾。這支部隊負責維持靈力守護結界，單看個人戰鬥能力比不上劍士。一樣只有隊長可以來拜見皇帝，所有的重點都放在帝都防衛上，這幾天都沒有出來露面。

而最後的組織就是「皇帝守護者」，這些「近衛」分成各個集團。

並不是所有人都像幻世那樣也有在檯面上露臉。

有些人潛伏於黑暗中驅逐魔物。

有些人身懷非比尋常的力量。

甚至有從皇族之中分派出來的人，負責扮演皇帝的替身。

這些人如上所述，在各式各樣的用途上發揮所長，明裡暗裡守護著皇帝。

裡頭某些人即便完全不為人知也不奇怪。因此這次櫻明決定給予維爾格琳「近衛」的地位。

「維爾格琳，朕就指派妳擔任『皇帝守護者』吧。這樣也不用另外花時間向其他人對妳的外貌做解釋。」

「我知道了。在其他人面前，我會確實扮演你的臣子。」

身上穿著軍服的維爾格琳不疾不徐地做出回應。

看她那樣，大家都感到不安，但又沒有其他好點子可用。

假使真的出了什麼問題，跟妖魔那些侵略者比起來也不是什麼大不了的事情。基於這樣的判斷，大家著手進行準備。

＊

在大本營的開會場所，人們陸陸續續聚集。櫻明待在等候室觀望這一切。

所謂的大本營，就是直屬於皇帝的最高統帥機關。

皇軍——大日本征霸帝國的軍隊，是由海軍和陸軍這兩大軍力構成。

而兩陣營的最高統帥是陸軍大臣和海軍大臣。

這兩名大臣有義務要參加大本營會議。也可以派代理人出席，但這樣對皇帝不敬，所以大部分都是本人過來參加會議。

這幾天開會已經成了例行公事，會議內容大多是報告現況。

在大南海的海洋決戰中，帝國海軍輸得一塌糊塗。就連生存者的消息都沒有著落，各個陣營都集結他們所有的力量派人去調查。

然而陸軍卻一副事不關己的樣子。他們的藉口是自己沒有能夠前往海上的手段，不過櫻明認為那是因為他們不明白目前國家實際上正面臨怎樣的威脅。

（這群蠢蛋。現在不是自己人在那邊爭奪邀功的時候。）

他私底下這麼想，不過站在皇帝的立場上讓櫻明沒有把這句話說出口。

由於他的權限實在太大了，說出來的話自然會很有份量。若是在私人場合中提出另當別論，可是在公開場合，櫻明說話必須慎重。

不曉得櫻明正在為此苦惱，陸軍部門的將校開始嚷嚷。

「妳是什麼人！一個女人家跑到這神聖的大本營，成何體統！」

啊啊，果然變成這樣了——櫻明聽了一個頭兩個大。

特別重視面子的人，會很講究身分高低以及禮俗。最終會演變成這種局面早已不言自明，若是櫻明陪同進場還做介紹，想必會引起更大的騷動。當初大家對這部分的看法一致，他才決定把維爾格琳交給幻世去帶。

（果然不出所料，那血氣方剛的男人來挑毛病了。若是惹她不快，別說是他自己了，就連這座帝都都會被毀滅掉……）

這時櫻明發出大大的嘆息。

因為維爾格琳的關係勞心勞力，或許這就是擁有魯德拉「靈魂」之人的宿命。

「莫非你這話是在對我說的？」

「連這種事情都看不出來嗎？笨女人！所以說我才──唔呃！」

那名將校的鬼叫聲突然間沒了。

因為維爾格琳以人類肉眼無法捕捉到的動作朝男人胸口一抓將他提起，把手槍塞入他開著還未閉上的嘴巴裡。

維爾格琳臉上浮現一絲淺笑說道：

「換成靠刀劍或長槍作戰的遠古時代，那是另一回事，可是現在只要扣下扳機就能夠殺人，我想是男是女不重要吧。如今在這時代作戰最重要的是狀況分析能力，還有排除情感，冷靜合理的判斷能力。你在那裡大呼小叫，是否沒資格待在這了？」

原本那男人在力量上就敵不過維爾格琳，可是看見她拿出手槍行使任誰都能看懂的暴力行徑，在會場裡的眾人都跟著群起譁然。

「妳、妳這女人！快把參謀總長放了。」

「這裡禁止攜帶槍械！衛兵！誰快把衛兵叫過來──！」

此時維爾格琳不屑地嗤笑。

「你們這些蠢蛋，就為了一個玩具大聲吵鬧。這樣還配稱光榮的帝國軍人？」

一聽到那句話，有好幾個人漲紅了臉，用憤怒的目光望著維爾格琳。

維爾格琳對這些舉動一點都不在意，她將參謀總長粗魯地放開。然後用手裡的玩具手槍對著他，扣

下扳機。

噴射出來的水把參謀總長的胯下弄濕。

「呵呵呵。看起來好像尿褲子一樣。你趕快回去換件衣服吧？」

「妳、妳、妳這臭女人——」

過多的屈辱使得參謀總長渾身顫抖，但是他一看見維爾格琳的眼睛就把話吞回去。

因為她的目光令人不寒而慄。

繼續像那樣難看的吵吵鬧鬧就宰了你——他感覺對方在對自己這麼說，參謀總長頓時血色盡失。

「哈、哈哈哈，冒犯了。看樣子我好像有點太過衝動。水槍這種東西真令人懷念。我好像找回童心了，連腦袋都跟著冷靜下來。」

「是嗎？那太好了。假如你還要參加會議，在做事情的時候就要更注重禮儀規範。」

只見參謀總長猛點頭。

雖然他沉不住氣，性格上有點傲慢，腦子卻不笨。一開始跟對方見面以失敗的方式告終，但之後跟她對應卻沒有再出差錯。若這種時候還在抱怨，一旦沐浴在維爾格琳的殺氣下，他大概早就心臟病發了吧。

對維爾格琳來說，重要的只有魯德拉。若是在魯德拉底下做事的人太沒用，她知道了也不會開心。所以她才想要剷除掉無能的人，至於參謀總長的處分，就暫時保留。那個人只不過是沉不住氣又看不起女人，維爾格琳認為還不足以構成讓他消失的理由。

（呵，我也變心軟了呢。或許是因為在這趟旅程中累積了各種經驗的關係。）

就像是這個樣子，維爾格琳還自我誇讚起來。

這當然是她對自己評價過高。

目前只不過是魯德拉在身旁心情好罷了，否則剛才那件事情的結果將會不一樣。

她每次都是鎖定「靈魂」的碎片跳躍過去，不過有時找不到下一個目標。這段時間從幾年到幾十年都有，因為維爾格琳必須等待魯德拉的轉生體出現。

目送所愛之人離世後，接下來的那段時間對維爾格琳來說跟拷問沒兩樣。若是在這種時候惹她生氣，那個人就等同氣數將盡。

參謀總長運氣不錯。

等到場面穩定下來了，海軍大臣便跟著開口，想要重新掌握主導權。

「那麼，荒木先生。不知這名女性是何種身分？」

他的年齡大概五十多歲。這名男子同時也是海軍上將，正用充滿威嚴的目光望著幻世。

幻世也藉著這句話趁機搭上線。

「失禮了，現在才介紹。她是我的同僚，今日有幸獲得陛下允許，才決定出席大本營會議。名字叫做——」

「我叫做龍凰。請多多指教。」

沒等幻世介紹完，維爾格琳面不改色地報出假名字。她從「龍種」取出「龍」這個字，再從這個世界中主宰火焰的神獸——鳳凰身上取出「凰」一字，隨手拼裝出這個名字。

然而這成了大問題。

「什麼，除了龍還加上鳳凰？」

「竟然在名字裡有龍字，太傲慢。這是對皇帝陛下不敬！」

「還是說，妳跟陛下有什麼淵源──？」

場面好不容易才穩定下來，再次掀起一陣騷動。

這下幻世頭痛了。

（她是故意那麼做的嗎？不，不是吧。維爾格琳小姐完全沒在管我們方不方便。她都改變外貌了，假名應該也要事先想好……）

幻世暗自反省，心想是自己太大意。

同樣的，櫻明也在別的房間中發出嘆息。

活到這麼大的歲數，被人像這樣耍得團團轉還是頭一遭。這反而讓櫻明感到心情愉快。

他站了起來，踏進開會場所。

「在這種危急時刻。朕亮出王牌，這麼做是否有何奇怪之處？」

發現櫻明到來的人們紛紛起身敬禮，他在這些人面前笑著如此說道。

到頭來，既然主君都如此斷言，那他們也只能接受。就算有意見，也沒人敢理直氣壯地說出口。

事情就是這樣，維爾格琳在這個世界的名字就叫做龍凰了。

＊

「開始吧。」

櫻明的一句話讓大本營會議隨之展開。

「那麼首先，有事情稟報。」

嘴裡這麼說並站起來的人，是來自海軍的情報部門將校。

這幾天以來，報告的內容一直是了無新意，今天情況卻有所改變。

「敵人的聯合艦隊聽說已經在亞特蘭提斯大陸靠港了。」

「確定是真的嗎？」

「是的。現場的情報人員捎來這份消息，肯定沒錯。」

「因為在幾個補給地點中，那裡有著規模最大的軍事港口。但是你有辦法斷言這不是對方在欺瞞嗎？」

「說得對。大南海那邊有好幾座群島。有人報告說阿傑利亞還在那邊準備了祕密基地，你也有派情報人員過去嗎？」

聽到軍令部總長這麼問，海軍大臣也跟進。

情報將校沒有任何遲疑，對他們的質詢一一回覆。

「那些部門的數量太多，目前沒辦法整座島都派人手過去。不過靠港亞特蘭提斯的敵方殘存戰艦數量跟出戰前的情報是一致的，可以說另外還有其他艦隊的可能性已經排除了吧。而且他們還捕捉了我們帝國海軍的軍艦。是打算在那個地方悠哉整頓，要挫殺我們的鬥志吧。」

帝國海軍輸得很慘這件事，大本營這邊已經收到消息了。所以事到如今並沒有人為此感到驚訝，但是聽到自家軍隊的艦艇被人緝捕，似乎沒辦法繼續沉默下去。

「能掌握敵人的動向是很好。那麼……就是說……我軍這邊有逃──成功轉航的戰艦嗎？」

「怎麼可能會有。假如真的有，他們早就聯絡我們了。」

沒想到這時參謀總長大膽指正。

就如他自己所說的，似乎已經恢復冷靜了，他的指正非常正確。

「就如參謀總長閣下所說，我方沒有被犧牲掉的艦隊全都被抓去當俘虜，這樣假設肯定沒錯。」

「嘖！那不就等同讓敵人的戰力變得更強了嗎！」

「這也是沒辦法的事情。因為對手是未知的敵人，那種叫妖魔的東西。若是換成我去現場，下場大概也一樣吧。」

面對陸軍大臣的發言，軍令部總長提出反駁。

「是我失禮。說那些話不是要來侮辱海軍。我只是覺得不甘心……」

「我接受你的道歉。因為大家都一樣不甘心。」

會議局面劍拔弩張。

眼下這個情形可以說是皇國建國以來遇到最大的窘境。

他們引以為傲自認最強的皇國軍隊——帝國艦隊戰敗了。不僅如此，最新的新銳戰艦等多艘艦艇都落入敵人手中。

所有人都因此感到不安，對未曾有過的危機傷透腦筋。雖然知道在這抱怨也沒用，但還是難免發句牢騷。

要是軍令部總長沒有展現出穩重沉著的態度，現場狀況會變得更加失控吧。

在稍微緩和下來的氣氛下，櫻明沒有放過這個好機會，接著開口：

「那我們皇國的軍人們都被抓去當俘虜了嗎？」

被這樣一問，海軍那邊派來參加會議的人開始緊張。事關他們重要夥伴的安危，哪有可能不放在心上。當然這些人對陸軍來說也是很重要的同事，而且這件事情還關係重大，大到會影響今後的方針。

若這是一般的戰爭，還可以透過戰爭協定來確保俘虜的人身安全。然而這次有未知的侵略者介入，可能沒辦法套用這種大前提了。

若情況還是跟之前一樣，那倒還好。

假如並非那麼一回事……

大家的目光都放到情報將校身上。

「關於這點……」

「怎麼了，還不快點回答！」

情報將校原本欲言又止，這才在長官的催促下繼續把話說清楚。

「根據目擊情報指出，帝國海軍的軍官和士兵們都是用自己的手，在操控那些被敵人緝拿的艦艇。聽說敵方的軍人好像也在裡頭，但人數不多。看起來不像有受到槍枝等武器威脅的樣子，就好像是他們自願倒戈一樣——」

聽完這些話，大家心裡想著「怪不得他難以啟齒」。

櫻明也一樣。有榮譽感的帝國軍人怎麼可能如此輕易就放棄堅守崗位。更沒想到他們會自己走向敵人的陣營。

「如果真是如此，那賭上性命的近藤先生等人不就死不瞑目了……」

這句來自皆本的呢喃在變安靜的會議場所中迴盪。

寧可相信那些人是被妖魔操控——在場眾人內心都是這麼想的。

他們的這份想法，被維爾格琳用明快的語氣證實。

「呵呵呵，小笨蛋。放心吧。你們的夥伴都沒有背叛。」

她出面了。

海軍的將校們都不相信夥伴會背叛，而他人提出的目擊證據卻顯示有背叛嫌疑，因此他們一時間都不知道該如何是好。正因為這樣，維爾格琳的一席話讓他們看見希望。

「龍凰小姐，不知這話是何意？」

這時海軍大臣代表大家提出問題。

維爾格琳笑著回應：

「很簡單。妖魔確實有附身的能力。雖然剛出現的時候，沒辦法在這邊的世界發揮太大力量，但是附身在人身上可以奪走他的肉體，慢慢就能徹底發揮十足的力量。這裡相當於他們力量泉源的魔素含量並不高，要完全同化大概得花些時間吧？」

那對他們來說無疑是希望。

「原來如此，果然被操控了！」

「妳說同化還需要一段時間，那表示現在還來得及拯救他們嗎？」

「竟然敢愚弄我們的夥伴，不可原諒！那些可惡的妖魔，一定要把他們討伐殆盡！」

「要立刻擬定作戰計畫把他們救出來——」

「先等等，事情沒這麼簡單。」

會議場內頓時吵雜聲四起。

有些人心生疑惑，納悶維爾格琳怎麼那麼清楚，但又想她是皇帝的王牌，會知道也不奇怪，就不疑有他地接受這套說法。

之後大家意見一致，都想要拯救夥伴，不過一想起實際執行並不容易，就逐漸恢復冷靜。

畢竟皇國才剛在賭上帝國存亡的一戰中戰敗。拯救夥伴的作戰計畫不是那麼容易就能想出來的。

首先，皇國這邊殘留的軍艦數量不夠。

航空母艦六艘。

戰艦四艘。

重巡洋艦四艘。

輕巡洋艦二艘。

驅逐艦十八艘。

如今他們失去了這麼多的艦艇，就算要從皇國全境中搜刮，蒐集到的艦艇數量也不到上述數量的一半。

將那些全部投入運用，光是要組成一隻艦隊都很吃力。若是要派艦隊過去營救自己人，那他們母國本土的防衛就會變得薄弱。

「不過世界各國的首腦都已經掌握現況了。這種時候我們是不是該偷偷合作，集中火力對付妖魔這個敵人？」

「這道理大家都明白。但有一些軍隊已經失控了，會對計畫的成行造成阻礙。」

「其他國家不中用，但我們也一樣。沒辦法完全掌握派遣到中華的陸軍部隊動向。」

「再加上我們才剛被敵人奪走決戰用的戰力……」

就算各國的首腦和解好了，也不能解決任何問題。

軍隊一旦失控，他們就沒辦法宣布戰爭終結。因此要將這整件事情解決，首先得想辦法處理妖魔。

姑且先不論那些，大家心中已經萌生了不安的感覺但沒有說出來。

那就是——

「在我們之中，應該沒有被妖魔附身的人吧？」

最後終於有人把這句話說出來，他就是陸軍大臣。

看他正在瞪視海軍那邊派來參加會議的人，心中有什麼想法已昭然若揭了。

「什麼！這是在懷疑我們嗎？」

「不不，我沒這麼說吧。只是聽完剛才的報告，難免讓人產生懷疑嘛？」

「開什麼玩笑！既然要提這件事情，那你們陸軍不是也在中華成了脫韁野馬嗎！」

「唔，那是因為——」

議場開始瀰漫一股險惡的氛圍，櫻明出面破除。

「我們勇敢的士兵都平安無事，那是個好消息。我們自然要去營救他們，不過在這邊自己人互相挑毛病，就能救得了他們嗎？英明的你們應該知道什麼才是正確答案吧。」

「「「是，陛下！是我們失禮了！」」」

那一席話讓所有人冷靜下來。

那身威嚴果然不是蓋的，不過櫻明卻覺得剛才就像在走鋼索。

光顧著驚慌沒辦法解決問題，這種時候就只能說重話責備他們。他能理解將校們為何會如此不安，同時對什麼都辦不到的自己感到沮喪。

「龍凰小姐，陸軍大臣會有那樣的擔憂很正常，您有辦法分辨人和妖魔嗎？」

問出這句話的人是幻世。

假如沒辦法分辨敵我，後續就沒戲唱了。

要有這個當前提，一切的對策才有可能成立。

會議場內再一次安靜下來，大家都在等著維爾格琳的回覆。

「現場怎麼可能會有。如果有妖魔混進來，我會在第一時間告知。」

聽她那麼說，大家就放心了。

「這樣啊，說得也是。」

幻世也跟著卸下心頭的擔憂。

天妖級的妖魔若是變化成人，他們可能會無法分辨。若是連在這裡的維爾格琳都沒辦法看出，那大家就只能舉手投降。

幻世覺得他們還是有希望的。

然而維爾格琳卻跟他們不同調。

「真拿你們沒辦法。我說你們幾個，連是不是同族都看不出來？那些妖魔，我個人都是稱他們為妖魔族，那群傢伙之所以會附身在人類身上，是因為有那個必要。這是為了在這個世界生存。若是完全同化，他們早就變成不像人的姿態了。」

假設同化還不完全，那靠守護這座帝都的「結界」也足以判別了吧。就算妖魔可以假扮成人類，賴以為生的根源卻跟人類不同。

就因為他們是那種不安定的生物，在穩定之前才沒辦法出來晃蕩——以上是維爾格琳的解說。

「還有等級最低的『雜兵』，雖然有智慧，自我意識卻很薄弱。都是一些只會服從長官命令的雜碎，稍微偵訊一下就能立刻看出真面目吧。」

他們可以讀取被附身的人類記憶，但只有比較表層的部分。若是針對深層記憶偵訊，他們勢必回答不出來，會露出馬腳。

當維爾格琳結束這段解說，會議場內瀰漫著一股安心的氣息。

她進一步說明。

嚴肅沉重的會議到此為止。

接下來輪到維爾格琳展現她的厲害之處。

「我看你們好像沒什麼概念，就跟你們說一下，妖魔族有明確的優先順位——他們有階級之分。剛才說到的『雜兵』可以說是雜碎中的雜碎。而且在完全同化之前，強度上還會有落差，頂多只到高級妖怪程度。」

她這高級妖怪說得簡單，但原本論危險程度，可是得請出專門的對策部門才能應付。不過維爾格琳才不管那些。

「龍、龍凰小姐，那若是他們完全同化，『雜兵』是不是就會來到天妖級？」

面對來自陸軍大臣的問題，維爾格琳回答得很乾脆。

「聰明，就是你說的那樣。」

「什麼！」

陸軍大臣之所以會那麼錯愕，並不是覺得對方看不起自己。而是最低階的士兵也有機會來到天妖級，情況如此令人絕望，才讓他驚訝到不知該說什麼。

他跟維爾格琳之間的反應差異太過巨大，大到悲哀的地步。

現場都沒人嘲笑陸軍大臣。因為大家心中都有相同的感想。

「有什麼好驚訝的？這點程度的對手，那位幻世也有辦法擺平吧。若是負責指揮『雜兵』的『指揮

官』階級，也許會陷入苦戰，不過不至於沒辦法打倒。」

屬於低階個體中位階較高的「指揮官」階級，在異界中強度相當於A級——但是在還沒有完全附身之前，只能發揮比B級再強一點的力量。

若是完全同化來到鬼龍級，那勢必會陷入苦戰。話雖如此，照維爾格琳的判斷來看，幻世要打倒他們依然綽綽有餘。

「承蒙您給出高度評價，不敢當，但是連近藤同時對付兩名對手都輸掉了。我可能會辜負這份期待。」

「不能說這種喪氣話。近藤直到最後一刻都貫徹了自己的信念。」

聽維爾格琳那麼說，幻世也注意到了。

注意到自己氣魄不夠。

緊接著他發現之前自己的眼光有多麼狹隘。從掛在腰間的刀上確實感受到一股熱度。

那番話有如醍醐灌頂，幻世找回了自信。

「說得對，妳說得沒錯。若是自己先感到氣餒，那原本能夠戰勝的戰鬥也會輸掉。」

「沒錯。不過，就算你們氣勢不夠也還有我在，我們是不可能輸的。」

維爾格琳這番話讓幻世的那份覺悟顯得多餘。

＊

於是在這樣的進展下，大本營會議的走向隨之起了變化。

維爾格琳繼續說明。

「雖然位階愈高的愈強，可是他們身上的能量太過龐大，很難顯現在這個世界中。我猜測目前能夠來到這邊的，頂多只到高級者裡位階較低的『將官』。所以說——」

「等等，先等一下！」

「怎麼了？」

說明到一半被人打斷，維爾格琳心情不是很好。若不是在櫻明面前，她八成不會放過打斷她說話的人。

「關於那個妖魔族的階級，是不是可以想成跟軍事部門的階級相似？」

「你這是在懷疑我的語言能力？」

「不，我沒有那個意思，只是有個疑問，就是不知道『指揮官』跟『將官』之間有沒有『尉官』或『校官』……」

問出這個問題的人是海軍大臣，關於這部分，大家也都很在意。雖然敵人都是一些對維爾格琳來說可有可無的雜碎，看在這個世界的居民眼裡卻是令他們絕望的對手。

「假如幻世先生會陷入苦戰，那『指揮官』等級應該相當於『鬼龍』吧？」

「是呢，聽說近藤還敗給那些對手，我想應該是那樣沒錯。」

「那麼『將官』得有多強啊？」

在鬼龍之中若是屬於位階較高的，那隨隨便便都會來到神佛級。

因為靠人類之身無法戰勝，才會被區分為神佛。如果打過來的對手有這樣的能耐，那他們再怎麼抵抗都沒用。

體認到這點的人們，接二連三鐵青著臉。

「那搞不好近藤就是輸給那些『將官』——」

「也許是吧，但我沒興趣。真相是怎樣都無所謂。」

不管他輸給誰都不重要，維爾格琳根本不在意。

重要的就只有他輸掉的事實。

「對了對了，我突然想起來，順便跟你們說一下，妖魔族能夠出現在這個世界的方法只有兩種。看是要通過『冥界門』，或是受到長官召喚，二選一。我想海上並沒有出現『門』，應該是被召喚過來的。」

如果是「將官」等級，一般來說可以召喚出一萬名以上的部下——維爾格琳用輕鬆的語氣補上這一句。

聽到的人會覺得那數字令人絕望。

大家都說不出話來，只能一直看著維爾格琳。

「如果是龍凰小姐，是不是……有辦法戰勝？」

海軍大臣抱著最後的希望問了這個問題。

連他自己都知道問這樣的問題很突兀，想想都覺得要笑出來了。

就算對手只有一個「將官」等級的敵軍，他也是足以毀滅人類的強敵吧。而他還率領部下，不管怎麼看都沒勝算。

不管那個自稱是龍凰的謎樣女性有多麼強，都不可能單槍匹馬對付一整支軍團。

「對手擁有超乎想像的力量，整支軍團有如神兵壓境不是嗎？古往今來，人類戰勝神明這種事情就只在神話中看過……」

「我們也只能祈禱，希望這個世界不要毀滅吧？」

參謀總長和陸軍大臣或許跟海軍大臣有著相同的心情，也跟著附和。

那讓維爾格琳嗤之以鼻。

「一群笨蛋。若要說有誰能夠戰勝我，就只有妖魔族的王——菲德維了吧？但我不認為自己會輸給他，而且那傢伙八成也沒辦法來到這個世界。」

為什麼她知道敵人的王叫什麼名字——諸如此類，人們心中疑問不斷。但都沒人提出來。

因為他們覺得就算這名女性知道，也沒什麼好訝異。

只有一件事情必須先確認一下。

「冒昧說句話，龍凰小姐，您很強這點無庸置疑。所以我才想問……」

鼓起勇氣提出疑問的，是一直保持沉默在旁觀望的教育總監。他是陸軍的三位長官之一，當會議鬧糾紛的時候，他負責出面仲裁。

維爾格琳將目光轉到教育總監身上。

「有什麼問題？」

「我國正面臨滅亡的危機，不知您是否願意出面討伐敵人？」

「我不會出面。因為我分身乏術。」

這當然是假話。

若是運用她的「並列存在」，她就能夠邊守護皇帝邊討伐敵人。

但維爾格琳沒必要告知這點。她表示自己身為「皇帝守護者」，將會作為盾牌，專心保護陛下。

理由只有一個。

就是她已經看出來了。

遇到困難的時候若是只會找他人幫忙，將不會進一步成長。這樣一個國家是不可能有未來的。

那麼放任這個國家滅亡也是一樣的。

維爾格琳算是很慈愛的人，她還不打算捨棄這個國家、捨棄人類。如果換成維爾薩澤，她肯定不會任由抱持這種懶惰精神的人們繼續活下去。

在魯德拉去世之前，維爾格琳打算照看一切，但之後的事情就不管了——在踏上旅途之前，她大概會那麼想吧。如今維爾格琳已經懂得用宏觀的視角看待事物。這也是跟利姆路相遇之後，見識到他看待事情的方式，才會起這種變化。

對現在的維爾格琳來說，重要的不只是魯德拉和他關愛的子民。還要守護那將會綿延下去的後代。

基於這樣的考量，每次維爾格琳都會重複做一次，為了避免自己離開後，被遺留下來的人們什麼都做不到，維爾格琳才會用她的方式替這些人做打算。

話說得很嚴厲，維爾格琳表示自己不可能主動出擊。

「不過你們可以放心。我一定會確保陛下龍體安康。所以你們要盡力做好自己能夠做的事情。」

簡單講就是要他們展現韌性。

*

既然已經掌握敵人的實力大概有多強，他們開始針對今後的對策做討論。

有了維爾格琳的協助，皇帝將會安全無虞。

來大本營這邊出席的將校們也不是笨蛋，他們明白維爾格琳那番話背後的含意。因此沒有再寄予更多的期望，而是決定先自行想辦法。

「那麼我們要嚴密注意敵人艦隊的動向。」

「明白了。我會下令要他們多費點心，密切注意敵人的舉動。」

「妖魔附身人類後，大概過多少時間才會徹底同化？」

「這個嘛，如果魔素夠多，大概花不到一個禮拜，但來到這邊最少也要兩個月吧。」

在魯德拉的面前，維爾格琳對於他人的提問毫無隱瞞，全都老實應答。於是大家在決定方針時就不至於像無頭蒼蠅一樣。

「敵人艦隊若要完成補給和整頓工作再到出港，至少也要花上一個月吧。時間上跟我們估算的差不多，敵人應該是一個月後會採取行動？」

「這不一定吧？他們吸收了我軍的艦隊，想必要花一段時間重新編制，若是目前已經被他們投入運用的阿傑利亞及中華艦隊，是否只要補給燃料就能出擊？」

「如果是那樣，從亞特蘭提斯到皇國這邊，應該會花上兩個多禮拜。不過還是會受天候影響——」

「不會的。他們基本上會操作天候，你們要假設敵人會以最快船速航行。」

「是……是的！」

相處到現在，那些將校也開始摸清維爾格琳的性格了。

她雖然態度上高傲自大，卻意外地有著很會照顧人的一面。

除了會認真回答大家的問題，還會給建議。只要能夠分辨怎樣的尺度還在維爾格琳容許範圍內，就不會觸怒她。

她真的是個對大家有益的夥伴。

怎麼能不好好利用，一些精明能幹的人便趁機瘋狂問維爾格琳問題。結果讓他們得以擬定大致的作戰方向。

「咳哼。在本土這邊迎擊也不失為一種手段，不過這樣一來就沒餘力去救助那些被抓起來當俘虜的勇敢同胞們。這次還是該主動出擊，把敵人的首腦殲滅。」

「的確。我也認同，但問題是誰要去。」

「若有龍凰小姐守護陛下，就沒有後顧之憂。我也會去。」

「噢噢，荒木先生願意參加的話，簡直是如虎添翼。」

「劍士隊也希望全員參加！」

「皆本，就拜託你了！」

原本以為事情就這麼說定了。

這個時候卻有人插嘴，果然還是維爾格琳。

「……你們幾個是認真的？還是想自殺？」

「此話怎講？」

陸軍大臣眼裡閃著光芒看著維爾格琳。

他原本期待維爾格琳會加入，卻想得太美好。

「你們願意靠自己的力量努力，這樣的態度值得讚許，但光這樣是不行的。敵人很強大，你們必須要盡全力才行。」

這是在說什麼——大部分的人心裡都浮現這種想法，然而有人已察覺答案是什麼了。

其中一人就是陸軍的參謀總長。

「您的意思是光靠我國不夠應付，是這樣嗎？」

這令維爾格琳感到訝異。

因為那個男人是最先來找她麻煩的傢伙，給人感覺在思慮上應該更不周全才對。

（幸好我沒有早早就對他的為人下定論。）

將真實想法藏起來，維爾格琳對他點點頭。

「確實如此，面對這世界性的危機，國與國之間不該忙著爭鬥。我們明白這點，但就如同剛才解釋過的那樣，目前軍事部門都像脫韁的野馬不受管控……」

陸軍的參謀總長說他也對此感到懊惱。

不過這個時候皆本發表他的看法。

「這種時候還是應該尋求其他國家協助吧！反正靠不上不下的戰力也只會戰敗，被妖魔附身。所以我們只能派精銳部隊出去迎戰，也只能要求其他國家除了精銳人員不要加派其他人手。」

聽他那麼說，其他人也表示同意。

「只能這麼辦了。這已經不只是一場戰爭。還是跟妖魔對決的生存競賽，沒時間讓我們挑選手段。在大戰分出勝負前，我們要先把妖魔趕跑。」

「說得對。這已經不只是皇國自己的問題了。」

「沒錯。我們必須立刻跟各國聯繫，統一大家的步調。」

人們一一發表意見，說得好像只有這條路可以走。

「這樣就對了。因為你們很弱小，必須多動腦才行。」

聽到他們這麼說，維爾格琳滿意地笑著回應。然而那看在文官眼中根本不可行。

「請等一下！各國的首腦也明白現況不妙吧。就算是那樣好了，他們八成也不會跟我方合作。」

「嗯，要實現想必不容易。若我們突然提議要停戰，沒有一個國家會乖乖照辦。」

「換成我國，有人跟我們提出這樣的提議，我們也會很困擾。」

他們提出這樣的意見很合理。

停戰到一半若是出什麼狀況，那可是一個大問題。而且要跟人停戰，至少得先掌握陷入失控狀態的軍事機構才行。

除此之外還有很多問題。

人民可能會反對。

某些國家很可能會趁這個機會想些陰謀。

一旦開始懷疑就沒完沒了。

雖然有人說疑心生暗鬼將會變得裹足不前，但無法排除這些不安要素，他們就不可能合作。

在這種情況下要攜手合作就像癡人說夢，可是維爾格琳卻面帶笑容開口。

「還沒嘗試就要放棄嗎？好吧，那樣也沒關係。起碼陛下和陛下跟前的這座帝都，我會負責守護。」

聽到別人說出那種瞧不起他們的話，負責外交工作的官員當然要反駁一下。

「我明白了。那就試著跟他們聯絡看看。讓我們展現最大限度的誠意，至少要想辦法讓彼此有機會召開會談！」

那說話的態度就跟惱羞成怒沒兩樣，不過對方被維爾格琳挑釁到，這樣正好。

「說得沒錯。反正不做橫豎就是死。」

「也許做了也是死路一條，那倒不如展現一下我們的氣魄。」

「就是要這樣。就算會輸好了，不拿出全力抵抗，我心裡不夠踏實。」

「雖然這樣對不起人民和家人……」

「沒辦法。如果是能夠簽訂協議的對象那還好辦，但敵人可是妖魔。這成了賭上物種存亡的生存競賽，我們一旦戰敗就表示這個國家將會滅亡。現在不發揮全力盡可能做到最好，之後要後悔可是後悔不完。」

那些將校完全被維爾格琳煽動了。

看到事情如自己所願，她很滿足。

（這樣很好。先別去管能不能實現，而是要付諸行動。假如你們失敗了，到時候我會想辦法。）

在心裡嘀咕真正想法的維爾格琳露出微笑。

大家認清自己該做些什麼，並採取行動。

就這樣，皇國展開最後的抵抗。

這裡是亞特蘭提斯大陸。

位於阿傑利亞合眾國東方最小的大陸。

氣候上屬於熱帶雨林。茂密的森林占去大半面積，形成叢林。

不過這座大陸有個更大的特徵。

就是擁有鐵礦石形成的礦山，以及能夠生產石油的油田。活用這些豐富的埋藏資源，此處成了阿傑利亞轄區內最大的軍事據點。

這成了不幸的開端。

那座軍事據點附近有個古代遺跡，不巧的是能夠通往異界的「冥界門」就開在那裡。

很久很久以前原住民進行了一場儀式。他們試著跟神明溝通，結果導致時空出現細小的裂縫。妖魔族發現後，便讓現今呈現穩定狀態的「冥界門」固定在這。

原本附身在原住民身上的妖魔族，樂於接受新的附身對象是阿傑利亞人。而且還奪走後者建造的軍事設施，拿來當作侵略的前哨站、橋頭堡。

一名男子穿著被稱為國防色的卡其色軍服，正在指揮混雜了許多人種的一群人。

他將黑髮往後梳。一雙細細的眼睛看起來很冷酷，在眼鏡後方散發通達事理的光芒。

他的真實身分是從天界時代就追隨柯洛努的副官。在變異進化成妖魔族之前，以智天使(Cherub)的身分活躍。

原本沒有名字，如今卻有了天理正彥這個名字。他來到這個世界後奪得肉體，那是身為這具肉體原始主人的男子之名。

此外妖魔們的首領「三妖帥」之中，某些人也有替自己的部下命名。柯洛努並不重視跟部下之間的情誼，因此他底下的妖魔們都沒有名字。

對妖魔族來說，人種並不重要，而天理正彥是日本人。他是來到阿傑利亞的軍事設施勘查的情報人員，能夠跟近藤互爭一二的強者。

雖然優秀卻時運不濟。

他沒有收到近藤戰敗的消息，等到掌握敵人全貌的時候，已經太遲了。

寡不敵眾而敗給敵人，肉體被人奪走。

天理正彥的肉體有透過「氣鬥法」強化，拿來當作妖魔族附身的素材再好不過。如今距離來到世間已經超過百日，身為高級中的高階分子——「參謀」等級的柯洛努副官，現在在這個世界已經能夠發揮所有的力量。

他的力量無與倫比，換算成存在值甚至來到一千萬。

因為他連天理正彥擁有的知識和技量都據為己有，力量大幅度提昇。

「擴張作業還要再加快。若是要讓柯洛努大人降臨在世間，這個『門』還太小。」

原本若是要從異界完全顯現，只限於魔素(能量)含量還沒大到超過「冥界門」尺寸的人。

若非如此，其他人只能利用這方法——將本體留在異界，送出透過「靈魂迴廊」連結的「分身」，再慢慢取回力量。

只不過……

這一套沒辦法套用在「三妖帥」身上。

「三妖帥」的「靈魂」力量太過巨大，那種半吊子的「冥界門」根本不夠他們用。「門」的尺寸至少也要來到百萬級，否則他們連顯現一下都辦不到。

順便補充一點，如果本體留在異界，就算「分身」死掉依然能夠復活。不過沒有完全來到世界上，他們頂多只能發揮一半不到的力量，會變得比較弱。

除此之外，說是復活，卻只能繼承記憶和經驗，還需要去找別的附身對象。

那樣是有好處沒錯，但是壞處更多。

若是擴張「冥界門」，在有肉體的狀態下依然能夠回到異界，因此妖魔族的目標都是在世界上完全顯現。

至於這個「冥界門」，在日日夜夜的擴張作業下，已經用超乎維爾格琳預料的速度逐漸擴大。換算成存在值大約是十萬左右，如果是中下級的「尉官」，已經夠他們完全顯現且不會遇到任何問題。

那些精神受到控制變成俘虜的人們在「冥界門」前面一字排開。陸陸續續接受妖魔的附身。

這種取得肉體的方式對妖魔族來說，最大的好處在於可以順便奪取名字。他們是半精神生命體，屬於不穩定的存在。得到肉體和名字後，將能穩固他們的自我意識。

從奪取的肉體中吸收知識並萌生自我，將導致最下級的「雜兵」也能成為堪用的棋子。

「天理大人，不用那麼趕應該也沒關係吧。計畫進展順利。我們也調查過這個世界的戰力了，幾乎沒人能構成威脅。」

向天理正彥進諫的是戴伯特・雷根。附身在他身上的妖魔屬於高級中的低階「將官」級，拿來跟魔王種相比，相當於具有高階的實力。是實現完全顯現的其中一名強者，存在值達到六十萬。

也難怪近藤戰勝不了。

有人出言挖苦這樣的戴伯特，是位階和他相當的李金龍。

「喂喂，已經給過你好幾次忠告了。你都忘了嗎？這裡可是還有『拳聖』仙華呢？在我的記憶裡，搞不好『校官』們對上她還會輸掉。」

所謂的「校官」在妖魔族的階級中屬於中上級。在異界中實力媲美魔王種，充當率領千人的聯隊長，在這次侵略中扮演重要角色。

有別於下級人士，身上懷有的戰力不容小看，失去這股戰鬥力將會對計畫帶來重大影響。李金龍的忠告當真是合情合理。

然而戴伯特卻笑了。

「沒問題。那位大人——普契尼拉大人過去收拾她了。仙華根本不是他的對手。」

李金龍聽了為之訝異，不過他還是帶著邪惡笑容認可。

「怪僧」普契尼拉——他是人類的希望、最強戰力之一，在留下神諭後便親自趕赴各地做調查。在那些地方跟妖魔展開激烈的對決，卻含恨吞下敗仗，遭到囚禁。

理由只有一個。

因為他是優秀的附身對象，可以用來讓跟天理正彥同等級的「參謀」級妖魔附身。

悲劇真的發生了。如今他成了跟天理正彥同樣階級的妖魔支配者。

「不會吧。我原本打算過去的，卻被人搶先。只是要殺掉她很簡單，不過我們幾個去會不小心把她弄壞。讓普契尼拉大人來處理此事應該就沒問題了。」

說這種話有點像是出言不遜，但戴伯特認同他的看法。

這個世界的人類太弱小。仙華在他們之中顯得特別強大，拿來當妖魔首腦柯洛努的附身對象才夠耐用。他們幾個都是那麼想的，才沒有把這個任務交給部下們。

就連身為「將官」級的他們對人類而言還是過分強大。認真起來對打，人類根本撐不過一時半刻，話雖如此，碰到還不熟悉的肉體，要拿捏尺度也相對不容易。在這方面，柯洛努的副官們身手與他們不是同一個層次的，想必能輕鬆完成作戰計畫。

這份絕對的信賴形同宣告仙華的命運即將走到盡頭，戴伯特想到這邊就笑了。

「說得對，如果柯洛努大人討厭用女人的肉體，到時我會準備替代用的，仙華就讓我接收。我這個肉體的原始男主人似乎對那個女人非常執著，連我都開始對她有意思了。」

「說那種軟弱的話。我看柯洛努大人不會介意性別吧，擔這種心是多餘的。」

一副問題已經解決的樣子，李金龍和戴伯特開始閒話家常。

耳邊聽著他們的對話，天理正彥心中的不安就是無法消弭。

他對眼前的成果並未感到不滿。雖然不至於滿意，不過這個世界的侵略行動可說是即將取得勝利。

柯洛努麾下的兩大參謀和四大將軍都已成功顯現。

「冥界門」的擴張工作也很順利，用來給柯洛努附身的肉體也已經找到了。

在普契尼拉和另外兩位將軍的努力下，他們已經做出成果，這個世界即將步向毀滅。

剩下的重要任務就只有讓柯洛努顯現。

（照理說應該是這樣。對方完全沒有逆轉的機會。而我應該也沒有遺漏些什麼……）

冷靜分析狀況後發現，他的結論依然沒有任何問題。

然而天理正彥的不安其實是對的。

不過他不可能事先預料到維爾格琳會出現。

「人類的抵抗不足為懼，但依然不能掉以輕心。我們這邊還差最後一步。各位，你們都要使盡全力完成任務。」

像是要甩除那份不安，天理正彥下達這樣的命令。

結束在大本營的會議後，維爾格琳首先前往大圖書室。

這一層樓大到說是圖書館也不為過，收藏了為數龐大的藏書。

至於她為什麼要來這，是因為她發現會議中某人說的一句話令人在意。

那包含國家的名稱，還有人民。

例如神聖艾西亞帝國。

這似乎跟她曾經引導過的艾西亞王國有什麼淵源。

再來就是阿傑利亞合眾國總統的名字。

好像叫做喬治·海茲，那跟跳躍到這個時空之前接觸過的人有著相同名字。

若是維爾格琳沒記錯，那他的父親就是擁有魯德拉「靈魂」碎片之人。那個人名字叫做羅萊恩·海茲，維爾格琳從青年時代開始就陪著他，直到他往生。

其他還有好幾點令維爾格琳在意，她認為有必要詳細調查這方面的事情。

若是處在相同的世界線上，那她可以斷言這是同一個國家、同一個人，不過在其他次元世界中也會有類似的世界。

世界成立的方式和法則會存在明確差異，可以斷定那並非平行世界，可是名字不知為何都會很相似。

這次也不否認可能只是巧合，於是維爾格琳才決定要來調查歷史。

首先她調查神聖艾西亞帝國是怎麼成立的，結果看到史書上記載曾經有個艾西亞王國。國王和重臣們的名字都很眼熟，這讓維爾格琳斷定這個世界有一部分是從艾西亞王國發展而來。

緊接著她調查喬治・海茲——

「哎呀，果然是那樣。他父親的名字叫做羅萊恩・海茲。是七代之前的總統，這下沒錯了。就這樣……喬治也當上了總統。」

想起一直很尊敬父親的喬治，維爾格琳臉上浮現笑容。

想要成為跟父親一樣偉大的總統——這是喬治的願望。

羅萊恩在六十二歲的時候駕鶴西歸，當時的喬治是二十七歲。如今喬治似乎已經五十二歲了，表示這次的跳躍，她出現在二十五年後的同一個世界中。

二十五年前櫻明應該已經在這邊了，那表示魯德拉「靈魂」碎片的擁有者出現在同一個時代裡。

這是非常罕見的現象，然而在死亡之際「靈魂」才會出現強烈的反應，所以無法保證絕對不會有這種情況出現。

於是維爾格琳一方面懷疑有可能是別人，一方面又像這樣來到大圖書室。

順便說一下，之前羅萊恩被一群黑道圍剿，差點被幹掉。維爾格琳被叫到現場救了他，這就是她與羅萊恩相識的經過。

一想起這件事情，維爾格琳就覺得很懷念。

她換個心情，再度展開調查。

「印象中喬治有跟人生下一位小男孩——」

維爾格琳曾經給予那個男孩祝福，肯定沒錯。她調查人物名冊發現確實有記載他兒子的名字。

名字叫做艾米爾．海茲——這跟她記憶裡的名字是一樣的，這下維爾格琳不再懷疑，已經完全確定了。

她滿意地點點頭。

這個時候突然在人物名冊中發現一個令人特別在意的記述。

「咦？羅萊恩很晚才結婚是我害的？」

她語氣很不滿。

覺得這說法太牽強。

上面寫著羅萊恩．海茲身旁常常有個身分成謎的美女跟著——連在人物名冊上都記載到這件事情。

雖然那是事實，維爾格琳卻沒有自覺，而且她也沒惡意。因此她本人看了覺得不滿。

她常常公開表示想跟誰戀愛都是他的自由，也不打算束縛羅萊恩。維爾格琳是這樣主張的，但可以肯定身旁有絕世美女跟著的男人，很少會有女性敢靠近他。

不管怎麼想，羅萊恩會那麼晚結婚，原因都出在維爾格琳身上。

「雖然不知道這是誰寫的，但真想跟他抱怨一下……」

作者早就已經亡故了，也許從某個角度來看，這算他走運也說不定。

結束查閱工作後，維爾格琳開始享受她的自由時光。

沒人能夠阻止她。

要說誰有那樣的能耐，也唯獨櫻明一人，可是他還是用他的方式讓維爾格琳想做什麼就做什麼。因為他憑藉本能理解怎麼做才能帶來最穩當的結果。

當然也有人糾纏維爾格琳。

不是知道她真面目的軍人們，而是櫻明的後宮們。

他的妻子皇后也是其中一人。

「真骯髒。這種來路不明的女人，竟然在不知不覺間靠近陛下。」

一碰到維爾格琳，對方就來勢洶洶。

皇后是公爵家的人，今年五十歲。

在醫學和魔術的發展下，如今這個時代平均年齡已經來到六十歲，皇后還很生龍活虎。

話雖如此，此人看在維爾格琳眼中只覺得可愛。因為跟魯德拉一起度過了漫長歲月中，她常常遇到這種事情。

「哎呀，這樣大動肝火簡直是糟蹋那張可愛的臉龐。我想櫻明應該希望妻子永遠都是那麼美麗。」

她說出這番話，沒有隨著對方起舞。

甚至還輕輕撫摸皇后的臉龐。

速度快到連皇后都來不及避開，令人驚訝的事情還在後頭。沒想到皇后的肌膚逐漸恢復水嫩。

「妳看，這不是變漂亮了嘛。不過更重要的是好好維持這種狀態。我會教妳調整精氣的呼吸法，妳要好好實踐。」

「——咦？」

皇后大感訝異。

所謂的驚訝到說不出話來，指的就是這種場面吧。

就連跟在她身旁的高官夫人們也同樣睜大眼睛。

因為就在她們的面前，身為女帝的皇后陛下又變得跟以前一樣美麗。怪不得那些人會那麼驚訝。

「莫、莫非……這是返老還童的祕術？」

只見皇后一個人喃喃自語，但維爾格琳笑著否認。

「不是返老還童。只是讓細胞重新活化，外表變漂亮罷了。種族並不會改變，壽命也依然有限。」

人的壽命是有限的。可以藉著操控生命散發出的精氣來活化細胞，除此之外並不會延長壽命——維爾格琳如此解釋，不過這中間有誤解。

看在維爾格琳眼中那只是小小的誤差，然而人類的壽命是會延長的。

肉體會變健康，大部分的疾病也都能痊癒。透過用餐攝取能量的效率還會提高，因此能夠完美地對抗老化（Anti-Aging）。

這結果導致皇后的壽命加倍延長。

只要維爾格琳教她呼吸法，而皇后也確實實踐，她將能夠活得更長久。

「龍凰大人，看樣子是我誤會您了。」

很現實的是，皇后一下子就被維爾格琳收買。

當然跟在她旁邊那群跟班們也一樣。

「我也是！」

「我也一樣！」

「所以請您也一定要將那種呼吸法傳授給我們！」

大家你一言我一語地嚷嚷著，每個人都爭先恐後急著回春。

＊

自從維爾格琳來到這個世界後，幾天的時日過去。

她不是教那些女性呼吸法，就是享受品茶的時光，過著自在優雅的生活。

相反地，軍事部門這邊一直是忙翻天的狀態。

跟各國首腦之間的對談進展不順，想跟他們展開會談也沒個著落。

由於都沒有進展的關係，大本營會議跟著延宕。他們認為與其把時間浪費在沒用的會議上，還不如將勞力投注在較有建設性的事情中。

櫻明允許他們這麼做。

所以維爾格琳也沒意見。

不過她私底下愈來愈不滿。

因為寶貴的時間不斷流失。

當他們在浪費時間的時候，可以想見妖魔的準備愈來愈周全，若是動作不快一點，到時候就沒機會展開國際會談。這樣下去在人類團結一心之前，維爾格琳就不得不出馬了吧。

（這倒是無妨。但那樣一來就算處理掉妖魔族，戰爭也不會結束吧……）

事情若是演變成那樣就麻煩了，她為此感到憂鬱。

於是維爾格琳決定稍微幫他們一把。

畢竟她嘴巴上意見一堆，其實很會照顧人。

「交涉工作是否進展順利？」

嘴裡一面這麼問，維爾格琳闖進外務省情報部門。

原本該是剛過中午的平靜時段，情報部門現場卻宛如戰場一般。這個時候有人胡亂闖進來，就連官僚們也慌了手腳。

可是維爾格琳卻不當一回事。

「龍凰小姐，這樣我們很困擾。這裡除了相關人士禁止其他人進入——」

「你閉嘴。都已經到第三天了，有哪個國家回應你們的會談邀約嗎？」

「關、關於這點……」

負責人顯得難以啟齒。

中華群雄共和國給的回應是「其他國家參加他們就參加」，有條件答應。大羅西安姆王朝也一樣，這跟消極拒絕沒兩樣。

那是因為阿傑利亞合眾國和神聖艾西亞帝國做出回應，內容是「現在不是談那個的時候」。

眼下情況這樣，怎麼能讓首腦們前往國外。就算要進行通訊會議好了，說真的各國也沒餘力去管。

「目前的狀況正是如此，我們正在鍥而不捨地說服大家。」

只見負責人一臉困擾地報告。

聽他那麼說，維爾格琳無奈地開口：

「未免太悠哉了。沒辦法，就讓我稍微幫忙吧。」

這若是被正幸看到，會說她說這種話是傲嬌。

然而腦袋頑固自尊心又高的官僚們哪會這樣就接受。

「不過——」

「看我們悶不吭聲地聽，妳就一副自以為是的樣子！我承認妳很強很漂亮，但情報戰略是我們擅長的領域。拜託妳別插嘴。」

就算覺得火大，他還是得被迫承認維爾格琳很漂亮。維爾格琳明白那些高官不希望外行人置喙的心情，可是他們這樣的反應並非聰明之舉。

「若是都交給你們處理，會拖到讓敵人先出擊吧！」

事情就是這個樣子，他們惹維爾格琳生氣了。

夠了，把位子讓給我——維爾格琳一說完這句話就要負責人閃開，人來到通訊設備前方。

她大概看一下就知道要怎麼用了。毫不猶豫地操作，第一次就成功跟阿傑利亞合眾國的情報部門取得聯繫。

『你們聽得見吧？』

也不跟對方做個確認，維爾格琳態度高傲地呼叫對方。他們也沒義務回答，在回應的時候語氣聽起來不是很高興。

『真是不死心。我們有把貴國的需求轉達給上級，但是總統很忙。沒有時間跟你們交涉，還請諒解。』

雖然是敵國，但他們一樣被妖魔利用。所以才沒有隨隨便便打發，還是確實做出回應吧。

即便如此還是沒辦法召開會談，那是因為合眾國內部的確也亂成一團。皇國這邊能體會他們的苦衷，才沒有強行要求。

但維爾格琳才不管那麼多。

『這些話就免了，去叫喬治，把你們的總統叫來。』

『妳這傢伙未免太蠻橫了吧。而且還隨隨便便直呼總統的名字，這樣太沒禮貌了。就說我們這邊很忙——』

『只要你跟他說維爾格琳在找他，我想他就聽得進去了。』

『妳說什麼？』

感覺得到對方似乎一頭霧水，不過維爾格琳還是直接切斷通訊。

她原本就認識敵國的阿傑利亞合眾國總統，怎麼可能不利用這種優勢。

再來就看對方會如何應對。

假如他們願意把話轉達給喬治總統，那事情就好辦了。若非如此，維爾格琳打算親自去一趟。

二十五年前——對維爾格琳來說像是幾天前才待過的地方，她已經掌握了喬治所在國度的座標資訊。時間空間的流逝也會反映在座標上，使維爾格琳能夠毫無滯礙地進行「空間轉移」。

（若是等一天還沒有聯繫我，那我就親自過去吧。）

打定主意後，這次維爾格琳準備去打點艾西亞帝國。

她也已經想好要如何跟他們交涉。

用精細的手法操作咒術通訊回路，一下子就找到相對應的頻道。然後把負責通訊的人員叫出來，單方面提出要求。

『去跟你們的帝王說。要他回應大日本征霸帝國的要求。那樣我就再準備一樣神器給你們。不管是要刀劍還是長槍或是弓箭都可以，隨他挑喜歡的。本人維爾格琳願意做出保證，你們趕快去辦。』

劈頭就聽到這些話的人只感到莫名其妙。

這個自稱是維爾格琳的女性憑什麼命令他，而且他也沒義務聽從，不過這次通話是透過正式的國際線路進行的。不容他無視。

話雖如此，一個通訊士官，在階級上就算想見帝王也不一定能見到。他心裡想著「別強人所難好嗎」。

講是這樣講，他還是跟上級長官報告。

理由在於對方提到神器這個字眼。

在神聖艾西亞帝國中有個戰鬥集團，名氣大到連其他國家都曉得。

身為國家級戰力的他們被稱為帝臣「七神器」。這七個人擁有超越尋常人的戰鬥能力，而他們所擁有的武器名氣更大。

直到被這些身為武器的神器認可為擁有者後，才能冠名「七神器」。

這是從國家創立時期就流傳下來的傳說，在艾西亞國民之間大概是無人不知無人不曉。其他國家的人知道這個傳說也很正常，但是隨口說出要準備神器可是重罪。

至於在國與國之間的通訊中提到就更扯了。

通訊內容會被當作證據記錄起來，若這成了讓戰爭更加激烈的導火線也沒什麼好奇怪的。

因此那個人也只能向上傳達。

維爾格琳已經預料到這點，才會採用那種交涉手法。

只不過從聽者的角度來看，事情可不能那樣就算了。

「妳、妳這傢伙！阿傑利亞合眾國的事情就算了。不，不能就這樣算了，這也算是妳得一人承擔的責任。可是神、神聖艾西亞帝國那邊，我們可想不到說辭推托啊！」

「就、就是說啊！而且妳還用假名未免太狡猾。這樣一定會穿幫，會造成大問題！」

維爾格琳並沒有使用假名，但是看在不知情的人眼中會覺得她想誆騙對方。這都是誤解，只是維爾格琳嫌解釋太麻煩，才會隨便他們愛怎麼講就怎麼講。

不管怎麼說，都要看對方會如何回應。在這邊吵吵鬧鬧也沒意義。

＊

情況大概就是這樣，維爾格琳該打點的都打點了。

她才不管那些抱怨。

而是優雅地要人替她準備紅茶，邊享用紅茶邊等人聯絡。

外務省情報部門的負責人一臉怒不可遏的樣子，一直閉口不語。視其他國家的對應情形而定，無論如何他都打算讓維爾格琳被治罪。

（小姑娘，我承認妳很強。但我可不會被騙。之前是在陛下面前才沒發作，但妳趁大家心智薄弱時趁虛而入，打算打腫臉充胖子欺騙所有人吧。）

在大本營會議中被維爾格琳天花亂墜的說辭唬得一愣一愣，冷靜下來想想，會覺得她說的那些話太過荒誕無稽。

如果她說的都是真的，那人類還有什麼希望可言。他不曉得維爾格琳有多強，但絕對不可能戰勝那些天兵神將。

光是想到這些，那名高官對維爾格琳的敵意就愈來愈深。

那是恐懼帶來的反作用在作祟，只是他本人毫無自覺。一直都在靠憤怒來化解不安。

緊接著，才等了一會兒。

『維爾格琳？是我啊，維爾格琳！』

這通訊息來自阿傑利亞合眾國。

相較於平常的回覆速度，這次的速度快得嚇人。

而且跟她通話的對象正是如假包換的——

『哦，是喬治啊。我都聽說了，你當上總統了？也好想讓羅萊恩看看獨當一面的你。』

——就是喬治總統本人。

『啊啊，真的是維爾格琳。我好高興。原本以為再也沒機會見到妳。』

聽到這段對話的人都很驚訝，吃驚到難以言喻。

（什麼！原來維爾格琳不是假名嗎？不對，那種事情不重要。沒想到龍凰小姐跟總統先生是舊識，真是太讓人匪夷所思了……）

就連高官都被搞糊塗了。

本來還看不起那個女人，覺得她太囂張又愛說謊，這下卻瞬間開始萌生敬意。

至於維爾格琳本人，她根本不在意周遭眾人的反應。

『對了，喬治。不好意思，長久以來想說的話等之後再說，我想要先處理重要大事。相關消息你都聽說了嗎？』

『說得也是，妳說得有道理。我也有事情想跟妳商量。等到那件事情談完再說也行，妳到時願意跟我談嗎？』

『當然好。你可是羅萊恩引以為傲的兒子，就像我的孩子一樣。』

『謝謝。聽妳那麼說我就放心了。至於目前的狀況，我想大家有必要磨合一下。』

『我也那麼覺得。那我就當成你願意回應我們的邀約了？』

『沒問題。什麼時候要會談？』

『等我跟魯德拉——跟皇帝陛下確認後再回覆你。』

『原來如此，跟父親所在的同一個時代中，還有另一個人啊。我知道了。我沒辦法一直在這裡等，但我會叫下面的人做準備，好讓我隨時都可以跟你們會談。』

通訊就到這邊結束。

維爾格琳漂亮地取得總統的承諾。

艾西亞那邊也沒等多久就跟她聯繫了。

『請問維爾格琳大人在嗎？』

『我在。』

『失敬。我是神聖艾西亞帝國「七神器」的首席，名字叫做布萊特。有這個榮幸跟維爾格琳大人對談是我走運，小的感激不盡，但有件事想先行確認——』

『……什麼事情？』

『您真的是我們信奉的女神大人本尊嗎？』

『啊？問這種問題有意義嗎？』

維爾格琳的意思是對方打算怎麼辨別她說的話是真是假。

『還是說能夠判斷我說話真假的人依然活著？』

『不，這……』

『基本上都拿出我的名號了，我沒想到一國之君還不出面應對。真難堪。原來西昂的子孫變得這麼沒肚量。』

『西昂？難道是在說西昂神祖帝陛下嗎？妳這是在侮辱艾西亞皇室——』

『還有一件事情讓我很在意，為什麼你們被稱為「七神器」？我留下來的神話級裝備應該有十二個才對。該不會弄丟了，還是被人搶走？另外我想應該不至於，但你們那邊的人實力該不會不夠格讓武器認定為主人吧？』

這下布萊特不再惱火。

身為「七神器」首席的他在這一刻已經確定了。

正在跟他應答的女性自稱是維爾格琳，她就是貨真價實的女神本尊。

（神器原本有十二個，印象中師父大人曾經跟我說過這件事情。這些都是真的，不過現在只剩下口耳相傳的傳說，知道這件事情的她肯定是本尊沒錯——）

從前神器的確有十二個。

那是國家的戰力，同時還是最後王牌，所以他們一直只有對外公開七種。

不過說到神器擁有者是否有十二個人，這也不盡然。就如維爾格琳指正的那樣，目前其實只有八個人。

在神聖艾西亞帝國那輝煌的四千多年歷史中，他們失去了三樣神器。有一個人背叛，另外兩個人離開後遲遲沒有回來。於是艾西亞這邊擁有的神器只剩下九個。

而目前唯獨一名作為帝王的心腹是隱密戰力，另外一個是無主神器，被當成國寶保管起來，一直收藏著沒有對外公開。

維爾格琳都一一言中了，這才讓布萊特心生動搖。

這些都是分辨依據，但不僅如此。

光是聽見維爾格琳的「聲音」，布萊特就感受到沉重的壓迫感。他感應到這股霸氣並且「覺得她是本尊」，這才是更大的理由。

因此布萊特也不管維爾格琳都說了些什麼，他直接對著通訊設備低頭鞠躬。

對方又看不見，這麼做很沒道理。但對維爾格琳懷抱的敬意使得他這麼做。

『很抱歉，女神大人。我會立刻稟報艾西亞帝，將您的要求傳達給他！』

『……哎呀，是嗎？那客套話就免了，趕快去辦吧。』

『是！』

其實維爾格琳還沒抱怨完，但她認為先達到目的才是首要之務，這才放過布萊特。

就這樣，神聖艾西亞帝國也回應他們的請求了。

＊

「那接下來換大羅西安姆王朝了。」

嘴裡如此喃喃自語的維爾格琳再度操作通訊設備，連接到大羅西安姆的對外情報廳頻道上。

然而本來應該連接上的電波卻不知道被什麼東西給妨礙了。

「奇怪了。你跟我說說，上次聯繫上大羅西安姆是什麼時候？」

被指名的負責人趕緊回應：

「是今天早上！一天聯絡六次，不分晝夜定期跟他們聯繫。」

由於現在正值戰時，他們才會不顧時差問題，一直開啟聯繫窗口。那是各國協商後決定那麼做的，採取這種措施是為了因應戰況迅速做交涉。

原本還會用來進行停戰交涉等等，這次則是針對妖魔這個共同敵人來分享相關情報。

各個國家的軍事部門都呈現脫離掌控的狀態，為了拿捏跟民眾說明的恰當時機，他們一直努力掌握現況。

「當時沒有異狀對吧？」

「是的，倒是沒有……」

毫無進展，但也沒有出現異常狀況。負責人在回應時一臉困惑。

現在剛好是中午的定期聯絡時間。他不認為對方會不在崗位上，而且他們的通訊設備不只一組，也不可能是機器故障。

確實很有可能出現不尋常的狀況，那名負責人也想到這種可能性。

而處在這樣的情形中，維爾格琳依然保持平常的步調。

（能夠透過魔法進行干涉，那不是這個世界的水平能夠辦到的。換句話說，妖魔肯定是動了什麼手腳。而且還在我剛好有事找他們的時候做些小動作，這些人真不走運。不對，不是那樣。想必是魯德拉的好運氣在幫襯才會這樣。你果然厲害，魯德拉！）

就像這樣，她用自得其樂的思考邏輯解釋這一切。

總之這個世界的主流是魔術和咒術，很難行使足以干涉世界法則的魔法。如此一來，維爾格琳的推測就很正確了。

話雖如此，在這種時候誇獎魯德拉是她高估了。現在的櫻明根本沒有那種力量，這次事件單純只是偶然。

真要說起來，是妖魔族運氣不好。當維爾格琳認真起來介入，他們的侵略計畫就一定會失敗。

維爾格琳動作迅速地操作通訊設備，在半空中描繪精密的魔法陣。弄出兩個尺寸大約是直徑三十公分左右的魔法陣，發出不可思議的光芒照亮通訊設備。

她的魔力轉換成電波，傳達到離這邊有段距離的大羅西安姆本土。到那邊再度轉換成干擾波，轉眼間就破壞掉妖魔族加工的妨礙伎倆。

一般人——不，即便是這個世界中身手一流的術士，也無法理解這樣的技巧。

『那邊有沒有人在？在的話趕快回應——』

『聯繫上了！拜託救救我們，妖魔打進皇宮了！切斷我們對外聯絡的手段，我們現在無計可施了啊！』

『別慌張，小笨蛋。我們這邊是大日本征霸帝國。雖不至於拒絕提供協助，但你們突然求助，我們也很困擾。』

維爾格琳說得很對。

聽到她如此回應的大羅西安姆軍人似乎也恢復冷靜，找回了判斷能力。他們可能在商量些什麼，隔了一小段時間沒有說話。後來換成一個聲音聽起來沉穩的人出面對應，再度跟維爾格琳進行通話。

『剛才失禮了。我是大羅西安姆的對外情報廳長官賽爾傑。剛才讓妳見笑了，想跟你們請求支援。我們向大羅西安姆各地發布訊息，卻都沒有反應。因此有個不情之請，不知可否請貴國幫忙聯繫？』

假如維爾格琳他們答應，那賽爾傑就打算把能夠跟各地軍事基地聯繫的暗號交給他們。

皇宮這邊依然持續抵抗，但是妖魔的力量太過強大。

目前他們這邊的人馬先躲藏起來了，可是這樣下去敵人顯然會闖進他們避難的地方。等到事情演變成那樣，他們將會無法保護帶出來避難的皇室子弟，這點他們心知肚明。

於是賽爾傑想要求各地區派遣支援部隊，趁著妖魔混亂的當下逃跑，用這種計策賭一把。

如今，大羅西安姆的命運就寄托在皇國如何對應上。

然而——

『剛才也說過了吧，你們隨意提出請求，我們也很難隨便應和。』

『先別那麼快下決定，倘若你們願意提供協助——』

『冷靜點。你們的難處跟我無關。你們只要回應我的要求就行了。』

不聽人家的要求，只單方面要求對方。而且以維爾格琳那種說法來看，她只准對方答應。

這樣的態度實在太過我行我素，確實很有維爾格琳的風格。

『妳在自顧自說些什麼——』

『我要講我的訴求了。我們這邊要展開確認世界各國意願的國際會談，你們要派皇族或是擁有統率權的人出席。那樣我們就會幫助你們。』

要怎麼參加——本來應該這樣問的，不知為何賽爾傑卻選擇相信她。他不由得轉頭環顧室內，偷看那些待在室內他該守護的達官貴人們。

（守護這些位高權重之人是我的使命。眼下——）

已經沒有其他辦法了，賽爾傑明白這點。

去相信其他國家身分不明的人所說的話，平常他絕對不會冒這種風險幹蠢事。可是現在就算他聽信對方的話被欺騙，再過一段時間依然會被妖魔殺掉，這點是不變的。

（從風險層面來考量，不管相不相信，結果都不會改變。那麼最後心懷希望死去也算死得其所。雖然因為自己的愚蠢害皇族的貴人們受到波及，會覺得過意不去就是了……）

懷著這樣的想法，賽爾傑依然做好覺悟。

「冒犯了，或許您會覺得這種時候問這個太愚蠢，但是對方要求召開國際會談。陛下您可以參加嗎？」

「——答應他們吧。」

如此回應的，是這個房間內擁有最大權力的人。

…………

……

大羅西安姆王朝的馬傑蘭大帝，現年三十五。還很年輕，但是繼承皇位後已經在位十年了。因此他野心勃勃，為了成為真正的支配者在北方大陸上稱霸，決定攻打中華。

當然軍事部門也有人出面反對，但大部分都是偏向開戰的意見，馬傑蘭的看法受到推舉，導致戰火點燃……

而這樣的馬傑蘭來到這個節骨眼上，遭遇了重大的挫敗。

面對無法用人類常識衡量的敵人，他一直倍感無力。

事到如今說這些都太遲了，但馬傑蘭其實很為自己的決定感到後悔。

針對中華展開作戰行動都還沒什麼問題，之後卻讓政局開始動盪。

馬傑蘭喜歡奢華揮霍的生活，卻不至於到搜刮民脂民膏的地步。原本民眾只要自己的生活安詳舒適，他們就不會對大帝享受生活有意見。

戰爭卻讓情況有所轉變。

為了人民而想掠奪豐碩的糧食生產地區。

而為了國防著想，想要獲取永遠不會凍結的港口。

這次戰爭的出發點都是以自己國家的利益為考量，自從神聖艾西亞帝國開始入侵大羅西安姆，狀況就變得糟糕透頂。

他們進退兩難，戰況一觸即發。

當他們發現這其實是妖魔在背後搞鬼，當下情況早已混亂到難以挽回的餘地。

（如今回想起來，自己還真蠢。那個時候若是沒有聽信那傢伙的讒言就好了……）

當時心腹的一番話確實提高了馬傑蘭興起戰爭的意願。後來他才發現這個深受自己信賴的人已被妖魔掌控。

妖魔是不可思議的存在，他們似乎不打算親手讓世界滅亡，而是傾向享受於讓人類自相殘殺，藉此讓世界毀滅。

正是因為這樣，馬傑蘭到現在還活著。

（那個妖魔強大到令人恐懼。我們贏不了。就算普契尼拉在，我們也會戰敗吧……）

一想起之前那個妖魔用他心腹的外表高聲大笑，馬傑蘭就渾身發抖。

不僅如此，目前他們賴以為繼的「怪僧」普契尼拉也落到敵人手中。

首都那邊疑似因為這件事情甚至發生了暴動。

目前他們的確還在戰爭中，民眾變得愈來愈不安。不過他們的國土尚未受到戰火波及，糧食供給也還沒中斷。

照理說不可能發生暴動，情況卻一口氣惡化。

這是因為普契尼拉的信徒──妖魔族在那邊煽動。

事情演變成這樣，光靠皇室警護廳已經無法守護皇宮了。皇宮外頭也變得很危險，他認為自己遲早會被逮住。

於是馬傑蘭就只能心不甘情不願地接受敵國的提議。

…………………

……………

……

「遵命！」

聽到馬傑蘭那麼說，賽爾傑向他敬禮。

接著轉向通訊設備，繼續跟維爾格琳對談。

『你們的條件我們全接受。只是很可惜──』

大羅西安姆這邊目前情況非常危急。

就算想過去也沒辦法──賽爾傑正想這麼說。

對方說他們只要答應參加會談就願意提供協助，應該會派遣援軍吧。若是皇國盡早動身來解救他們，那他們有可能會得救。不，賽爾傑自己並不貪生怕死，只是在想大帝一族是王朝的象徵，不管發生什麼事情都要讓他們的血脈延續下去。

不料這時發生讓他們感到驚訝的事件。

維爾格琳說要協助他們。

他們未來的命運將就此決定。

『很好。看樣子你們也不笨，這下我就放心了。那麼我會讓你們那邊出現「門」，你們趕快穿過門過來這邊。』

維爾格琳的話一說完，賽爾傑他們眼前的空間就跟著扭曲。那道裂縫就通往維爾格琳坐鎮的場所。

這正是「時空連結」──將不同的兩個空間座標無視距離長短連接在一起的超自然現象。

「「「這怎麼可能──」」」

除了維爾格琳，在場所有人的心都在這瞬間變得「團結一致」。

那就是絕對不要與這名女性──維爾格琳為敵，沒有誰先誰後，大家都同樣體認到這點。

＊

「話說回來，咦？為什麼大羅西安姆那邊的人會出現在這裡？」

「不不不，這是夢吧？啊，會痛……」

一群人無法接受現實，在這之中還有人捏自己的臉頰。

「真是不敢置信。根據文獻記載，據說來到神佛級，有些人能夠使用轉移的咒術，不過……」

有人正在努力分析剛才發生的現象，腦筋卻轉不過來。隔了一段距離還能夠讓空間聯繫在一起，那已經是超乎想像的超能力了，不能怪他。

「一下子把三個國家……」

或許切換思考方向去想比較務實的事情，這樣的人才是最優秀的。

那些暫且不管——

「女神……您簡直就是女神啊！」

外務省情報部門的官僚們都為維爾格琳的手腕和實力咋舌。

經歷了這麼多，再也沒有人敢忤逆維爾格琳。

高官也小心翼翼培養對維爾格琳萌生的敬意，如今對她完全改觀。變成她忠實的走狗，就算要為她唱歌跳舞助興也不遺餘力。

「再來就只剩下中華那邊，現在有三個國家都同意要參加會談，那就滿足他們開出的條件了吧？」

「是，如您所說！」

「那接下來只靠你們也有辦法交涉呢。」

「「「這是當然！」」」

想也知道，沒有人笨到會在這種時候否認。

官僚們賭上自身尊嚴，打包票一定會成功跟中華那邊交涉。

維爾格琳點點頭。

然後將目光轉向驚訝到無言的大羅西安姆一行人身上。

「那接下來，所有人都到齊了吧？先說聲抱歉，若你們要我連那房間以外的人都救出來，這就跟我們當初說好的不一樣了。不過能在短時間內把妖魔都殺光的話，應該就能救他們出來。」

大羅西安姆那邊的人也只能頻頻點頭了。

皇宮裡頭確實還有來不及逃過來的人。不過他們自己早已放棄救助那些人。不可能在這種時候幹蠢事，把責任推到維爾格琳身上。

「感謝您相助。」

賽爾傑最先從混亂中恢復過來，並且向維爾格琳道謝。

聽到他那麼說的馬傑蘭也認為這種時候應該要跟別人道謝。

「朕也要跟妳說聲謝謝。朕答應妳，等這一切都結束，會給妳想要的獎賞。」

聽到他這麼說的維爾格琳興趣缺缺，還不屑地笑了一下。即便面對大帝，她還是一樣傲慢。

「用不著。反正你們也不可能有那個能耐實現我的願望。我還比較希望你們在今後的作戰中確實跟我方合作。」

「這……沒什麼，那是一定要的。」

被人用嘲弄的口吻說不需要獎賞，馬傑蘭很火大。但他可沒有短視到在這種時候生氣。在眼下這種場面中，大羅西安姆王朝大帝這個地位並沒有太大的作用。他好歹明白對方是因為他有利用價值才會拯救他。

「那麼至少，能不能請教恩人您貴姓大名？」

「叫我龍凰吧。」

「明白了。龍凰小姐，今後也請多多關照。」

「好，請多指教。那麼等會談的日期決定了再讓人知會你們，在那之前先好好休息。」

這是維爾格琳給的回應。

看那態度簡直就跟女皇帝沒兩樣。在這裡她說了算。

其中一名官僚立刻站了起來，跑出這個房間。為了招待無預警到來的客人們，他去叫人整頓客房。

除此之外，其他人則是朝著馬傑蘭他們一鞠躬，說要負責接待他們。在客房準備好之前，要先帶他們到接待室招待他們。

事前明明都沒有講好，大家卻順暢地各司其職。如此合作無間實在了得。

就在此刻，連維爾格琳都對這些外務省情報部門的官僚們稍微刮目相看了。

還不只那樣，碰巧就在這個時候。

很懂得看時機，在這之中姿態最高高在上的高官過來巴結維爾格琳。

「龍凰小姐，別只喝紅茶，請您也一定要嚐嚐這杯玉露茶！」

沒有白白浪費等待中華做出回應的這段時間，他不遺餘力地突顯自我。

「哎呀，你很機靈嘛。」

「是，多謝誇獎！小人山本莞爾有您這句話就心滿意足了！」

那名高官——山本繼續火力全開拍馬屁。

這身功夫甚至讓部下們感到佩服了，覺得這也是一種才能。

「真好喝。除了有柔和的香甜味道，後勁也很強烈。」

「這是在我愛去的店買的，是讓我很自豪的一道茶品。」

「我挺喜歡的。」

「那您也嚐嚐這些配茶的點心。」

山本接著拿出有著高雅甜味的生巧克力熔岩蛋糕。在這種戰爭時期，那是極其奢華的奢侈品。

山本動用他的權力和財力要人準備，原本是要自己品嚐的，現在卻端出來給維爾格琳吃。

那當真非常美味，連維爾格琳都吃得很滿意。

「你叫做山本莞爾是吧。這個名字我記住了。」

「是──！感激不盡！」

挑不起維爾格琳興趣的人，她都不會記住，卻把山本的名字記住了。

可見她有著經不起人家賄賂這意外的一面。

照理說金錢是無法打動維爾格琳的，這或許可以說是山本腦筋動得夠快。

經歷這一連串事件後，他們才等待沒多久。

「中華那邊有回應了！他們願意參加會談！」

讓皇國期待已久的回應是──對方答應了。如此一來，五國國家首腦會談將會成行。

＊

「什麼，這些都是真的？」

「是的。我不可能騙你嘛。」

接獲維爾格琳的報告，櫻明很驚訝。

原本以為這場首腦會談不可能實現，沒想到卻輕鬆成行了。

（她還是一樣深不可測。這個人站在我們這邊算我們走運，但她是對朕有好感才會跟朕締結這樣的關係，那對朕來說太過扭曲，不足以信賴。）

看維爾格琳的心情而定，良好的關係有可能變調。櫻明覺得這樣很可怕。

所謂的信賴關係，需要經年累月營造。

做到這個地步會惹對方生氣，或是這些都還在他的容忍範圍內等等，原本應該要一起相處一段時日，同時摸索這些才對。

國與國之間也是相同的道理，如果在價值觀上無法取得共識，就很難一起走下去。

對手若是像妖魔族這樣的侵略者，由於無法跟他們溝通，因此直接認定為敵人。身為有智慧的生命體卻得行使暴力來解決此事，這點也令櫻明感到遺憾，但他們必須跟敵人劃清界線，這也是無奈之下的選擇。

不過維爾格琳這邊就……

「太好了，魯德拉。會談那邊我也會幫忙打點，你什麼時候方便？」

顯然可以看出維爾格琳對自己全面信賴，因此櫻明認為自己應該要認真應對。人家對他釋出好意，他就要好意相待。

那是櫻明得出的結論。

他只要相信維爾格琳就行了，不需要迷惘。他要盡全力將這些感恩的心情全部回報給維爾格琳。

除了這樣，沒有其他方式能夠報答維爾格琳了——櫻明是那麼想的。

「謝謝妳，維爾格琳。如果之後也能夠幫助朕，朕會很開心的。」

「呵呵呵。好了啦，你不用那麼客氣。」

面帶笑容的維爾格琳，看起來似乎真的很高興。

對她而言，看到魯德拉幸福，她自己也會感到開心，櫻明這樣子應對就對了。

關於會談日期，他們決定辦在隔天的午餐後。

必須盡早想出對付妖魔的對策，沒時間讓他們大費周章在那邊斟酌調整。於是櫻明認為要把效率擺在第一位。

別說是時差了，就連來開會的人方不方便都已經無暇顧及。

他們將這些告知各國，各國也能夠接受。

首當其衝的外務省情報部門變得很辛苦，不過維爾格琳才不會為他們著想。

「你叫做山本對吧。辛苦了。」

只是說句話聊表心意，可以說是維爾格琳最大限度的關照了。

只不過在賣命的人並不是山本，真正可憐的是那些官僚……

而這些都是他們的分內工作，哪有什麼好抱怨的，維爾格琳展現出來的態度就像這樣，她繼續提出下一個要求。

「那在明天早上之前，你們要把會場準備好。別害皇帝陛下丟臉，弄得莊嚴一點。」

「我、我們很樂意！」

維爾格琳這樣實在很強人所難，但山本根本沒有拒絕的權利。豈止如此，他看起來甚至有點開心。

或許他多了什麼奇怪的新癖好也說不定，但這些維爾格琳也懶得去管。

「對了對了，你們要先把一套通訊設備移到再大一點的房間裡。」

「您這麼說是要？」

各國準備進行通訊會議，所以山本不打算把設備移到比較大的房間，而是要移到第一會議室。他不懂維爾格琳這麼說用意為何，才不由得反問。

「就像把大羅西安姆那幫人叫過來那樣，我也會讓其他國家的人過來這邊。那樣比較節省勞力，也不會浪費時間不是嗎？」

「啊？」

這不是認不認同的問題，而是那樣的提議根本超乎常理。

雖然山本那麼想，但他憑著理性去理解，若有辦法做到，那麼做是比較好沒錯。

「怎麼了，難道你有什麼意見？」

「不、不是！完全沒意見。我立刻叫人去做準備！」

「是嗎？那就交給你了。」

只見維爾格琳心情又變好了，笑瞇瞇地離開現場。

被留在那兒的山本轉頭看那些官僚。

「該怎麼辦？」

「笨蛋！當然是照她的話去做啊！要重新布置會場。」

「我知道了！」

「有件事情也要同時進行，就是將一組通訊設備移到第二會議室！」

「了解！」

外務省情報部門的漫長夜晚開始了。

＊

這是賭上人類存亡的命運之日。

來到才花一個晚上就變了個樣的第二會議室，維爾格琳滿意地點點頭。

那裡有一套通訊設備，前面還有豪華的椅子。

為了讓人坐得舒服，甚至連柔軟的靠枕都準備好了。

在這稍微寬敞一些的房間裡，多餘的東西都被搬出去，為了迎接預計來訪的各國首腦，外觀上也已經打理過。

牆邊也擺放了輕食和飲品，還站了好幾位服務人員。

室內的裝飾品都很高雅，那麼做是為了避免貶低皇國的品格。

「我很喜歡。做得好，山本。」

「是！多謝誇獎。光是有您這句話，小人山本都要樂得昇天了！」

他是最會拍馬屁的男人——山本莞爾。

使出這輩子最大的能耐來督導這次布置，成功獲得維爾格琳的認可。

順便補充一下，維爾格琳的眼光異常刁鑽，所以這當真是豐功偉業。才花一個晚上虧他能搞成這樣，過來看情況的幾位軍方高官也浮現這種想法，甚至感到佩服。

至於那些配合山本無理要求的部下們，他們更是驕傲地挺起胸膛。

「我們所剩時間也不多了，這就來開會吧。」

維爾格琳坐到椅子上。

宛如女皇帝般優雅，動作又很迅速。她熟練地操作通訊設備。

首先她跟阿傑利亞合眾國通話。

「喬治，你那邊還行吧？」

「還、還好。好懷念，妳還是一樣胡來。話說我說這種話很奇怪，但是看到妳都沒什麼改變，我就放心了。」

喬治總統會感到混亂也很自然。

畢竟才剛透過通訊對話打完招呼，他就因「時空連結」來到皇國。

就連一起過來的阿傑利亞政府官僚們也被搞糊塗了，還懷疑他們是不是看錯了。

「呵呵。怎麼可能改變。對你來說已經過了二十五年，但是對我而言只是幾天前剛道別罷了。」

「是這樣啊，原來是那麼一回事。」

維爾格琳和喬治這是在聊以前的事情。

為了避免打擾到兩人對話，山本開始行動。

他不著痕跡使眼色，服務人員跟著動起來。

就連原本感到混亂的阿傑利亞成員在喘口氣後，腦袋似乎也開始恢復運轉了。

一旁的維爾格琳等人聊得正開心。

「好懷念啊。多虧那個人，每天都不會無聊。」

「妳總是配合父親的誇張言論演出呢。」

「是啊。颱風要來的前一天，他還誇口說『明天會是晴天』。」

「這我知道。被當成床邊故事，聽別人講好幾次了。多虧妳的幫忙，後來真的變晴天了。」

「對啊。因為他說那天剛好有棒球比賽，附近的孩子們都很期待。那個人總是捉弄孩子取樂，一天到晚在說謊。大概是因為那樣吧。他才會說：『我說的話偶爾也可以成真一次嘛？』然後就要我幫忙，真是夠了。」

聽到維爾格琳還能讓颱風消失，大家都嚇得不輕。

「騙人的吧……」

「完全不想隱藏自己非比尋常的事實啊。」

情況就像這樣，某些人再也掩飾不住驚訝情緒。

而維爾格琳完全沒發現——不對，是她發現了也不在意，繼續跟喬治聊天。

「是那樣啊？因為父親只說過『看到孩子們嚇得要命超有趣』，我到現在才知道原來還有那樣的理由……」

「呵呵呵。孩子們也都很開心呢。那天選手們都很賣力，還打出超大的全壘打喔。」

「我想也是。我的孩子也很喜歡看棒球。」

這個時候維爾格琳發現喬治的神情多了一抹陰鬱。

那變化細小到一般人不會察覺，可是維爾格琳能夠從對話中的「意念」讀取到他人情感，因此才會注意到。

「話說回來，艾米爾他過得怎樣？」

艾米爾．海茲，這是喬治兒子的名字。

從她跟喬治的對話中推測，喬治會那麼憂鬱的原因應該是出在艾米爾身上。所以她才故意提起那個名字，都是為了讓喬治比較容易說出口。

「果然厲害，維爾格琳。都瞞不過妳，妳什麼都能看透呢……」

「沒那回事。我只是在擔心就像我兒子的你。」

「呵呵，謝謝。我覺得跟人商量這種事情，不配當領導國家的人。不過現在能夠仰賴的也只有妳了。妳願意幫助我嗎？」

「當然願意。因為你可是我愛的天才詐欺師（羅萊恩．海茲）之子。」

聽到維爾格琳這麼說，喬治眼眶泛淚。

接著他小聲呢喃「請救救我兒子」——開始說明事情原委。

一聽才發現事態嚴重。

關於阿傑利亞合眾國軍事部門被妖魔族控制一事，合眾國的國防部已經知曉此事了。光這樣情況就已經夠糟了，處在漩渦中的艦隊總司令官戴伯特．雷根還派遣使者過來，對政府提出要求。

對方的要求就是——要合眾國政府接受妖魔的控管。

他們的目的不是滅亡人類。而是要支配這個世界，打造屬於他們的樂園。正因為如此，若是毀掉負責領導國家的組織，後續處理會更麻煩，妖魔在打這個如意算盤吧。

「——於是那些傢伙就要我們聽命於他們。那樣一來他們就不會奪去政府高官的自由意志，今後也願意保障我們的安全。」

「嗯——若是不接受他們的要求呢？」

「聽說他們要派遣大南海艦隊，拿下我們合眾國的首都。同時還要對我國國民報導真正的現況。那樣一來政府將會威信掃地，將發生讓我們難以鎮壓的動亂。說真的我們已經束手無策了。」

由於對方讓他們做選擇，目前合眾國的意見分成兩派。但是不管選擇哪一邊，對妖魔族來說都沒有損失。

而且——維爾格琳心想。

妖魔的目的是要讓人類當奴隸。等到將來他們的數量增加，他們要準備足夠的附身用肉體來應付，這就是他們的企圖吧。

他們希望得到的奴隸都能夠乖乖聽話，然而這個世界有五大勢力圈。即便毀滅了其中一個，頂多只能對其他國家起到殺雞儆猴的作用。

跟妖魔族的總數相比，人類在數量上更多。就算人類數量減少到十分之一以下，附身用的肉體還是很夠用。

「原來如此。我看中華那邊的情況好像也差不多，大羅西安姆拒絕他們的要求是因為人民暴動導致王室深陷存亡危機。這樣看來，皇國這邊的情況還比較好一點。」

「那也只是時間早晚的問題。我國和中華的聯合艦隊再過不久就會過來吧？」

「對，但有我在沒問題。先不說那個了，我想聽聽艾米爾的事情。」

隨隨便便就把大艦隊的事情省略過去，看到維爾格琳這樣，山本等皇國官僚和阿傑利亞政府閣僚們都露出一種欲言又止的表情。

不過大家都沒有插嘴，而是等喬治把話說完。

他們是怕在這個時候打斷會讓維爾格琳不高興。到了現在，大家已經有了共同認知，就是不能忤逆維爾格琳這個人。

「被派過來的使者就是艾米爾。長得跟我的兒子一樣，還擁有相同的知識，表情卻非常邪惡……」

艾米爾長大成人就從軍去了。很不幸的，他剛好被派到那組艦隊中。

「別擔心，喬治。冷靜一點。之前不是說過嗎？」

聽喬治說完那番話，維爾格琳露出微笑並打包票說不會有事。

沒有絲毫的慌亂，是淑女會有的完美笑容。

這樣的笑容似乎還有讓人看了能夠鎮定心神的效果。

「哈哈，妳說過要時常保持冷靜對吧？我都有放在心上，維爾格琳。」

在喬治找回平常心的當下，他也想起身為總統的職責。

「做得很好。你放心吧，我會負責救助艾米爾的。同時還會守住合眾國的名聲。」

「謝謝妳。既然妳這麼說，那我就放心了。拜託妳，救救合眾國……還有我的兒子。」

「交給我吧。在妖魔完全跟人類同化之前還有大概兩個月的空檔。艾米爾不會有事的。其他的軍官和士兵也一樣。」

「聽妳那麼說，我的心情也比較輕鬆了。可是自從他們出兵已經過了三個禮拜，剩下能猶豫的時日已不多……」

「沒問題啦。今天的會談就是為此展開的。」

只見喬治大大地點點頭。

「我知道了。我答應妳，我國也會盡力提供所有的協助。就讓我們期待會談能夠談出個好結果吧。」

說完這些，喬治從位置上站了起來。原本默默在一旁靜觀其變的阿傑利亞政府閣僚們也跟著起身。

維爾格琳他們已經談完了。

山本打了一個暗號，那些負責帶路的人立刻把門打開。

「那麼接下來會帶領各位到各自的房間去。」

間。

聽到維爾格琳強而有力地昭告，大家都顯得很放心。每個人都在對她道謝，在他人的帶領下離開房間。

*

維爾格琳接下來把神聖艾西亞帝國的成員叫過來。

莫名其妙透過「時空連結」來到隔著海的另一側。若試著想像他們現在的心境，要他們不感到混亂是不可能的。

「這怎麼可能……我們待的地方是極少數關係人才知道的祕密場所，怎麼會……」

這時其中一名大臣開始喃喃自語。

聽到他那麼說的維爾格琳不感興趣地嗤之以鼻。

「如果不想讓人找到那個地方，你們就要盡可能用『結界』之類的隔離起來，完全斷絕跟外部的聯繫。就算那麼做好了，氣息還是會透過空氣的流動等現象洩露出來，就你們這點能耐，依我看也不可能隱藏氣息。」

「跟外部的聯繫……我懂了！妳是透過電波來鎖定我們藏身的地方，是不是？」

其中一名青年出聲了。

背上背的弓箭是神話級，維爾格琳看出那名青年是「七神器」之一。

但她沒有太大的興趣，只說了一句：「答對了。」

那讓艾西亞那邊的人跟著騷動起來，維爾格琳才懶得管。這看在她眼裡不過是形同兒戲的小花招，心裡想著「有什麼好大驚小怪」。

另外，還有一個態度高傲的人出面。

「妳就是維爾格琳啊。我就是這一任的艾西亞帝，名字叫做賽格。聽說妳到處騙人，說自己是給予我們太祖西昂神祖帝庇護的女神卡蒂娜？」

那個人才二十歲出頭，是個金髮碧眼外加有著勻稱肉體的美男子。

他是神聖艾西亞帝國地位最高的人，帝王賽格．尤蘭．德魯泰．艾西亞。

「卡蒂娜？對了，曾經也有人這麼叫我。他說直接叫我的真名太踰矩，說了些有的沒的，沒想到後來暱稱變成固定稱謂……莫非我的本名沒有留下紀錄？」

「還不承認，可笑至極！還是說妳自認貌美，覺得亂講話也能被寬恕？」

對方直接認定維爾格琳說的話都是謊言，根本不聽她解釋。

這樣的態度，問題可大了。

領導人一旦出錯，往往都不是謝罪就能了事的。

如果是部下失控亂來，還能讓他一人扛起責任，把事情處理掉。或是他的長官出面謝罪，也許這樣就能大事化小小事化無也說不定。

然而最高負責人一旦做出錯誤的選擇，就有可能造成難以挽回的後果。

「七神器」第一把交椅布萊特聽到賽格說出那種話，差點嚇到連鼻水都流出來。

（這個笨蛋！都跟他解釋那麼多了，還不明白維爾格琳大人有多麼恐怖？先不管那個，剛剛才親眼目睹在眼前發生過的超自然現象，一看就知道只有神才能辦到吧！）

他暗自感到驚慌。

關於維爾格琳的「時空連結」，渺小的人類是不可能有這種能耐的，這點顯而易見。能夠辦到這點的人就算不是神明好了，肯定也是接近神的存在。

沒事去惹這樣的人幹嘛，而且幹這檔事的人還是他們的帝王，那讓布萊特很苦惱，不曉得該如何打圓場。

還有另一個人也為眼下狀況傷腦筋。

他就是山本莞爾。

（喂喂，艾西亞的帝王笨到讓人難以置信啊！這下該怎麼辦？這樣下去那個可怕的龍凰大人可是會發飆……）

這絕對不是他能夠袖手旁觀的事情，山本拚命絞盡腦汁。

他先對隨從傳話。

「你馬上去把陛下帶來這邊。」

「可是那樣——」

「笨蛋！我知道這樣很不敬，但能夠阻止龍凰小姐的就只有陛下！」

他說得很對，就連隨從也無從反駁。

「遵命！」

小聲接下命令後，隨從就跑著離開現場。

山本莞爾平常是個只會賣弄權勢的愚蠢傢伙，但在分辨哪個人不可違抗這方面，他確實很有一套。現在正徹底發揮那份長處，用於應付這次的緊急狀況。

正當周遭所有人都感到危機將臨，說出那番話的當事人卻很悠哉。

「呵、呵、呵，知道沒辦法簡簡單單騙過我，連話都說不出來了是嗎？不過這也是理所當然的。像妳這樣的騙子或許不曉得，我可是跟其他的蠢蛋不同。我也是被神器認可的人！我不僅是帝王，還是『七神器』第七席。這就是妳想誆騙之人的真實身分！」

只見賽格自我感覺良好地放話。

他說的是真的，賽格腰上正掛著散發光芒的神話級刀劍。

當然維爾格琳也注意到了。

只不過她先前感到傻眼，才沒有出聲罷了。

「——不是吧？看到我卻給出這樣的反應……原來西昂的子孫裡也有生出這種笨蛋？」

為此唉聲嘆氣的同時，維爾格琳想到——「對了」。

他之前沒有回應自己的召喚，那表示這個名叫賽格的王並不信賴維爾格琳。

當王的人自然比較多疑。因此維爾格琳對這點沒有意見。

雖然沒有意見，但是維爾格琳都提出只有當事人才知道的祕辛了，他卻還是懷疑維爾格琳，從各方面來說，維爾格琳都只能給出「此人中看不中用」的評價。

都跟他說祕辛了還不相信，那就沒什麼好說的了。

如果對方認為是機密外洩使然，維爾格琳還得懷疑他們保護機密資訊的能力。

不管怎麼說，他都已經出局了。

再加上認知能力也不夠，比起當王卻氣度不足，這是更大的問題。

「妳說笨蛋？難道是在說我？」

「連這樣的比喻都聽不出來，太遺憾了。不過你們的歷史似乎已經累積了四千年以上，血統劣化也是沒辦法的事情吧。」

維爾格琳說到這邊苦笑了一下。雖然她對賽格的無禮發言感到傻眼，肚量卻也沒小到這樣就會發火。

然而賽格卻很惱怒。

「呵呵呵，沒想到妳不只要繼續演戲，還想愚弄我。愚蠢。那我問妳！妳不僅不知天高地厚拿女神的名字套到自己身上騙人，聽說還誇下海口說能夠重現女神所為是吧？既然妳說有辦法創造神器，那就讓我見識一下吧。只不過！妳要做好心理準備。當妳辦不到，妳的假面具也會被人摘下！」

「還真麻煩。」

「哼！少在那邊找藉口。妳說的那種事情根本不可能辦到，也該好好承擔相應的代價吧。反正我不會把妳殺掉。妳看起來還頗有實力，而且姿色也不錯。我會把妳收來當玩物，妳就放心吧。」

賽格說出的那些話簡直愚蠢到家。

除了維爾格琳和賽格，其他人都緊張地觀望，看事情會如何發展。

賽格的所作所為顯然很有問題，不過原本以為會立即動怒的維爾格琳還挺能忍，這讓他們看見些許希望。

希望接下來的事情能夠和平落幕——人人都看著維爾格琳，在心中祈禱。

「反正妳也不可能做到——」

「我有蠻多話想說的，不過就算了吧。約定就是約定，我替你們準備。」

打斷賽格的話，維爾格琳變出一把青龍刀。這是她讓自己的魔素固態化，透過「物質創造」而創造出來的。

「這樣就行了吧。反正你們大概也無法駕馭，但這確實擁有神話級的性能。」

「什麼——？」

下意識接過那把刀的賽格被青龍刀的光芒迷住了。甚至不再去懷疑維爾格琳所言，那是真貨才會散發的光芒。

若是要當一個帝王，賽格還不算太無能。即便他性格傲慢，卻不是暴君，他還是有良知的，會去傾聽部下說的話。

而這次是五大國第一次召開高峰會，為了避免被其他國家小瞧，他才會表現得比平常更高傲。

這成了敗筆。

直到這個時候，賽格總算察覺自己的失態。

（難道是真的？不，不可能。那樣太奇怪了吧？在幾千年前神話時代中出現過的人，怎麼可能存在於眼下的現實世界！）

這下賽格的腦袋全打結了。

或許是與之前那個身為魯德拉的男人有血緣關係使然，維爾格琳在跟賽格對應的時候處處忍讓。

如果是毫不相干的人，早就沒有任何交涉空間了。甚至很有可能引發一場腥風血雨。

可是賽格卻沒注意到自己的運氣有多好。

甚至還——

（——不，先等等？如果神話中的女神確實存在，那不就跟我很相襯了！對，就是這樣。只要能夠把女神弄到手，所有的問題都會迎刃而解！）

他自認想到了起死回生的絕妙點子，做出不得了的舉動。

「呵、呵、呵，原來是那樣啊！女神，維爾格琳啊！為了來見我，妳才會跨越時空吧？真可愛，還真是不屈不撓。那好吧。我就回應妳的心意。我會娶妳，發誓會愛妳！」

當著一大堆人的面，賽格說出極度會錯意的一番話。

這下就連維爾格琳都被搞糊塗了。

「啊？你在開什麼玩笑？」

「呵呵，用不著害羞。現在還在跟人打仗沒辦法辦結婚典禮，等到一切都收拾完了，我會讓妳當正妃。據說神祖帝和女神之間並沒有誕下子嗣，那要不要跟我生生看？若是能夠留下女神的後代，我們艾西亞未來會發展得更加繁榮吧！」

他這番自以為是的演出令人嚇了一跳，就連維爾格琳都訝異到說不出話來。

應該是說，那或許是她第一次受到那麼大的侮辱，讓她一時沒有會意過來。該說是來不及會意，還是不願意去理解……

這就證明不管腦袋多麼會運算的人，也有空轉的時候。

當事人維爾格琳就別提了，觀眾們也出現各式各樣的反應。

「七神器」的成員們更是連臉都綠了。

（快住手，快阻止陛下啊——！）

雖然很想慘叫卻還是忍下了，該成員朝著大臣們使眼色。

他們憑著本能理解這樣下去會發生很可怕的事情。

想要對女神予取予求，那是人類不可能辦到的。得在天神降下天譴之前讓賽格閉嘴。

然而大臣們都沒有動靜。

其實他們是僵住了。

維爾格琳變得面無表情，更加突顯她的美貌。

而那讓他們感到非常恐懼。

因為自己心虛而覺得更害怕。

事到如今，已經不能期待那些大臣有所作為。

「七神器」們都很焦慮，把目光放到他們的首席身上。發現大家都在看他，布萊特感嘆自己時運不濟。

皇國這邊也無法置身事外。

那個艾西亞帝是不是白癡啊——眼看會談即將展開，外務省情報部門官員們都很緊張，正在用他們剛熬夜一整晚的腦子想著。

他膽子不小，維爾格琳一旦發火，所有人都會遭殃。大家一致地心想「拜託別鬧到這種地步」。

「怎麼樣，這個提議不錯吧！就算妳一直跟著那個快死掉的皇國老頭，他也沒有餘力疼愛妳。在這方面，我每天晚上——」

「啊？」

房間內的空氣降到冰點。

所有人都明白，他們的恐懼正要化為現實。

正面承受維爾格琳的怒氣，賽格渾身僵硬。他發現自己說錯話，可是說出口的話又沒辦法收回。

（什麼！這、這股神聖氣息是怎麼一回事？神話中的女神——比想像中更加厲害。竟然想要迎娶如此超乎常理的存在當正妃，我未免也太不知天高地厚——）

思考開始變得支離破碎，在賽格的腦子裡亂竄。接著就算不願意面對，他也發現自己有多蠢了。

想要留下女神的後代，這確實是一個很棒的點子。這部分或許真的是那樣沒錯，但問題在於能不能辦到。

就連傳說中受到女神鍾愛的神祖帝都沒能和她生下孩子。而賽格只是他的子孫，甚至連受女神寵愛的資格都沒有。

而且文獻上還有記載女神的脾性，就算一半是繪聲繪影好了，她的個性也很極端。所愛之人如果受到侮辱，據說她還會不惜滅掉一個國家。

根據文獻到當地挖掘調查後，從被埋藏的地層中發現曾經有過都市的遺址。報告還指出，出土的建築物外壁都被超高溫融化掉，變成結晶狀。

賽格莫名在這個時候想起那些資訊。

他彷彿看見艾西亞境內的國土被灼熱火焰焚燒掉，那讓他慘白著一張臉。也許我觸犯了最大的禁忌——即便他那麼想，也已經於事無補了。

這樣下去賽格肯定會完蛋，這個時候卻有人採取行動。

那就是山本。

若是在這裡放任維爾格琳亂來，他將要負起所有的責任。更重要的是他們也都會有生命危險，不過這對山本來說已經是其次了。

他平常很會擺架子，對工作也不是很熱衷，不過性格還沒腐敗到出事的時候逃避，不願意背負責任。反而還覺得一旦開戰，勢必要有人出來承擔責任，而他認為那就是他的職責所在。

因為山本是這樣的一個人，聽到賽格說出那種話，動作才會比誰都快。

「滿嘴戲言！竟然敢汙辱我們皇帝陛下，你是什麼意思！看狀況而定，也許還免不了爆發一場戰爭，你打算如何解釋！」

趁維爾格琳還來不及說些什麼──不，他是為了不讓維爾格琳有機會說話，才會跳出來鬼叫。

人類這種生物有一種特質，那就是有人比他先動怒，他就會恢復冷靜。套用在「龍種」維爾格琳身上也適用，這是要先打預防針，以免維爾格琳的怒火爆發。

這是山本莞爾今天做的最棒的一件事情。

而且這時候還有另一人出面救火。

「都在吵些什麼。」

明知不敬還是請他移駕到此的皇帝，在絕妙的時間點上正好趕到。

「哎呀，是陛下──」

「龍凰啊，別被年輕人的話迷惑了。賽格殿下是在測試妳。要看看妳是不是真的值得信賴。」

來到這邊的櫻明用冷靜的態度跟維爾格琳說話。其實他心裡著急得不得了，都幾十年沒在走廊上小跑步了，但這部分並沒有露出馬腳。

真的是很有王者的大度。

看到這樣的櫻明，維爾格琳也忘了要生氣。她找回平常心，開始吟味他說過的話。

「故意激怒我，這是為了要探查做到什麼程度能夠惹我生氣──」

「嗯、嗯嗯。差不多是那樣吧？」

總而言之，櫻明就是想要說服維爾格琳而已。只要能夠讓事情順利落幕，自己受人侮辱這點小事一點都不重要。

他的努力沒有白費，願望實現了。

「我懂了，原來是那樣啊。我原本真的不願意去想西昂的子孫會那麼愚蠢，照你那樣講就說得通了。」

此時維爾格琳大大地點了個頭，臉上還浮現笑容。

看起來非常美麗溫柔，這下櫻明才放心。

「那麼，各位來自艾西亞的朋友也很累了，快帶他們到房間歇下。」

看準這個時機，櫻明做出指示。

本來皇帝是不用親自來做這種指示的，但這種時候管不了那麼多。就好像魔法解開一樣，大家不約而同在同一時間展開行動，這場空前危機才被化解掉。

還有一件事情，在往後的艾西亞——

有很多人都變成親日派，在這之中尤其是山本這個姓氏，特別受到許多人歡迎。

他成了幫艾西亞脫離危機的人，甚至還被記載到歷史教科書上。每次考試也一定會拿來出題，有名到山本這個名字幾乎可以說是無人不知無人不曉。

他是勸諫時任帝王賽格的好友——上頭是這樣記載的，不過當事人山本並不知道此事。

＊

等到艾西亞一行人都走了，房間內的氛圍再度變得祥和起來。

皇帝也回到他的房間去吃胃藥，維爾格琳決定繼續做她的工作。

「話說回來，我好久沒有被人這樣試探了。叫做賽格是吧？果然不愧是西昂的子孫，成長的方向挺有趣的。」

「說、說得是呢。哈哈，其實就連我都嚇了一跳。」

山本心想「最好是那樣」，但他並沒有錯。現在部下們對他的信賴度突然間扶搖直上，他才會希望那個人能夠適可而止別亂來。

「那麼，剩下的就是——」

「中華群雄共和國。」

「沒錯。」

他們是皇國的同盟國，開出條件「其他國家參加會談就會與會」，因此最後才答應加入會談。維爾格琳並沒有直接跟他們交涉，不清楚詳細情況。

這次招待來的有身為人民代表的國家主席，還有幾個負責執政的領導者們，再加上他們每個人帶來的護衛。

來到這個房間的一行人隱藏心中的震驚，跟維爾格琳對峙。

用銳利的目光看著維爾格琳，國家主席開口道：

「我叫做王榮仁。妳就是龍凰小姐吧？」

「對，就是我。」

「哼！外表看起來跟人類沒兩樣。但我們可不會被欺騙。妖魔，妳是不是在對我們的同盟國皇國進讒言？還是說動那些小手腳，是為了讓我們那麼想？」

王榮仁帶著敵意對維爾格琳咄咄逼人地開口。皇國的官僚們聽了都感到困惑，當事人維爾格琳則是有所察覺，心想「又來了」。

按照王榮仁的反應來看，肯定曾經發生過什麼。若是想要打聽出來，詞遣用句須步步為營，以上是維爾格琳的判斷。

「我不曉得這是哪裡，故意自行來到龍潭虎穴。別以為妳的計謀得逞就得寸進尺，可惡的妖魔！」

當王榮仁一喊完這句話，從中華來的護衛們就採取行動。

這個團體穿著看起來很好活動的白色長袍。動作一絲不苟又流暢熟練，明顯可以看出他們都是武術高手。

不過這些維爾格琳都覺得無所謂——

「妖魔，我承認妳的力量很可怕。但絕對不許妳冒用那個『名字』！」

「沒錯！那位高貴之人曾經引導過我們『龍拳』的開宗祖師龍大人，不過是個妖魔竟敢冒用那個名字，未免太厚臉皮！」

帶著如烈火般的怒氣，那群武人開始叫嚷。

然而……

皇國這邊的反應卻有點冷淡。

大家都有同一個想法。

那就是「又來了」。

其實她就是本人吧，我們都懂——以上是官僚們的感想。

同樣的，維爾格琳也注意到了。

「你們說龍？這麼說來，那個人曾經把自己的招式命名為『龍拳』。原來是這樣，龍生存的世界也是這裡。你們是龍的徒弟，繼承了那個人鑽研出來的拳法。我好開心啊。」

維爾格琳調查過這個世界的歷史，但還不至於能夠查到所有的偉人。再加上皇國這邊不可能保留其他國家祕密流傳下來的拳法相關資料。

怪不得維爾格琳沒有察覺到「龍拳」開宗祖師「龍」的存在，從某方面來說也是理所當然的。

總之，維爾格琳為那份懷舊而心生感動，不過中華這邊的人看了就一頭霧水了。

「妳這女人，幹嘛沒事假裝好像知道內情的樣子？」

「是想模糊焦點嗎？但妳想得太美。我們都是精挑細選的菁英，會在這裡把你們滅掉，粉碎你們的野心！」

「就先從妳開始。要除掉冒用那對我們來說是尊貴之名的妳，讓祖國再次找回榮耀！」

那些人口口聲聲地叫喚，武人們擺出戰鬥架勢。

看他們這樣，維爾格琳笑得很開心。

「哎呀看看，以這個世界的人類來說，你們的鬥氣算是非常精純。這表示在鍛鍊上都沒有懈怠，不停提昇自我。都有好好吸收龍教給你們的東西，我看了也很開心。」

維爾格琳看那些武人的目光已經不像在看敵人了，比較像是看著愛徒的師父。這樣的觀點差異就是讓武人們愈來愈惱火的主因。

「妳這傢伙，竟然把我們當白癡耍……」

「無妨。既然這樣，那我們就一起——」

那些武人打算訴諸武力，不料有人出面阻止他們。那是一名身材嬌小的人，唯一身穿龍形刺繡黑色長袍。

「快住手。你們是無法戰勝她的。」

那人的聲音聽起來清澈透明，是位黑髮黑眼的美少女。

「仙、仙華大人？」

「可是……」

正在氣頭上的武人們試圖反駁，看到那號人物——「拳聖」仙華表現出來的態度，全都閉上嘴巴。

她平常都很冷靜沉著，不管遇到怎樣的敵人都一臉處變不驚的樣子，是最強的「拳聖」，如今卻緊張地冒著大汗。

「我來對付她。」

聽到仙華說得那麼斬釘截鐵，再也沒人敢反駁她。

「妳就是繼承者吧。那身鬥氣看起來很厲害，值得誇獎。」

「沒錯。我就是從歷代『拳聖』那邊繼承『魂魄』之人。繼承了最強的拳法，是現任『拳聖』。若妳真的是龍凰大人，可否與我過招？」

「可以。我親自指導妳，這是妳的榮幸。」

情況就是這樣，那兩人突然達成共識。

其他人沒有插嘴的餘地，只能在旁邊觀望戰況發展。

…………

…………

……

結果用不著多說，是維爾格琳獲得壓倒性的勝利。

應該這麼說，仙華早已看出自己完全不是她的對手。

在其他人眼中，會覺得看起來像是仙華一直在進攻。即便是練就「龍拳」的高徒來看，也會覺得是仙華在拳頭和腳刀上都散發藍白色電光，將維爾格琳逼得節節敗退。

「龍拳」是一子單傳——不看血緣關係，而是讓徒弟之中最厲害的人繼承所有奧義。

而在這些繼承的招數之中，最重要的就是仙華口中的「魂魄」。那能夠將自己學會的所有技術記錄起來，再傳給繼承者，是一種禁忌的祕術。而且附著在「魂魄」上頭的精氣也會有部分被繼承下去，讓鬥氣的質與量逐步提昇。

繼承者不一定能夠發揮所有的力量、學會所有的招數，但只要「魂魄」被傳承下去，就能將希望寄託在下一代身上。然後總有一天，最強的拳法家會誕生，懷抱著這樣的夢想，龍往生了。

在這樣的歷史之中，仙華誕生，她可以說是擔得起最強之名的「拳聖」。

繼承下來的「魂魄」跟自身精氣完全融合，將所有的技巧和力量納為己用。結果讓她在這個世界上強到非比尋常的地步。

換算成存在值，已經超過十萬。

來到維爾格琳誕生的故鄉，被定為「基軸世界」的半物質世界，她會是被分類到「仙人級」的超強人物。

在這個世界沒人可以跟她相提並論——這點可以確定，不過這次她遇到不該遇到的對手。仙華只是稍微跟維爾格琳過個幾招，她就一敗塗地。

「——我認輸了。」

「呵呵呵。妳真的變強的。肯定比幻世還強，若是待在這個世界，八成還贏過近藤。」

雖然戰敗了，仙華的心還是一派清明。她再也不懷疑維爾格琳，因為她已經能確認這個就是本尊。

而維爾格琳發現所愛的龍，他的期望獲得傳承，心裡也覺得無比喜悅。對仙華以首的龍的徒弟們感到非常喜愛。

甚至還覺得現在可以無條件送他們一兩樣神話級的裝備。雖然沒有真的這麼做，但維爾格琳很高興這點無疑是事實。

＊

雖然發生了一些事情，這下各國首腦還是全員到齊了。

還有一件事情，就是來自中華的那些領導階層，除了國家主席王榮仁，其他都是拳法家偽裝的。他們原本似乎認定這是妖魔設下的陷阱，皇國這邊的人認為也不能怪他們。

如今已換成真正的領導人。

聽聞他們碰到的事情後，發現是很常見的模式。

就是人質。

只是規模拉高到國家級別。

話說在中華那邊的妖魔族，他們的活動是從鎖定領導階層子弟開始的。投入更多的相關人士，藉此跟他們搭上線，來和目標接觸。而且還對他們進行洗腦，把他們帶回據點。

還有他們的老師、同僚、上司、家人。逐步附身這些人，其目的已經完成七成。

於是在全國人民大會上，才會一致表決通過要進攻阿傑利亞合眾國。

「就算跟你們謝罪，我想你們也不會原諒，但若能體諒這些並非出自我們本意，那我們會很感激的。」

話說到這邊，王榮仁低頭鞠躬。

喬治出面回應。

「沒關係。我們都明白每個國家有他們自己的難處。就連我也一樣，兒子被他們抓走。若是把自己的家人和國家放在天秤上衡量，會選擇的答案只有一個。身為總統的我應該要負起這個責任，但是不到最後一刻，我還是不想輕言放棄。」

「我能體會你的心情。」

喬治和王榮仁朝著彼此點點頭。

「說到這個，朕也要跟你們謝罪。」

說出這句話的，是大羅西安姆王朝大帝馬傑蘭。

他們的軍事部門不受控制，入侵中華地區。馬傑蘭承認他們對此確實無從制止。

「真要這麼說，我也一樣有罪。會去侵略大羅西安姆，是因為被妖魔擺弄，才會做出嚴重的誤判。事到如今，我也該認罪了。」

這不像帝王賽格的作風，態度上變得很安分嚴肅。

因為山本和櫻明急中生智救了他，後來他被帶去房間休息，這才冷靜下來。靜下心來想想，賽格發現自己剛才幹的事情有多麼危險。

他並不無能。還是具備能夠釐清現況的分辨能力。

他還跟其他的「七神器」推心置腹商量。

皇帝的心腹是如今第四席。

「七神器」的其中一人去進攻大羅西安姆後，一直沒有回來。所以這次他才會代替那個人露面。

那位行蹤不明的人是女子，她戰鬥意願很高，請纓出兵作戰，也不等總部的決定出來，就獨斷獨行調動部隊。

這明顯違反軍規。

「七神器」是國家戰力，不等皇帝下命令就進攻其他國家，那可是不能容許的大問題。

而且她一貫反對開戰。可是最近卻表現出突然改變想法的樣子。

她那種態度讓相關人士都很困惑，足以令人起疑。再加上她這次專斷獨行，雖然會對「七神器」這樣的英雄人物有所顧慮，但最後還是將她列為調查對象。

都做到這種程度了，依然沒有找到她被妖魔控制的決定性證據……不過他們得出的結論是只能認栽了。

之所以如此斷定，是因為那高傲的自尊心已經被人攀折。

維爾格琳跟仙華的比試在中庭進行，不過從休息室也能看得很清楚。

就算「七神器」團結起來也沒辦法打贏仙華，她卻被維爾格琳像小嬰兒般拿捏。

看到這一切的「七神器」便明白虛張聲勢是沒有意義的。賽格也同樣那麼想，徹底放棄要讓神聖艾西亞帝國統一世界的野心。

（呵呵呵，我想起來了。只有得到女神祝福的人才能稱霸世界。倘若這才是真理，那如今這時代的

霸主將會是櫻明陛下吧。）

由於他已然明白這點，才會表現出全面服從的態度。

就像這個樣子，一開始各國忙著跟彼此道歉。

「那朕也——」

「不不不，我們能夠理解皇國的處境。」

「是啊。合眾國也有針對強行逼你們做出選擇一事反省了。」

櫻明原本也想加進去一起道歉，王榮仁和喬治卻立刻打斷他，這才讓他打消念頭。

至於在牆壁旁邊一直立正站著觀察會談狀況的山本，他非常能夠理解各國首腦的想法。

（這也難怪。如果在這種時候主張陛下有罪，那位大人可是會不開心。）

他心想如果是自己也會做出相同的判斷，還不忘偷看維爾格琳。

等到集體謝罪告一段落後，這場會談重新來過。

他們認真起來研擬對抗妖魔的作戰計畫——原本應該是這樣，現在所有人的目光卻都轉到維爾格琳身上。

「那麼，龍凰小姐……請問——您認為用什麼樣的戰略對付妖魔會比較有效？」

這句話來自陸軍大臣。

問那種問題非常可恥。

身為負責守護皇國的軍事部門領導階層，怎麼能夠去指望別人幫自己處理事情。

話雖如此。

唯獨這次，並沒有任何人指責他。

不僅如此，其他各國的首腦們也都在等維爾格琳回應。

那也是沒辦法的事情。

面對超越人類認知的敵人，他們根本沒有能夠與之相抗的戰力。

大夥兒視線都集中在唯一希望——維爾格琳身上，她這個當事人卻很悠哉。然後一副「拿你們沒辦法」的樣子，看向發話人。

「就算派兵過去也沒用，這點你應該心裡有數吧？」

「雖然不願意承認，但我當然明白。若是不想讓他們的艦隊接近我國本土，那麼做還是有意義的，可是我們根本無法組成艦隊迎擊。即便讓聚集在此的人們都搭上各船艦，還是沒辦法對抗妖魔吧。」

陸軍大臣說得沒錯。

一旦讓他們接近國家本土，都市將會成為艦艇炮彈射擊的標靶。為了阻止他們，在海上打造防衛線不算毫無意義，然而不管怎麼看都沒有獲勝的可能，最後還是會變成白忙一場。

而且也不曉得妖魔會不會去破壞都市。

如果他們有能夠附身在人類身上的力量，就很有可能會直接利用現有都市。那麼他們就沒道理對敵人挑起艦隊作戰。

此時維爾格琳也點頭回應。

「就是那樣。槍炮之類的對妖魔不管用，一般士兵的力量又不足以和他們對戰。於是選項就剩下兩種。」

「那究竟是哪樣的——」

「看是要全都交給我，還是你們自己稍微試著努力看看，這兩種二選一。」

維爾格琳這番話對高傲的軍人來說，會讓他們有受到侮辱的感覺。但現實是他們也無法反駁。

聚集在現場的勇士們都是人類裡頭最強的戰力，他們互相看看彼此，再確認彼此的反應。接著他們透過相互之間目光的銳利度察覺並得出相同的結論。

皇國的劍士荒木幻世和皆本三郎率先開第一槍。

「這是我們的問題。我不是要特別強調自己還懷有無謂的榮譽心，但一直拜託龍凰小姐，這實在太丟臉。若是有我能做的事情，我想要賭上性命挑戰看看。」

「我也有同感。」

艾西亞的「七神器」們接著開口：

「可不想一直讓皇國那邊的人專美於前。我們也想參加這場作戰。」

「賽格陛下就別參加了。希望能夠交給我們處理就好。」

「沒錯。陛下要活著才能夠履行職責。這次就交給我們吧！」

除了賽格，其他六人都表明願意參戰。

除此之外中華的「拳聖」仙華也道出她的決心。

「龍凰大人——若是您願意守護人類，那我們將無所畏懼。即便我們戰敗了，最後放眼大局，我們還是形同已獲得勝利。因此，請您也賜予渺小的我們成長機會。」

仙華話說到這邊，畢恭畢敬地低頭鞠躬。

如此一來就有九名戰士自告奮勇，但最後還有一人也主動說要出擊。

「請問——是否也可以讓我同行？」

在這時插話的人是合眾國特務代表比利。他以喬治護衛的身分參加會談，是戰鬥能手。年紀還很年輕才二十八歲，是臉頰上有傷痕的精悍男子。也很會使用咒術，槍枝用的彈丸是手工特製品，遇到幽靈(Ghost)也能讓他們成佛。

雖然比利已經那麼強了，跟這九個人比起來還是相形見絀。身體機能就不用說了，連武器都不夠像樣。

比其他自認派不上用場而放棄的人還好一點，但要說他是否算得上戰力，程度上又蠻微妙。

比利似乎對這點有自覺，因此一臉緊張地等待維爾格琳回應。

這個時候喬治也跳進來幫忙說話。

「比利身為我的護衛，是個非常優秀的男人。救過我的命好幾次，艾米爾也跟他很親近。如果會造成麻煩就算了，但可以的話，希望能帶他一起去。」

優秀的護衛不在，代表他自己容易身陷危險。喬治不至於無法明白這點，可是人類面臨存亡的危機，他總不能什麼都不做。

如果是比利，應該還是能跟下級妖魔勢均力敵對戰。他深信如此，希望能夠多少增加作戰的人手，才會那麼提議。

要打造一支集結人類作戰好手的隊伍，直搗妖魔的根據地。破壞維爾格琳所說的「冥界門」，那樣就能徹底斷絕來自侵略者的威脅吧。

每個人都抱著必死的決心。

然而維爾格琳卻露出平穩的笑容。

「如果你們在這個時候選擇交給我處理，我打算只守護自己想守護的東西。不過你們很有骨氣，這

點很棒。看在你們有那份決心，我就稍微幫一把。」

其實他們若是在這個選擇上選了第一種回答，那維爾格琳真的會捨棄人類。甚至還覺得可以帶著櫻明和喬治他們到別的世界移居。

女神是很善變的。

人類代表做出正確的選擇。

因此維爾格琳也會回應他們。

「你叫做比利對吧，我同意讓你參加。也找不到理由拒絕。而且你的身手跟那位皆本不相上下。只要想辦法改造這個武器，戰鬥力很有可能會大幅度提昇。」

如此判斷的維爾格琳要皆本和比利交出武器。

皆本和比利按照她說的，分別交出愛刀和愛用的史密斯威森M27（麥格農左輪手槍）。維爾格琳接過手槍後毫不猶豫地將這些武器轉變成神話級。

「——唔！」

「這、這是……」

自己愛用的武器明顯變得更強了，當維爾格琳將武器還給皆本和比利後，他們非常震驚。

幻世早就體驗過了，因此處變不驚，只是用平靜的表情點頭。然而其他人可無法這麼平靜，知道這是怎麼一回事的「七神器」成員都為之啞然，心想「神器竟然就這樣隨隨便便流到其他國家」。

不過那樣可以增加他們的戰力，這也是事實。

這種時候總不能要求維爾格琳手下留情，櫻明也只是在一旁觀望。

「用那些武器就能讓你們變得更像樣吧。不過有一件事情希望你們銘記在心，真正能夠稱得上夠格戰力的就只有仙華。那邊那位叫做布萊特是嗎？」

「是、是的！」

「對，就是你。就連看起來最像樣的你，還是連神話級力量的百分之三都發揮不出來。其他人就更不用說了。大概只有百分之一到百分之二，希望你們更努力一點。」

如果能夠引出神話級真正的力量，那他們就會覺醒成精神生命體，可以打倒大半的妖魔吧。可是靠他們現在的力量，是不可能覺醒的。

為了讓西昂的子孫能夠使用，維爾格琳在創造武器時有先做過設定。他們是能夠使用這些武器沒錯，發揮出來的力量卻遠遠不及原本應有的。

不過他們也不用為此感到丟臉。

因為這個世界的魔素很薄弱，各方面都顯得比較脆弱。假如他們去到別的世界，肉體受到改寫，大概能夠覺醒來到「仙人」等級以上吧。至於仙華，她甚至很有可能覺醒成為「聖人」。

就這樣，戰士們都準備萬全了。

接下來他們要展開大反擊。

●

妖魔——達利亞在大羅西安姆宮殿內大步走動。

…………………………

……

以前還是人類的時候，達利亞以「七神器」第四席的身分活躍。

那天她也被交派了重要的任務。自稱是艾米爾的妖魔在進行諜報活動，她要去阻止對方。

然而那是艾米爾設下的陷阱。

就連情報局人員都栽在艾米爾手裡，目的是要把達利亞引出來。

後來達利亞敗給艾米爾。

她全副武裝挑戰，卻被沒穿什麼裝備的艾米爾玩弄於鼓掌之間，被傷得體無完膚。

這是個恥辱。

但更糟的是——

她在人類之中也算是很厲害的強者，這天是達利亞有生以來第一次品嚐到恐懼的一天。

讓她不顧顏面祈求對方饒她一命。

只見艾米爾浮現平穩的笑容，回答：「當然好。」

然而在達利亞弄清那代表什麼的時候——一切都已經太遲了。

不僅是知識和地位，就連名字都被人奪走，達利亞完全轉變成妖魔。

這樣的她在階級上跟李金龍和戴伯特屬於同階級的「將官」級。

在艾西亞入侵大羅西安姆的時候脫隊，去從事毀滅大羅西安姆的作戰計畫。

關於妖魔的侵略作戰，他們的首要目的是確保領土。

第二個目的是要讓人類歸順他們。

要拿來給自己人附身，確保附身用的肉體足夠。

並不是挑什麼人都好，他們比較希望得到強韌的肉體，能夠耐得住魔素帶來的變化。這個時候篩選就成了一大重點。

妖魔是半精神生命體，就算附著在人體身上，基本上也不需要進食。他們並非無法吃東西，也能夠透過進食來補充營養，不過不吃也無所謂就是了。

然而要拿來附身的肉體，還是挑比較優秀的會更好。於是他們摸索著徹底管理人類的方法。

後來他們想到的計畫是捨棄五個大國之內氣候條件比較惡劣的國家。

那就是大羅西安姆。

這裡農作物歉收，大部分的國土都不適合拿來開發。

因為待在嚴苛的環境中，士兵都身強體壯，不過他們認為用不著在這種地方設立國家。

搶到土地後之所以會留下王室，都是為了讓他們去管理國土和國民。但他們認為大羅西安姆可以剷除，自然也就不需要留下大羅西安姆的王室子孫。

妖魔並不打算殺掉大羅西安姆所有的人民。若是讓大羅西安姆王室滅亡，他們猜想現存的國家體制可能也會跟著崩潰。

基於這樣的考量，才會讓「怪僧」普契尼拉出來煽動民眾，策劃政變，達利亞也跟著配合行動。

…………

……

……

在宮殿內巡邏一圈，達利亞不怎麼開心地嘆氣。

到處都找遍了，卻沒找到大羅西安姆的王族。

包括大羅西安姆大帝和他的家族。

還有政府高官跟他們的家人也一樣。

再加上於宮殿內效命的騎士，還有侍女和侍從們都不見蹤影。她仔細探查是否有隱藏密道，卻沒發現半點蛛絲馬跡。

她還讓部下去附身在人類身上，試著讀取熟悉城內狀況之人的記憶，卻還是毫無頭緒。眼下情況演變成這樣，只能朝他們消失那個方向想了。

「你那邊情況怎樣？」

跟她說這句話的，是達利亞的同僚艾米爾。如今他們兩個位階是一樣的，在交談時才沒什麼距離感。

「我投降了。根本不曉得大羅西安姆大帝逃到哪裡。」

「這樣啊，這下麻煩了。我不覺得他們能夠像我們那樣，行使『空間操作』……」

「呵呵，沒辦法吧。那種事情對這個世界的人類來說，簡直是神跡。就連『七神器』的成員都沒辦法進行『傳送』。」

達利亞如此斷言。

她曾經算是這個世界的強者，很確定絕無那種可能。

這裡的魔素很稀薄，沒什麼人能夠使用魔法，元素魔法「據點移動(Warp Portal)」也不存在於這個世界上。如今達利亞已經能夠使用追加技「空間移動」等等，但能夠同時穿過「傳送門」的沒幾個。

想從完全受到包圍的宮殿逃亡，怎麼看都不可能。照理說應該是那樣。

艾米爾在最近被帶過來的人之中算是身體機能最好的，因此這個男人才足以讓高級裡等級較低的「將官」級妖魔附身，但就只是這樣罷了。想要名列世界強者還是太過弱小，達利亞認為他不會有足以用來推測那幫人如何逃亡的知識。

不管是用來附身的肉體強度，還是跟這個世界有關的知識涵養，都是自己比較優秀。想到這件事情，達利亞心裡就浮現些許優越感。

「那這樣應該就是我們的包圍網出了紕漏，不過我的直覺告訴我應該不是那樣。我們似乎遺漏了某個很重要的環節。」

邊若有所思地說著，艾米爾將目光轉到達利亞的長槍上。那是「七神器」這名字的由來之一，也是女神所創造出來的神器長槍。

看到那把長槍，艾米爾莫名有種懷念的感覺。他猜不到原因，但想著答案或許就存在於記憶之中。

妖魔可以讀取附身之人的記憶。

只不過重要知識姑且不論，若是像日常會話那種於平日生活中重複出現的片段，份量太過龐大，如果要細查得花上許多時間。他們不想把精力花費在沒意義的東西上，一般而言都會直接忽略。

艾米爾也不例外，他有去了解自己的身分和技能，在職場上的人際關係以及職務內容等等，卻無視了小時候的回憶。

所以對於祖父身旁的美女就只想得到「格琳姊姊」這個字眼。如果他察覺這個人就是維爾格琳，認為那是一個極重要的資訊，那他肯定會向上面的人建議要重新審視所有的作戰計畫。

（那把長槍總是讓人很在意。也許我——這個肉體的主人艾米爾跟那把長槍有某種淵源。來稍微探尋一下記憶好了——）

胸口那陣揮之不去的騷動令艾米爾很介意。

雖然覺得這跟大羅西安姆大帝他們的逃亡毫無關聯，為了不再讓自己感到不安，這才開始仔細過濾自己的記憶。

跟這樣的艾米爾形成對比，達利亞很有自信。

「那也沒關係。去在意逃亡的人類也沒什麼意義。反正他們不可能戰勝我們，就別管他們了，來執行作戰計畫吧。」

「……說得也對。」

「原本計劃是要抓王族的人來當人質，藉此把這個國家的菁英都引過來……但這個計畫就先作廢吧。改成在這座宮殿放火，讓大家都知道大羅西安姆氣數已盡如何。」

原本他們預計要對外宣布將公開處刑王公貴族，讓大羅西安姆的人民更躁動。藉此引出試圖阻止這一切的正義之士，再拿來當夥伴們的附身用肉體。

最好能夠把在中華乃至於全世界都被視為最強之人的「拳聖」仙華引到這塊土地上逮捕起來。

因為是不同國家的人，仙華會不會出動還需要賭一把。就算作戰計畫失敗了也不痛不癢。

等到大羅西安姆變得一片混亂，緊接著他們就要處理中華。反正到時候仙華八成也會出現，他們等到那個時候再下手就行了。

只要能夠抓住仙華，那這個世界就形同他們的囊中物。實在太簡單了，達利亞想到這邊就暗自竊喜。

——然而就在這個時候。

「怪僧」普契尼拉透過「念力交談」緊急聯絡他們。

『聽得見嗎？』

『原、原來是普契尼拉大人，特地跟我聯絡，請問您有何指教？』

『嗯。貧僧有先派底下的人去中華那邊，他們帶回不可思議的消息。那些人去中華領導階層會待的地方查看，結果他們都說沒發現任何人。』

『您說什麼！那幫人類竟然敢欺騙我們？』

『——不，貧僧不這麼認為。原本懷疑那可能是這個世界特有的咒術，可以用來混淆視聽，但應該對中上級的「校官」起不了作用。』

『我也這麼認為。這個世界水平那麼低，那些人類不管怎麼掙扎都不至於構成威脅。』

達利亞也認為自己不可能被誆騙，就算是自己的部下也不可能受騙。

根據以前在當人類時的記憶來判斷，就算是「七神器」也只相當於中下級的妖魔。

如果是仙華就不一定了，但她不認為他們會輸給其他人。

然而普契尼拉給這樣的達利亞當頭棒喝。

『別那麼自以為是，達利亞！這個世界可是物質世界。給予魔素後會起什麼樣的變化，誰也說不準，充滿各種可能性。貧僧也覺得自己一天比一天更強。那就證明這具肉體很優秀吧。我們妖魔要獲得肉體才能成為完全體。可別忘了這點！』

遭到斥責的達利亞開始反省，認為他說得對。

只看強度，這個世界是不夠看沒錯，而那是因為世界依循的法則不同。在侵略行動完成之前都不可以忘了自己的本分，達利亞這才收起散漫的心思。

『很抱歉。您的喝斥，我銘感於心。』

『那就好。』

『是！那麼接下來要跟您報告，其實我們這邊也碰到問題——』

趁此機會，達利亞向對方稟報。

她說原本預計要去抓那些王公貴族，卻沒找到人。

情況就跟普契尼拉剛才提到的中華一樣，讓她一直有種不好的預感。

『有這種事，在大羅西安姆那邊也出現同樣的情形？貧僧也能看見宮殿那邊，卻沒發現異狀。不，是貧僧太大意了嗎？目前尚不清楚，但感覺會發生不好的事情……』

『該怎麼辦？』

聽到他說出事情可能不妙，達利亞也頗有同感。

至於在旁邊側耳傾聽「念力交談」內容的艾米爾，他也跟達利亞一樣神情緊張。

『你們稍等。貧僧跟天理正彥商量一下。』

普契尼拉不想自行下結論。

「參謀」級在柯洛努陣營中是最機靈的人，來到這個世界還能附身在擁有最強頭腦的人類身上，簡直是奇蹟。那個人就是天理正彥，去徵詢他的意見對同是「參謀」級的普契尼拉而言，是很理所當然的事情。

他們得出的結論是——

『我們先撤退。既然出現超乎預期的情況，應該要先暫停一切的作戰行動。大家去亞特蘭提斯大陸會合，另外擬定更慎重的計畫。有人有意見嗎？』

『沒意見。』

達利亞立刻做出回應。

艾米爾也沒有反對。

妖魔們就此中斷作戰計畫，決定去他們的大本營集合。

*

接到普契尼拉的報告後，天理正彥明白情況並不樂觀。

他們在這邊是無敵的。

不僅因為他們是妖魔，回顧以前還在當人類時的知識與力量，距離他們掌握這個世界就差臨門一腳了。

等他們掌控人類後，最後再讓柯洛努顯現於世上便大功告成。之後他們要改造這顆星球，預計要打造成方便他們進一步侵略其他地區的跳板。

宇宙很寬廣，卻不如異界。若是已經附身取得肉體的他們，他認為花上幾千甚至是幾萬年的時間，就有可能完全掌控這個時空。

能夠開拓與其他平行次元相連接的「冥界門」，使他們有機會擴大版圖侵略。

沒想到卻出現意想不到的狀況。

天理正彥認為這其中確實存在不確定因素。

「好了，下一步該怎麼走……」

當他不經意說出這句話，李金龍和戴伯特立刻反應。

事。

「發生什麼事了？」

「看你有心事的樣子。一切應該都很順利才對，是不是出什麼問題了？」

天理正彥看看那兩個人，對他們說明事情原委。

說大羅西安姆那邊的王公貴族、中華的領導階層都憑空蒸發。原因不明，他懷疑有別的勢力介入此事。

「哇、哈、哈，是不是你想太多啦？」

「嗯——這之中確實存在令人不安的要素，但有嚴重到需要中斷作戰計畫？」

李金龍笑著說不會有問題的。大概是看到他這樣吧，戴伯特似乎也覺得天理正彥太軟弱。

然而天理正彥的想法沒有改變。

「我們確實很強，卻不是萬能的。一點點的疏忽都有可能使得一切的戰略崩盤，你們要記住這點。這種時候更應該全面蒐集情報吧。跟待在其他三國的人取得聯繫，掌握那邊的狀況。徹底調查其他國家的高層都怎麼了。」

在他下達這樣的命令後，他們原地解散。

等到兩個人離去，天理正彥坐在辦公室的椅子上，陷入沉思。

『在艾西亞那邊也一樣，除了帝王一族，「七神器」也不見蹤影。』

『我在合眾國。沒辦法跟總統和他的隨從們聯絡上。沒有外出紀錄，但他們卻不在白宮裡。』

『皇國這邊戒備森嚴。我方有試著入侵包含皇宮在內的執政場所，卻不得其門而入。』

在對戴伯特他們下令之前，天理正彥早就已經派出自己的手下行事。只要有讓他在意的事情，他一定會立刻動手處理。

而他們帶回給天理正彥的情報，正好不出他所料。

（合眾國跟艾西亞是其次，比較令人介意的是皇國吧。派去進行諜報任務的是「尉官」。幻世應該不至於無法應對——不，他沒辦法吧。如果是作戰還好說，但他在諜報工作這方面應該沒那麼擅長。）

幻世是天理正彥的師父，用劍的技巧可謂登峰造極。可是去當術士就變成門外漢了，少了天理正彥的皇宮警護術士隊應該會難以應付妖魔暗中做的小動作。

假如妖魔試著強行入侵，之後被敵人發現。然後雙方打起來，那他還能理解。

這次情況卻不是那樣。

連入侵都辦不到，這可以說是非常不尋常的狀況。

「那接下來該怎麼辦呢。」

他已經要普契尼拉他們立刻趕回來，等到他們做好善後工作，之後應該就會「傳送」過來。在那之前，戴伯特他們應該都已經明白現況了，八成會來找他商量今後的作戰計畫吧。

只不過——

天理正彥並不是在為那些事情煩惱。

（我究竟是誰？）

他原本是人類天理正彥，被「參謀」級的妖魔附身。雖然沒有達到完全同步，還是能夠發揮所有的力量。

不。

並非如此。

天理正彥這個人和近藤並駕齊驅。

是他的好朋友，也是競爭對手——那麼他的精神面強韌到足以達到究極境界也沒什麼好奇怪。

正因為天理正彥是這樣的存在，他才會去思考自己的存在意義。

究竟他算不算是妖魔？

還是說，也許……

這個世界的人類並沒有魔素這種萬能物質輔助。所以很脆弱，可是他們的心靈自由，精神上非常強韌。

相對的妖魔中有許多人原本都是聽令於熾天使的天使。至於在主天使級以下的天使，那更像是只會執行命令的機器。

因此自我意志很薄弱——也因為這樣，不能否認他們有被人類反過來吞噬的可能性。

假如人類意志突破妖魔的自我意志，那麼妖魔族將會秩序大亂吧。

看穿這點的天理正彥很苦惱。

那也包含他自己。

身為妖魔的他相信讓柯洛努復活才是最妥當的。為此應該拿出全力，排除所有的障礙。

可是如今天理正彥的想法不同了。

「冥界門」的擴張被他拋諸腦後。不僅如此——

（只要把門破壞掉，我就可以當王。不，當王是很麻煩的一件事情，讓普契尼拉當也沒關係。不讓妖魔這些侵略者在這個世界上橫行無阻，讓我們——人類來統治不是更好嗎？）

他心裡藏著這種大相逕庭的想法。

這樣的現象是否只發生在他身上。

在「參謀」級妖魔的記憶中，他原本是智天使（Cherub）。

由「星王龍」維爾達納瓦這個神創造出來的，在柯洛努底下做事。

如果在異界，他的力量甚至相當於覺醒魔王，但眼下開始對自己的存在定義心生動搖。

既然有他這個例子存在，那天理正彥就不能大意。

其他人也會有這種現象——他得先這麼假設。

那麼誰會是自己人，誰又會轉變為敵人……

要怎麼統整，怎麼行動才是最好的？

推舉普契尼拉當王究竟是不是正確的選擇，這也是一個找不到答案的難題。

用來做判斷的素材不夠。

天理正彥決定先不下結論。

剛好就在這個時候下面的人向他稟報，說所有人都到齊了。

*

「結論就是各國首腦都不見了？」

「正確來說，似乎還是有一些人留下。」

「那部分不值得考慮。我們要假設手握國家方針決定權的人都聚集在皇國，人類打算認真起來反擊。」

「嗯。貧僧對此也沒意見。」

地位最高的兩個人達成共識，表示那就是答案了。

「那我們要不要派艦隊去皇國？」

在這個亞特蘭提斯大陸裡有基地，那可以說是公開的祕密。人類這邊也曉得此事，他們才打算把人類誘騙過來。

若是要拿來給妖魔附身，找軍人會比一般人更合適。

與其主動去抓他們，還不如讓他們主動送上門。基於這樣的想法才會那樣計劃。

可是皇國那邊若有可疑舉動，事情就另當別論。

他們認為大舉進攻來試探對方的反應，那樣也很有效——原本是這樣的，可是天理正彥卻感到不安，覺得他好像遺漏了某個重要的線索。

他們就快掌控這個世界，但那是因為強者都不存在了。

不過事實上真的是這樣嗎？

若是這樣的前提假設錯誤，那他們就必須從頭審視作戰計畫。

「我想再確認一次，希望你們能夠動用各自擁有的所有知識來回想。想想看這個世界上是不是真的沒有強者存在？」

當天理正彥問完，李金龍就笑著回應：

「絕對沒錯。會構成威脅的就只有仙華！」

聽到他這樣斷言，天理正彥反而更加不安。

「等等。那我問你，是誰鍛鍊這個仙華？」

「這……」

「根據我的調查結果顯示，仙華學的『龍拳』似乎是一子單傳的武術。據說還繼承了不為人知的招式。」

「就、就是這個！所以她才會比一般人更強。」

「那種武術是如何誕生的？聽說開山祖師是一個叫做龍的男人，有沒有跟那個男人相關的情報？」

被人這樣質問，李金龍開始回想。他自己也是沒有被選為繼承人的其中一人，卻是修習「龍拳」的高徒之一。因此他也有學過關於開山祖師的知識。

「印象中祕傳書上有記載一個叫做龍凰的女中豪傑曾引導過開山祖師，但那只是一個整理了口述資訊的傳記。我想那種東西應該沒什麼意義。」

「……嗯。」

天理正彥心中不祥的預感增加了。

照理說他不應該為這種真假不明的傳記所惑，但就是覺得無法放寬心。

「這麼說來──」

達利亞說出她回想到的事情。

「艾西亞那邊也有流傳女神引導神祖帝的神話……」

聽到那句話的天理正彥，心中的不安更深。

達利亞也變得面色鐵青，冷汗直流。自從變成妖魔以後，她再也不會像人類那樣被感情左右，現在卻為回想到的重大資訊感到害怕。

「那個女神叫什麼名字？」

「卡蒂娜——」

「……」

「——據說她原本報上的名號是代表深紅色的卡蒂娜爾，傳說後來人們都改叫她的綽號卡蒂娜。」

關於「卡蒂娜爾」這個字眼，聽起來令人耳熟。

「灼熱龍」維爾格琳因為她自己的氣息色彩才那樣稱呼自身，這點天理正彥已經從妖魔擁有的知識中查出來。

（這只是巧合。「灼熱龍」維爾格琳應該跟菲德維大人一樣，都待在「基軸世界」才對。聽說她根本不知道我們真正的目的是什麼，心思全都在皇帝魯德拉身上。應該不可能在這個世界才對……）

妖魔王菲德維身分極為尊貴，即便是柯洛努的參謀，也沒機會跟他說上話。因此前面那些資訊都是聽說的，據說「基軸世界」的作戰計畫也進展順利。

「灼熱龍」維爾格琳任由魯德拉擺布，他能夠斷言維爾格琳絕對不會從魯德拉身邊離去。所以他不認為維爾格琳會出現在這個世界上。

然而「事實是否真的如此」，這個疑慮一直在腦海中揮之不去。

達利亞臉色難看，這表示那件事情還有後續。

「嗯，就只有這些？」

於是天理正彥才會那麼問。

他得到的回應，是達利亞交出一把長槍。

「據說這是女神創造出來的神器。蘊含了可怕的力量，但我到現在還是無法完全駕馭……」

「「「——唔！」」」

聽到這句話，不只是天理正彥，連其他人都很震驚。

如果是妖魔的「將官」級，當然能夠將傳說(Legend)級的裝備運用自如。無法辦到就證明那把長槍的性能來到神話級。

「這個世界的魔素那麼稀薄，神話級有可能出現嗎？而且還不只一樣，傳說當初有十二個。我對那些以前是我同事的人所用的神器也很熟悉，感覺上跟我的長槍是同一個等級。」

「意思就是神話級裝備有十二個？」

「對……不過我懷疑那幫人可能連不到百分之十的武器性能都發揮不出來！」

天理正彥很想大聲說問題不在那邊。可是那樣也沒辦法解決問題，於是他提起別的事情。

「問題比較大的，是這裡有人能夠創造出神話級武器這項事實。」

「想太多了吧！那可是傳說啊！」

「笨蛋，說這話之前多用點腦袋。物證都擺在眼前了，竟然還沒考慮到這點！」

「是我不對！」

達利亞慌慌張張道歉，除了斜眼看她，天理正彥還很確定。

他確定女神卡蒂娜就是「灼熱龍」維爾格琳。

若是同時出現好幾個巧合，就表示那並非偶然。

因此他才會不由得呢喃出聲。

「沒想到維爾格琳也會出現在這個世界。」

——他這麼說。

那給了某個人劇烈刺激。

「……維爾格琳？你說維爾格琳？」

「怎麼了，艾米爾？」

這時有人出現可疑的舉動，是平常都一副灑脫樣的艾米爾。

此時他彷彿沒將周遭情況看在眼裡，開始唸唸有詞。

這種行為不是來自妖魔，而是原本身為人類的艾米爾出於本能那麼做。其他人沒有發現這點，都在緊張觀望艾米爾是不是有什麼發現。

「對，就是那樣。她也在，就在這個世界裡！那樣我們會——」

純然的恐懼占據了艾米爾的心。

——這是妖魔所感受到的情感。

這之中還另有一份打算。

——那就是一直假裝自己被控制來欺騙妖魔的艾米爾，他正要發揮天才詐欺師孫子的真本事。

想到他們有可能與維爾格琳為敵，妖魔的控制就因為這份恐懼瓦解。沒有漏看這一瞬間，艾米爾以他人類的身分拚命抵抗。

那疼愛自己的美麗女性既像祖母又像母親、姊姊，記憶中她的笑容在心裡不停閃現。還有記憶中能夠給予自己絕對安心感的擁抱。

將年幼的自己抱在胸前，那名女子的名字就叫做維爾格琳。

於是艾米爾選擇呼喚她的名字。

這都是為了拚盡全力求助。

『幫幫我，格琳姊姊——！』

艾米爾的這聲吼叫成了讓事態急轉直下的關鍵。

●

「你在呼喚我吧，艾米爾。我來救你了。」

伴隨著這句話，某個人突然現身。

這裡是戒備森嚴的妖魔根據地，對方卻能如入無人之境般硬闖，似乎不把這一切放在眼中。而那個人用不著多說，就是維爾格琳。她連菈米莉絲的迷宮都能破壞掉，對她而言妖魔的「結界」根本不算什麼。

怪不得那些妖魔會驚訝到說不出話來。

就連總是很冷靜沉著的天理正彥都沒想到事情會變成這樣。他確定維爾格琳在這裡，卻沒想到還來不及想對策就遇見她。

「維爾格琳，妳怎麼會在這裡？」

「看來你知道我叫什麼名字。」

「那當然。妳不是應該跟我們的王菲德維大人聯手，在協助皇帝魯德拉成就他的霸業嗎？」

「噢對了，若是一直跟『基軸世界』保持聯繫，時間軸似乎也能同步。」

「什麼？」

「跟你無關。先別管那個了，我更想快點把要辦的事情解決呢？」

這下天理正彥混亂了。

不過有部分的自我還是保持冷靜，這區塊並沒有停止思考。

假如他能夠更早發現維爾格琳在這，就能採取相應的措施吧。然而，他萬萬沒想到維爾格琳會在這個世界裡。

（這是重大失誤。但為什麼？像她那樣的等級，照理說不可能在不同的次元間移動。就連我們拿出全力擴張的「冥界門」，到現在尺寸都還不足以把柯洛努大人召喚過來……）

維爾格琳的實力大概跟柯洛努差不多，搞不好還比他強一些。她身上的魔素含量高到無法讓天理正彥看透底細。

話雖如此，她是怎麼到這個世界來的？

而且他也不明白對方的目的是什麼，眼下情況只讓天理正彥感到困惑。

可以的話，他希望現在盡量不要與對方為敵。

只不過……

「妳說有要事？」

「我有個很簡單的提議。就是你們放棄侵略這個世界，撤退回異界。那樣我就對這次的事情既往不咎。」

「……」

這句話維爾格琳是笑著說的，話裡卻隱含著怒火。

她討厭試圖傷害其所愛之人的傢伙。

而天理正彥正確判讀她的這份情感。

（這下不妙，看樣子我們已經被當成敵人了。但我不明白。照理說她應該跟菲德維大人站在同一邊才對——不，等等？她剛剛說到時間軸同步？）

天理正彥那可怕的腦袋正在高速運轉。然後從維爾格琳洩露出的隻字片語導出幾乎完全正確的解答。

（我懂了，這傢伙是從另一個時間軸跳躍過來的。看樣子並不知道這邊的狀況，不過她對菲德維大人和皇帝魯德拉的事情並不感到驚訝。那就可以解釋成她肯定知道至現今為止的所有事情。柯洛努大人並沒有變更他的命令，從這點來判斷，未來大概會出什麼狀況吧。那恐怕是——）

維爾格琳從「基軸世界」跳躍過來，來到位於過往時間軸上的這個世界。

——那是天理正彥得出的推論。

他腦筋動得快，快到值得讚許。

只可惜他沒空活用這點。

「交涉就免了。太麻煩。」

這下沒退路了，天理正彥被迫得做出決斷。

維爾格琳則一副悠哉樣，不知道什麼時候已經把艾米爾拉過去，對著他的頭伸出手。

一看就知道維爾格琳在做什麼。艾米爾即將跟妖魔完全同化，她打算仔細將艾米爾跟妖魔分離。妖魔拚命抵抗，但早晚會被切除吧。

那他就要好好運用這段時間。

天理正彥做了如下的決定。

「我們的期望，是讓妖魔和人類互濟互惠。他們不能明白這點，令人遺憾。」

「雙方都是具備智慧的生命體，把自己的期望強行加在另一方身上，他們當然不會接受。」

「呵，是沒錯。但我們還是不能放棄。」

「那就是你的答案吧？」

「正是如此！」

只見維爾格琳撇嘴一笑。

「你這個小笨蛋。既然這樣——換你們上場了！」

最終決戰即將展開。

＊

一群人類突然間現身，讓那群妖魔們睜大眼睛。

不過出現在那的人類們其實也一樣。

這些戰士們堪稱人類裡頭最強的戰力，他們比妖魔更加困惑。

「有人在叫我。」

「咦？」

「我得走了。必須幫助那孩子。」

之前在經歷了這段對話後，維爾格琳突然間消失了。

原本還沉浸在詫異中，突然間連那些人類都被叫到陌生的地方。

後來就碰上現在的局面。

大家都沒有逐步察覺他們從一個空間跳到另一個空間。因為他們並沒有穿過「傳送門」，而是突然轉換到別的地方。

用一句話來解釋，就形同「瞬間移動」。而且一次移動的單位還是十個人，那簡直是一種超乎想像的超能力。

看在以幻世等人為首的人類眼中，那是讓他們看不透的神蹟。

在這種狀況下對他們說：「換你們上場了！」他們一時間也不知道該如何是好。

遇到像這樣的困惑時刻，找到一些事情來做就很重要了。

在考試解題的時候也一樣，解不出來的題目放到之後再做，先從會做的開始著手是鐵則。那也能運用在工作上，先從自己懂的開始做，然後逐步進行下去，最後總會有辦法完成。

幸虧這次現場還有他們熟悉的人。

他們分別找到自己認識的人，跟他們交涉。

幻世瞄準既是徒弟又是可靠夥伴的男人天理正彥。

「正彥啊，你不是會輸給妖魔的脆弱男人吧。陛下也在為你感到惋惜。你要盡快找回自我，回到我們這邊。」

幻世決定先跟他說這些，邊觀察後續發展。

手放到刀柄上，擺出隨時都能拔刀的架勢，等待他回覆。

皆本也配合他的動作，自然而然來到他身旁。

「天理先生，請你不要認輸！不要讓自己的心迷失！」

跟幻世一樣，他也祭出溫情喊話。

要在他自我意識還殘留的可能性上賭一把，希望能夠戰勝妖魔……

至於受到溫情喊話的天理正彥，意外地立刻就在他身上顯現效果。因為他本人自己也搞不清楚本身究竟是妖魔還是人類。

「我……」

他不由得開口，接著開始煩惱。

對他而言，這樣的展開實在太讓人意外。

問題出自人在現場的維爾格琳。

畢竟就算不甩維爾格琳的提議，他也不認為他們有勝算。反而正因為認定他們會戰敗，為了提昇自己人士氣才決定讓談判破裂。

說真的，他覺得維爾格琳散發出的存在感就像來自另一個次元。碰到這樣的對手，去論會不會贏已經是其次了，當他們與對方為敵就注定會失敗。

那這樣一來，從這邊撤退是最妥當的。

還有一個辦法是接受維爾格琳的提議，但他不願意。

如果接受對方的要求，那一切的戰略計畫將會毀掉，這場作戰會終止。到時候責任會歸屬到他和普契尼拉身上，天理正彥這個人的性格可沒老實到會照單全收。

他甚至覺得妖魔戰敗，會讓他感覺很好。

嚴格說起來，他體內人類的部分戰勝了。

因此天理正彥的心才會因幻世聲聲呼喚產生動搖。

屬於人類的心要他直接回到幻世等人那邊。

妖魔這部分的知性在吶喊，說不願意接受戰敗的事實。

至於屬於人類的理性部分，則在告訴他這種時候逃避也沒用。

妖魔的本能為維爾格琳帶來的威脅性感到恐懼。

之後核對諸多情報，讓天理正彥陷入泥淖。

（原來如此，妖魔最大的弱點就是自我意識太薄弱吧。最起碼若是能夠給予「名字」，就能確立穩固的自我。不，也因為那樣，我才能夠戰勝妖魔。對，我是天理正彥。怎麼可能被區區妖魔──）

天理正彥很苦惱。

那樣子活脫脫就像人類。

看到他的反應，幻世等人認為這招有用。

「快想起來，正彥！想起你宣誓對誰效忠。是為了誰才磨練那身用劍技巧？所謂的強大，若是沒有找到正確的意義，那就只是暴力。你都忘了這些教誨了嗎？」

天理正彥還記得。

記得他要效忠的是皇帝陛下。

想起自己的劍是為了守護弱者們而揮。

「天理先生，據說近藤先生直到最後都英勇作戰，戰死沙場。對我來說你們二位都是我的憧憬，看起來好耀眼。可是……近藤先生之所以會死，聽說都是妖魔幹的！你打算成為那些傢伙的同夥嗎！」

雖然不能完全斷言都是妖魔的錯，可是維爾格琳在說明的時候暗示是那樣，於是皆本他們決定採

信。

都沒有人出面反駁，而且那也不完全都是假話，所以就被當成真相看待了。

因此天理正彥也相信他們。

妖魔不可原諒——天理正彥的心燃燒起來。

在心靈的某個角落，有某種東西碎裂的聲音響起。

天理正彥不再思考，而是選擇聆聽自己內心的願望。

至於仙華這邊，則是妖魔主動找她交談。

「好久不見。在這裡相遇也是一種緣分。我跟妳之間不需要過多言詞。直接交手吧。」

臉上浮現傲然的笑容，李金龍舉起拳頭。

這個男人肌肉發達，看起來一點都不像五十多歲，如今因為跟妖魔合體，甚至還恢復年輕的樣貌。

他對仙華變得更加執著。

「你這個男人還真纏人。要被我打倒幾次才願意認輸？」

「只要沒有把我殺掉，我就不會認輸。妳確實比我還強，但那都是過去的事情。在我獲勝之前，我都會不斷挑戰。」

他還打算爭奪「龍拳」正統繼承人的寶座。

就算變成妖魔了，李金龍的野心也沒有完全消除。

「就只有那份執念夠看。」

「可笑。不管用什麼樣的手段，只要能贏就好。」

一說完這句話，李金龍就出招了。

他用半蹲的姿勢在地面上迅速移動，一下子縮短距離。

放在前面的右拳宛如導彈一般。從腳趾前端竄出來的能量順著腰部迴轉向上，聚集到飽經鍛鍊的拳頭中。

結合妖魔的力量，打出來的威力也足以將一般人粉碎掉。

就連仙華要是被正面擊中都會完蛋——然而她彷彿樹葉般飄然，將那股威力化解掉。

不僅如此——

她的纖纖素手還發出紫色電光，左手貼到對方打過來的拳頭上。將他的拳頭抓住，直接運用那股威力使力，擋下他的前腳板，同時將身體閃開，來到李金龍背後。直接將他整個人壓倒在地，然後用空出來的右拳瞄準後腦勺頸根的位置打一下。

那動作鮮麗到會令人看了為之著迷。

這是在神速突擊中發生的事情，李金龍還維持在打出拳頭的姿態下，只能任由對方擺布。

除了全身都感受到衝擊，他的要害也遭到重擊。就算是李金龍也不可能平安無事。

不過成為妖魔將軍的李金龍可不是蓋的。

身體吸收了仙華那精純的鬥氣，一般妖魔遇到這種攻擊馬上就會被消滅掉，他卻還能重新站起來。

「呼，真痛啊。如果是我的部下們早就死了。」

「你還是一樣耐打。」

「那還用說。若是才打一下就完蛋，妳也沒樂子可找吧。接下來才要動真格的。」

看到李金龍露出猙獰的笑容，仙華啐了一聲。

「沒品的傢伙。」

「不、不是啦！我不是那個意思——」

李金龍意外有純情的一面，仙華卻懶得管這檔事，再度展開猛攻。

這邊這對組合大概就比較樸素了，合眾國特務代表比利對上阿傑利亞合眾國大南海艦隊總司令官戴伯特・雷根。

「閣下，人們認定你有犯下反叛國家罪的嫌疑。我會在法庭上進言，請他們給你機會證明自身清白。」

「少廢話。我已經變得跟人類截然不同了。人類的法律哪有辦法制裁我。」

「那就讓我強行將你逮捕回去。上頭已經許可我遇到抵抗可以射殺，請多包涵。」

「愛說笑。如今我已經超越人體極限，那樣的玩具是傷不了我的！」

瞄準如此笑著誇口的戴伯特，比利毫不猶豫扣下扳機。

這是當然的。先對大意輕敵的敵人下手，這是戰術中的基礎技巧。

射出來的槍彈灌注了比利全力散發出來的鬥氣。一天可以打出一發注入他全力的特製子彈。

他儲存一個禮拜的精氣，因此能發出七顆子彈。而史密斯威森M27充填子彈的數量是六發，所有的彈丸都含有一擊必殺的威力。

而且那把槍還在維爾格琳的加持下被改造成神話級。擊發出來的彈丸威力大幅度提昇，那威力足以貫穿戴伯特的防禦結界。

「咕啊！」

才打出第一發子彈就被貫穿心臟，戴伯特大吃一驚。

維爾格琳另當別論，但他不認為其他人具有威脅性，一直輕忽他們。

（糟了，這是怎麼一回事？）

這下他慌了。

變成妖魔後，戴伯特自認再也不畏懼死亡。

像是疼痛或疾病，以人類之軀將無可避免。可是變成妖魔之後，戴伯特就不再受這些東西侵擾。

然而比利的槍卻傷到他。

理解到這點後，戴伯特感到恐懼。人心的脆弱超越了妖魔的意志。

附身在戴伯特身上的妖魔沒算到這點，發生這種事情出乎意料。

因為戴伯特的心很脆弱，所以附身起來很簡單。如今那股脆弱卻成了他的弱點。

往旁邊一看，發現李金龍在對付仙華也陷入苦戰。

戴伯特心想竟然有這種事情，變得很狼狽。

「閣下，敢問您是否改觀了？」

比利也加進來挑釁。

原本在這一戰中他不可能獲勝。

他要趁對手不備而發動突襲，讓他心生動搖，使其誤認敵人站在上風。

他很清楚可以用這種方式打造有利局面，提高勝算。

剩下的子彈還有六發。

可是要射出一發需要裝填時間，他不認為對手會給他這種機會。到時若是沒有靠其他那五發把敵人幹掉，比利肯定會輸掉。

由於他一直這麼想，才遲遲沒有把所有的子彈都先打出去。

就在這個時候——

若是戰況惡化，那輸掉的將會是自己——雙方同時都浮現這種想法。

以一種意想不到的形式，戰況陷入膠著。

還有一些人遇到的組合就很不合理了。

那就是妖魔達利亞對上六名戰士。

達利亞很憤慨。

「喂，怎麼就只有我要對付六個人！」

這是她內心的呼喊，甚至還憋不住脫口而出。

彷彿這樣還不夠似的，達利亞繼續補充：

「你們快分散啦。去幫忙看起來遇到更大困難的人啊！」

然而她的這番說辭被無視。

「我們就是為了幫妳才會來這邊！」

身為「七神器」之首的布萊特大聲叫喊。

「那就把你的刀劍收起來！」

除了跟著喊回去，達利亞還把布萊特劈過來的斬擊擋開。有人趁機對她射出弓箭。

「好危險！你這傢伙還是一樣陰險。要是射中怎麼辦？」

由於達利亞的危險感應能力有了飛躍性的提昇，她這才成功迴避。然後對射弓箭的人發牢騷，但那個看起來很冷淡的弓箭手青年卻一臉事不關己的樣子。

「達利亞，抱歉了，妳可不可以乖乖被捕？現在的妳看起來很厲害，我們也是在賭命呢。」

另一個看起來有點憂鬱的女人揮動鞭子，準確地追殺達利亞。

像是在配合她，弓箭手進一步發動攻勢。

「既然說要幫助我，那你們至少可以拿出要跟我談一下的態度吧？」

嘴巴上不斷抱怨，達利亞一邊拚命迴避那些攻擊。

她一對六。

原本會是進攻的那方更有利。

但實際上比較有利的卻是達利亞。假如她有那個意思，這六名戰士會在瞬間沉入血海吧。

情況之所以沒有變成這樣，都是因為達利亞並不打算那麼做。

她身上屬於人類的自我意志也正在逐漸復甦。

妖魔的作戰計畫很完善，可是自從他們奪走人類的名字後，事情就亂套了。就算沒出現維爾格琳這個不確定因素，他們也會出現某種破綻吧。

明眼人一看就能明顯看出這點。

＊

妖魔的據點中有個作戰會議室，因為在跟入侵者們對戰，目前陷入一片混亂。

在這之中比較悠閒的是正在治療艾米爾的維爾格琳，還有盤起雙手始終作壁上觀的「怪僧」普契尼拉，就只有他們。

這個男人是足以被稱為聖人的人物，本性卻很邪惡。而且他也夠狡猾，不讓其他人看出這點。眼下他也準確判讀現況，在找怎麼做才是對自己最有利的。

那簡直就是人類慾望的呈現。

妖魔的自我早在許久之前就被他吞食了。

不過目前還沒有徹底同化。普契尼拉優先吸收他的力量，之後才要吸收妖魔擁有的知識。他認為先把力量弄到手，再來便是要風得風要雨得雨。

但那些知識還是一點一滴累積，只是他一直沒那個心思去刻意學習。畢竟這些記憶可能經歷了好幾百萬年，即便透過「思考加速」也要花上龐大的時間才能吸收。

再者，他若是連不必要的知識都吸收，還有可能對自我造成影響。一方面是因為擔心這點，才會做出那樣的判斷，但這是普契尼拉的不幸。

這是因為他少了跟維爾格琳相關的知識。

於是他才會在這種時候犯下致命的失誤。

他沒有先去思考如何對付維爾格琳，而是把自己的慾望擺在前面。

（天理正彥是個非常狡猾的男人。如果是他，一定早就發現破壞「冥界門」，我們就可以稱王。所以貧僧才會假裝沒發現，看來這樣是對的。那傢伙相信貧僧。只要利用這些入侵者，貧僧就有機會出頭！）

普契尼拉打算找機會破壞「冥界門」，把天理正彥殺掉。然後自己當王，他認為這種混亂局面為他帶來好機會。

附身在普契尼拉身上的妖魔是柯洛努的「參謀」，總是在最前線作戰。正因為如此，獲得了追加技「生命奪取(Life Drain)」這項能力。

有別於魯米納斯的「生氣吸收(Energy Drain)」和優樹的「奪命掌(Steal Life)」，是能夠將死去敵人的能量據為己有的能力。但能夠奪取的能量，最多也不會超過自身魔素含量的一成。而且在戰鬥的時候無法使用，用起來並不順手。

不過好處在於戰鬥次數愈多就會變得愈強。

只不過——

普契尼拉的慾望讓那種能力昇華了。

變成了獨有技「即身成佛」。

如果對手已經衰弱，沒有意識，他可以透過這個能力從對方身上奪取力量，直到自己的乾枯肉體滿足為止。這在戰鬥中也很難運用，不過遇到打混戰就有機會活用。

再說現場還有很多強者聚集。

（呵呵呵。若是進展順利，還能得到成倍的力量。那樣一來天理正彥也不是貧僧的對手了。之後他要聽命的就不是柯洛努，而是要來當貧僧的副官賣命！）

他眼裡就只剩自己的慾望，連叫他的主子柯洛努也不加敬稱。

普契尼拉持續觀察狀況。然後他鎖定一個正好在此時送上門的獵物。

在仙華跟李金龍的對戰中，仙華雖然具備優勢，戰況卻比想像中更加膠著。雙方都很疲勞，到目前依然難分勝負。

（從弱者身上奪取能量也是一種做法，可是那樣強者就會開始警戒。就這點而言，仙華是最棒的獵物！）

普契尼拉原本就想拿仙華來當自己的獵物。雖然在前往中華之前就碰到這種情況，但他暗自竊喜，心想結局依然在自己的掌控中。

緊接著，他瞄準仙華和李金龍打得難分難捨的瞬間，對仙華露出獠牙。

＊

仙華和李金龍用拳頭過招，不過他們彼此臉上都有笑意。

「真開心，仙華。我之前一直不是妳的對手，現在卻能像這樣跟妳戰鬥。」

之前李金龍都被仙華打得落花流水，如今能跟她像樣地戰鬥讓他很開心。

仙華是他的憧憬。

光用天才這個字眼來形容還不夠，她受到武術之神的眷顧。

那讓李金龍心裡很複雜。

一方面想著若是沒有仙華，那他將會成為繼承人。不過當他看到年紀還小的仙華展現那身才氣，他就開始想看看這名少女能夠達到多高的境界。

想必就在那瞬間，李金龍已承認自己不如她了吧。

「哼！不去提昇自我而是借助其他人的力量，一點意義都沒有。」

「別說得好像一副很了解的樣子。我這個人啊，只要可以超越妳，要我做什麼都行。」

「我知道。其實我也不是只靠自己的力量作戰。」

「什麼？」

「有個事實只有繼承者才知道，但那也不是什麼祕密，就告訴你吧。在『魂魄』之中，世世代代的繼承者都會將知識和經驗托付在裡頭。因為繼承了這個東西，當然會變得比上一代更強。開山祖師的夢想是要成為世界最強。由於他想要持續追尋這不可能實現的夢想，才會創造出能夠流傳給下一代接班人的『機制』。」

聽到仙華那麼說，李金龍腦子裡也跟著浮現一些回憶。

那就是傳聞中繼承者一定會變得比上一代更強。

如今他明白原因是什麼了。

這才恍然大悟，知道仙華會有那股力量並非靠她自己得來，而是受到許多偉人的支持。

「原來妳也在使用其他人的力量──」

「沒錯。所以我不能輸。」

人類這種生物會在先人累積的知識之上，另外開闢新的道路。

「龍拳」的理念也跟這一套很類似。

若是沒有打好基礎，建築物就會傾斜。為了能夠接納其他人的力量，必須先提高自身修為。

「難道說我的修行還不夠？」

「對。就算有這份難能可貴的力量，沒辦法徹底發揮也沒用。」

「呿！」

李金龍覺得很屈辱，但他發現這是事實。單純只比力量，他還在仙華之上。但他依然處於劣勢，找不到理由推托。

難得高昂起來的心情隨之冷卻，不過他還是對眼下情況樂在其中。

他絕對算不上具備優勢，但有預感自己能找到獲勝之機。那種消耗血肉以命博命的對決令李金龍熱血沸騰。

屬於妖魔的自我意志要他把持住，可是李金龍才不想管那些。

（不夠、還不夠！我要變得更快、更強，我會贏！）

覺得自己不如仙華的感覺消失了，追求勝利的慾望不斷提昇。像在呼應這點，就連屬於妖魔的自我意識都開始借李金龍力量。

這是完全同化的前兆。

將彼此之間的慾望當成是自己的，心靈的界線已然變得模糊起來。

李金龍相信這樣一來將能夠戰勝仙華。

碰巧就在這時——

仙華正要再次投入戰局，普契尼拉卻站到她背後。

「喝！」

只見普契尼拉的手刀刺進仙華背部，事情就發生在連眨眼都來不及的短暫剎那。

「咳！」

仙華口中噴出鮮血，當場倒下。

由於她將肉體鍛鍊到極限，已經算是半精神生命體的「仙人」，才沒有立刻死去。

然而普契尼拉已經把仙華的心臟挖出來了。

這樣下去仙華遲早會死。

那讓普契尼拉很歡喜。

他貪婪地吃掉仙華的心臟，讓獨有技發動。

「真美味。如此一來貧僧的力量將會大幅度增加！」

正如他所說，普契尼拉的力量上漲。

原本該是他部下的李金龍，看到這樣的普契尼拉很憤慨。

他無視身為妖魔一定要尊崇的上下階級，屬於人類的部分動了真情吶喊道：

「王八蛋！不只對我們的決鬥潑冷水，還對我的憧憬幹那種好事！想要當最強的人，就該堂堂正正打倒對方啊！」

他一邊大叫，甚至還用腿踢對方。

可是那沒用。

這原本是有著必殺威力的右迴旋踢，卻被普契尼拉舉起的左手輕輕制止住。

「太脆弱！還有，貧僧不需要會反抗的部下。你也來當貧僧的糧食吧。」

由於普契尼拉還沒將仙華的力量完全吸收，現在吃了也只能弄到微量的力量。不過普契尼拉還是露出殘虐的笑容，毀掉李金龍的腳。

「唔啊——！」

妖魔並沒有痛覺，可是李金龍身為人類的意識變強了，才會有感到疼痛的錯覺。

普契尼拉為此嘲弄地笑了。

「未免太可笑！你這蠢貨連妖魔的力量都沒辦法發揮到極致，根本不理解超越人類這種物種的意義為何！」

如果李金龍理解妖魔的特性，他就能將那股力量發揮得更全面。如此一來可能早就戰勝仙華了。

除了嘲笑，普契尼拉還在想該如何教育部下。

如果李金龍還是妖魔就沒什麼問題，可是他萌生屬於人類的自我意志，這下會很棘手。這有好處也有壞處。

好處就是應變能力會變得比較強，壞處是變得有可能背叛。

妖魔之間存在著絕對的上下階級關係，但有些人會因為慾望把自己看得更重吧。就好比現在的普契尼拉便是如此，因此這點是可以確定的。

站在強化我軍的觀點上，應該要把李金龍當成負面教材，讓他認識自己的力量，不過……

（假如那麼做，等他背叛會變得很麻煩。尚未架構讓底下的人沒機會背叛的管理體系前，果然還是應該照舊的體制來運行。）

他決定要實行這樣的方針。

已經把自己當成君王看待了。

還有一點，就是目前所剩的幹部不多。

他想要親手收拾掉李金龍，而艾米爾已經受到維爾格琳保護。

再來就只剩下達利亞和戴伯特，還有問題人物天理正彥。

天理正彥是個不能小看的男人，但若是在這種時候對他展現壓倒性的實力差距，那他應該會成為自己的心腹並效忠於他。

（那傢伙不是笨蛋。只要知道自己贏不了，八成就會跟貧僧聯手。如此一來，問題就剩下那個叫做維爾格琳的女人。那麼為了測試一下貧僧的力量，就拿那個女人當犧牲品吧——）

諸如此類，普契尼拉把未來想得很美好——不過那些都不會成真。

他瞬間收起幸福的妄想，握起拳頭準備取李金龍性命。

身上散發邪惡的妖氣，準備將李金龍的頭部粉碎掉，不料——

「礙事。」

當他一聽到這個聲音，一股令他想都想像不到的劇烈痛楚遊走至全身。

那過分的疼痛讓普契尼拉痛得打滾。

都成了這副模樣，他也沒資格嘲笑李金龍了。

「仙華，我可不許妳死掉。如果妳在這邊死去，那龍的夢想就會斷絕。」

維爾格琳還是老樣子，都不會去考慮他人的難處。

對方可是將死之人，她卻在這種時候硬是強人所難到了極點。

仙華現在形同在等死，這話讓她著實很想反駁個幾句。

「可、可是……我——」

「部位再生（Regeneration）！還有，順便體力回復（Healing）。這樣如何？」

維爾格琳使用能夠讓全身部位痊癒的魔法重新打造心臟，除此之外還讓對方的體力恢復，靠著這些蠻橫的特技讓仙華痊癒。

當她在各式各樣的世界旅行時，她也學會了神聖魔法。僅管自己完全用不著，大部分都是學來用在魯德拉的轉生者身上。

當她在做這些的時候，還真的開始有人去信仰她，就只有她本人對此毫不知情。那在這個世界猶如神蹟，不過這些都是題外話。

「那個……都治好了。完全不痛苦，我覺得自己已經好了。」

世界上某些人會像日向那樣，對魔法有高度的抵抗能力。這個世界裡頭也有那樣的人存在，但如果是能夠對「靈子」進行干涉的神之奇蹟，將能毫無滯礙地發揮效果。

「我想也是。原本還覺得動用神的奇蹟『亡者復活（Resurrection）』太小題大作。那太好了。」

「是……」

原來如此，世上還有更高段的魔法——仙華在心裡喃喃自語。

這下她的身體狀況又恢復如初，可是問題並沒有解決。

普契尼拉吃掉的是仙華的「魂魄」。代代相傳的知識和經驗依然保留，卻失去大部分的力量。

要是沒有處理這個問題，仙華將會一直處於弱化的狀態。

這原本是個大問題——然而這裡有維爾格琳在。

「我把我的力量借給妳。這是龍的氣息，應該能夠當替代品吧。」

別說是替代用了，仙華還會變得比之前更強。

不過那是用人類的尺度來看。

看在維爾格琳眼中就只是些許的誤差，因此她毫不猶豫地將龍氣（Aura）渡給仙華。

龍的氣息可以讓力量安定下來，強化仙華的肉體。雖然還是不至於讓仙華變成「聖人」，仙華卻徹底覺醒成「仙人」。

「這是……據說只傳給開山祖師，來自龍凰大人的力量吧！」

至於看到傻眼變得像旁觀者一樣的李金龍，不知為何他正滿足地點頭。那表情就像以前是人類的他會有的。

「呵呵呵，那個小姑娘果然就是要這樣才對。所謂的憧憬就該遠在天邊，才會讓人更有追求的動力。」

他嘴裡叨唸著這些，再次單方面將仙華當成競爭對手看待。看在身為妖魔將軍的李金龍眼裡，她著實是變強了。

沉浸在喜悅之中的仙華本身並沒有注意到，其實她成為「仙人」也讓壽命跟著增加。

她來到就連開山祖師龍都沒能抵達的巔峰境界，往後將會成為這個世界的管理者「龍拳師」，但那又是另一段故事了。

*

普契尼拉被嫌他礙事的維爾格琳打飛，還不明白自己身上發生什麼事。

即便他比不上身為「三妖帥」的柯洛努，照理說應該還是取得了出類拔萃的力量才對。然而他卻品嚐到令人難以承受的劇烈疼痛。

「怎麼了，發生什麼事了？為什麼貧僧會像人類那樣，感受到痛楚？）

理由很簡單，就是維爾格琳的「紅色霸氣（Cardinal Aura）」能夠將碰觸到的人燃燒殆盡。

不過她這次沒打算殺掉對方，已經有盡全力減輕力道了……

若是有發現這點，普契尼拉就不會繼續做出更愚蠢的行為吧。可是他比想像中更加醉心於即將會成為君王的自己。所以才看不清現實，還做了不該做的事情。

「竟然偷襲，真是厚顏無恥。」

普契尼拉沒能看出彼此之間的實力差距，說出這種既可悲又小心眼的話。
維爾格琳也沒想到有人會對自己說這種話。於是她沒放在心上，去對付下一個目標。
她來到在跟比利大眼瞪小眼的戴伯特背後，用手掌敲他的頭。這是包裹著紅色霸氣的一擊，順便將妖魔殲滅。這是很不得了的硬碰硬招數，但是維爾格琳做起來就能有這種成果。
另一方面，普契尼拉也趁機展開行動。
他認為這樣下去不妙，就對達利亞下令。
「把妳的長槍給貧僧！」
「咦？」
「妳沒辦法發揮那把長槍真正的價值。與其給妳這種不夠格的擁有者使用，還不如給貧僧來用，那把長槍會更開心吧。」
嘴裡說了一些自私的歪理，普契尼拉從達利亞手中奪走長槍。接著他感應到那股力量，開始高聲大笑，認為這下自己贏定了。
另一方面，來看看被人推飛的達利亞，她原本的夥伴們都跑到她身邊。
「妳還好吧？」
布萊特代表大家出聲關切。
聽到這句話，淚水從達利亞的臉頰上滑落。
「笨蛋。我又不是人類。是要來這個世界侵略的妖魔——」
「但是妳在哭啊。那淚水就證明妳還是人類。」
「布萊特……」

「反正妳也還保有原本的記憶吧？」

「妖魔那種東西趕快趕出身體吧。」

「妳臉皮很厚像打不死的蟑螂，才不會輸給妖魔。」

就在這個時候，達利亞確實聽見了，心中某處出現某種東西碎裂的聲音。

「我說卡特莉娜，要安慰人就好好安慰啦！說我像打不死的蟑螂是怎樣？」

「就是字面上的意思。如果是妳一定能變回原樣，我一直相信是這樣。」

只見卡特莉娜邊哭邊抱住達利亞。

其他人也一樣。

再也不需要多餘的言語了。

眼見夥伴們陸陸續續用喜悅的語氣對自己說話，達利亞露出真心的笑容。

看到達利亞他們這樣，普契尼拉不悅地從鼻孔哼一聲。

「真受不了。人類就是這麼沒用……」

就連戴伯特都在維爾格琳的救治下恢復理智。那樣他就只剩達利亞這個忠心的部下，不過看樣子她體內屬於人類的自我意志略勝一籌。

如此一來，他也不能對天理正彥抱持期待了。看來他那邊屬於人類的自我也開始要壓過妖魔，要先假設對方不可能跟自己聯手。

但普契尼拉不認為這是個問題。

因為他已經得到最強的武器。

（這性能是貨真價實的神話級！似乎不願意認可貧僧當主人，但也已經夠強大了。有了這股力量，

想必貧僧能夠收拾掉那個礙眼的維爾格琳。）

普契尼拉開始動歪腦筋。

這個男人不知天高地厚到了無藥可救的地步。

不過他心中有個角落一直警鈴大作。他從消失的妖魔知識中找到了關於維爾格琳的資訊。

如果普契尼拉願意細查的話……

「這下子能夠依靠的就只有自己了吧。無妨。貧僧自有辦法把妳收拾掉！」

「你這話該不會是對我說的？」

「真是個愚蠢的女人！除了妳還會是誰──噗呸──？」

他毫不掩飾地表露殺意，但這是錯誤的選擇。

之前維爾格琳對他沒什麼興趣，才會放任他，不過現在已經被當成敵人看待了。

不過維爾格琳好歹還是有考量到他從妖魔變回人類的可能性，因此事先手下留情，不至於取普契尼拉性命。

真正麻煩的是普契尼拉就只有吸收妖魔的意識，妖魔的「心核」還保留著。

剛才維爾格琳出招，已經將那心核徹底粉碎。

「這樣任務也結束了。看來那邊那個男人也靠自己的力量戰勝妖魔，事到如今再也沒有人被妖魔控制了。」

維爾格琳在這時用明快的語氣宣布。

在場原本有六名妖魔族的幹部。

戴伯特和艾米爾被維爾格琳親手剝除妖魔之力，變為普通的人類。

天理正彥、李金龍和達利亞則是靠著自己的力量找回自我。他們身上還殘留妖魔的力量，不過這在維爾格琳看來不是什麼問題。

再來是普契尼拉，因為已經將妖魔的「心核」粉碎掉，所以他應該會失去那份力量，可是看上去樣子卻怪怪的。

「呵呵呵，感謝感謝。原本束縛貧僧力量的可惡封印已經解除了！」

他將妖魔的力量完全吸收，就連外表都開始產生異變。

皮膚變成藍色，眼睛發出紅色光芒。跟那些等級低下的妖魔截然不同，甚至連天使般的羽翼都長出來了。

他身上穿的法袍是由妖魔所持防具變化而來。當然那也經歷了一段漫長歲月洗禮，因此在傳說級中還具備相當高階的性能。

至於他手裡拿的，從達利亞那邊搶來的長槍，也變化成錫杖。換句話說，武器已經願意認可普契尼拉當擁有者。

普契尼拉本身的魔素含量還不夠讓他完全解放。但即便如此，在普契尼拉看來，他覺得自身能量已經成倍增加了。

被一股不得了的高昂感包圍，普契尼拉感覺好極了。

認為現在所有人都不是他的對手，他的愚蠢程度也跟著增長。

看他那樣，維爾格琳覺得很掃興。

（難道說他真的是個笨蛋？）

為此傷腦筋之餘，維爾格琳還放任普契尼拉恣意妄為。

因為她是無人能出其右的強者，才會像那樣不慌不忙。

對此一無所知，成為完全體的普契尼拉高聲大笑。

「這感覺真是太舒坦了。有了這股力量，搞不好連柯洛努大人都能夠戰勝——」

普契尼拉還說出這種大話，心中滿滿都是自認無所不能的念頭。

事實上，他的力量已經提昇至媲美覺醒魔王級，普契尼拉確實感覺到自己超越了以往的極限。

只是眼界不夠寬廣的人才會有這種妄念。

「那是不可能的。你們之間的差距有十倍以上，根本連比都不用比吧。」

普契尼拉那愚蠢的誤解，蠢到連維爾格琳都不由得吐槽。

可是被她如此評論的普契尼拉顯得很憤慨。

「真受不了，不講理的愚蠢之人就是可悲。」

你是在說你自己吧，除了他本人，其他人都這麼想。

這時維爾格琳總算發現普契尼拉是在貶低她。不過理由讓她想不透。看他的態度似乎自認能夠戰勝自己，但她想不到對方是根據什麼才那麼想的。

她跟妖魔已經交手過好長一段時間了，不覺得這世上還會有不認識她的妖魔。

不對，如果是最末端的妖魔族不認識她也在所難免，但換成跟隨「三妖帥」且原本是天使的高階成員，光聽見維爾格琳的大名應該都會發抖才對。

遇到最強的「龍種」，有那種反應是很正常的。

然而普契尼拉的反應很不自然。

正因為這樣，維爾格琳才拿不定主意，想說也許是她想錯了。

「我從剛才開始就很在意一件事情，那就是你很沒禮貌。現在話裡提到的愚蠢之人，該不會是在講我吧？」

經歷了漫長的旅程，維爾格琳的容忍度意外地提昇了。

她個人將這點評為充滿慈愛……雖然不至於是那樣，但她的確變得比以前更溫柔一些。

於是她才沒有動怒，而是這樣問對方，普契尼拉卻得寸進尺。

「看來妳還沒自覺。我看妳應該是變強的，但自戀也該有個限度。正所謂一山還有一山高——」

啊啊，原來他真的不認識我——維爾格琳理解了。

普契尼拉戰勝了屬於妖魔的自我，一直憑自己的意志在行動啊，維爾格琳心想。

同時她開始同情起這個名叫普契尼拉的男人。被妖魔附身之後，天理正彥優先學習知識，跟他正好成反比，原來這個男人只追求力量嗎？

（所以這傢伙才會不知道最重要的訊息，變得這麼自大。）

理解之後，比起憤怒，維爾格琳更覺得傻眼。

她不把像是在發表某種演說的普契尼拉看在眼裡，選擇去問幻世他們。

「該怎麼處置這個男人才是對的？我已經把妖魔的心核粉碎掉了，力量卻保留下來。這下子就連我都處理不了。」

那句話的意思是她沒辦法剝奪對方的力量。

可是普契尼拉卻解讀錯誤。

「呵呵呵，那是當然的！現在才知道害怕已經太遲了！」

維爾格琳對外昭告說她贏不了自己——這是普契尼拉的解釋。

這個男人的思考方式未免也太過美好。

「就看在妳願意老實認輸的分上，貧僧收妳當部下。妳要感謝貧僧大發慈悲，為這份榮耀的——噗呸——！」

「你給我閉嘴。」

維爾格琳再一次對人呼巴掌。

普契尼拉對這招完全來不及做反應，直到這時他終於察覺事情不太對勁。

（難道說貧僧有了很大的誤解？）

一想到這，他趕緊試著解析之前搜索到的記憶。

只可惜他沒那個機會。

剛才妖魔的「心核」被維爾格琳粉碎時，記憶相關資訊也全都消失了。

（糟了、這下不妙！）

沒來由地，普契尼拉感到焦躁。

懶得去管這樣的普契尼拉，維爾格琳再度跟幻世他們展開對話。

「對你們來說，放這個男人一條活路，好像會造成麻煩。我覺得把他殺掉會更好，你們要如何處置？」

普契尼拉的生死問題，維爾格琳並不感興趣。

然而她不能置之不理。

櫻明還活著的時候身邊有維爾格琳在，因此不會出問題。不過在那之後會出什麼事情就說不準了。

維爾格琳完全不想擔負責任，她打算要繼續去旅行，尋找下一個「靈魂」碎片。如果她那麼做，到時就沒人能夠阻止沒被殺掉的普契尼拉了吧。

而且目前已知魯德拉好幾次來到這個世界輪迴轉世，也留下他的後代了。對於放任普契尼拉為所欲為這件事，維爾格琳不覺得有趣。

看也知道光靠幻世他們沒辦法應付，所以在這先把普契尼拉收拾掉還比較省事。

「那麼說確實沒錯……」

這邊完全沒有大羅西安姆相關人士。

如果只有自己國家的英雄被殺掉，他們心裡難免會留下疙瘩。就算知道這是妥當的判斷，他們應該也不會太開心。

維爾格琳就是擔心這點，才會問他們該怎麼做。

換句話說，會放普契尼拉一條生路，並不是維爾格琳心軟。而是因為她得出結論，認為自己隨隨便便把普契尼拉殺掉，恐怕會給櫻明添麻煩。

因此她才交給其他人做判斷。

其他人都不是普契尼拉那個國家的，想必也不知道該做何判斷。假如他們所有人一起商量並選擇在這時放普契尼拉一馬，維爾格琳認為那樣也行。

天理正彥當然看出維爾格琳的顧慮了，其他人也能猜出維爾格琳的用意。於是他們毫無保留，決定說出真正的想法。

「除了把他收拾掉沒有其他選擇了。只要對外報告說是被妖魔附身的我做的，那樣就行了。若是大羅西安姆要求把我交出去，你們不用在意，大可把我交給他們。」

天理正彥才剛說完這些，幻世聽了就面有難色。

「不，我同意把他收拾掉，但用不著犧牲你。我們去跟對方解釋來龍去脈，求他們諒解吧。」

阿傑利亞那邊的人也跟著附和。

「說得沒錯。這也沒什麼，如果跟他們解釋了還不能諒解，到時候施加壓力就行了。我們阿傑利亞也會提供協助。」

「說這種話還挺有問題的，司令官閣下。不過我贊成把他收拾掉這個提議。」

「陶醉於過分強大的力量將會招致不幸——這句話是我爺爺曾經說過的。我想普契尼拉先生若是迎來不幸的命運，那也是他自作自受。」

除了對戴伯特的那番話提出勸諫，比利和艾米爾也表示贊同。

順便補充一點，話說艾米爾的祖父羅萊恩．海茲，他只會把一些真正的無聊事委託給維爾格琳去辦。維爾格琳想起這件事情就面露微笑，這都是題外話。

中華那邊等同默認。

大羅西安姆進攻他們的國土，他們對大羅西安姆也沒有太好的印象。所以都沒幫他們講話。

最後是艾西亞那邊的人，他們可是殺氣騰騰。

「理由隨便找一個就行了。把他殺了吧。」

「說得對。把達利亞打飛就算了，連他的武器都搶走，可以的話，我想要親手宰了他。」

「對，有道理。我沒理由反對。」

「我的意見一致。」

「……」

大概就是這個樣子，夥伴被人弄傷讓他們很火大，陸陸續續說出不知節制的話。

聽到那些的普契尼拉這才發現自己處在非常不利的狀況下。

（這、這樣下去，貧僧會被這個叫維爾格琳的女人殺掉。要趕在那之前——）

他腦子裡浮現這些想法，在想有沒有能夠讓自己起死回生的對策。

偷偷灌注所有的精氣神，凝聚身上的氣。

然後朝著背對他的維爾格琳發動突襲。

身為聖人的驕傲早就拋到腦後去了。

騎士精神碰到生死關頭變得一點意義都沒有。

「會死的人是妳！接招吧，嚐嚐貧僧使出渾身解數的一擊——！」

破邪擊滅神光祈——獲得神佛的庇蔭而能殲滅邪惡鬼怪，是聖靈教的神祕法術。這之中還加上妖魔的力量，凝聚成在這個世界上前所未見的龐大能量洪流。

光只是這道攻擊的餘波就造成重大災害。

大地在震動，天空轟隆作響。

改造來當妖魔據點的基地無法承受這陣衝擊，開始崩塌。明明受到空襲也不為所動，原本還比核彈避難所更為穩固。

至於普契尼拉跟維爾格琳之間的距離，連一秒都不到就被縮短了。在這短短的剎那間已出現了那麼大的傷害。那是多麼厲害的攻擊，光看這點就很清楚。

（贏定了！世上的所有生命體都無法承受這股威力。這下子貧僧將會成為這個世界的支配者——咦？）

原本正要得意起來的普契尼拉目睹了那瞬間。

那股能量化為槍狀刺進維爾格琳沒做任何防備的背部。

可是——她卻毫髮無傷。

沒起到作用。

不可能起到作用的。

因為對方可是維爾格琳。

連這塊大陸都能夠毀滅掉的能量轉眼間煙消雲散。

「再等一下就得出結論了，你要安分一點。」

看到她一臉若無其事地對自己這麼說，在那瞬間普契尼拉被迫看清事實。

看清自己絕對贏不了維爾格琳。

如果他早早放棄，或許會迎來不同的結局也說不定。

不過假設這些也沒用了。

普契尼拉做了垂死的掙扎，做出絕對不能做的事情。

＊

「這也真是的。沒想到在這個世界上還有貧僧贏不了的人，這點是貧僧誤判。只不過，妳沒辦法對貧僧下手。」

「這是為何？」

「貧僧為人謹慎。常常假裝是大善人，這都是為了避免跟人結怨才會多費心思。因為貧僧確定自己會贏，才沒有再繼續演戲，但沒想到會出現像妳這樣的人物。不過貧僧依然會獲勝。早就已經安排好因應對策了。」

「拖拖拉拉煩死人了。說重點。」

「呵呵呵，真是個性急的傢伙。那好吧，就告訴妳。在阿傑利亞、大羅西安姆、艾西亞這三個國家，早就在開發新型炸彈。形式不同但原理相同，這些都不重要，重點在於威力。」

「你該不會想要用那些炸彈殺掉我？」

「不，貧僧沒那麼想。現在的貧僧有自信能夠承受那股威力，對妳應該也起不了作用。」

「是嗎？那你幹嘛談到炸彈？」

「別急。但妳會感到不安，貧僧不是不能體會。」

講話的時候故意賣關子，普契尼拉想要讓維爾格琳愈來愈煩躁。

明知這是對方的計策，維爾格琳還是一直配合他。

普契尼拉是在他們討論要不要放人一馬時會偷襲他人的卑鄙小人。早點殺了他才是對的，不過維爾格琳決定先聽聽他有什麼說法。

理由很簡單，都是為了避免之後節外生枝。

對方都特地自曝在動壞心眼的手腳了，維爾格琳認為把那些話聽完也是種禮貌。

此外不管他想做什麼都沒關係，維爾格琳有絕對的把握能處理，這也是理由之一。

事情就是這樣，到此為止維爾格琳都用比較起來相對寬大的胸懷聽普契尼拉說話，但是聽到他接下來的言論，臉上的笑容就沒了。

「貧僧的策略就是！把這些炸彈偷出來，讓炸彈在各國的首都上空爆炸。我已經讓手下去設置炸彈了，事到如今才知道慌張已經太遲了！」

他爆出不得了的消息。

「在說什麼蠢話！如果真的那麼做，會有很多無辜的人民犧牲啊！」

「別開玩笑了，混帳！沒了領導階層，國家的秩序也會陷入混亂啊！」

「妖魔的計畫應該都遵循一個基本方針才對，那就是要培育人類來作為附身對象，你到底在想什麼！」

放眼環顧那些在大叫的人們，普契尼拉臉上浮現愉悅又扭曲的笑容。

「愉快愉快。想想也是，怪不得你們會慌亂呢。貧僧心裡也很苦澀。正如天理先生所說，去培育人類才是最理想的。但是跟妖魔的數量相比，人類數量更多也是事實。只要妖魔附身上去，就算遇到戰亂，人們也能夠活下去。也就是說，那對我們並不會造成影響。只要慢慢將存活的人都聚集起來再養育他們，那樣就行了！」

雖然那樣會讓計畫延宕，但普契尼拉誇下海口說這沒問題。他提出一套瘋狂理論，不過這也沒錯。

明白這點的天理正彥陷入沉默。

幻世臉上沒了血色，看向維爾格琳。

普契尼拉會做出一段冗長的說明，那表示他在爭取時間吧。這麼看來計畫正在進行。

事情演變成這樣，幻世他們將無計可施。

目前可行的就只有依靠唯獨維爾格琳能用的「瞬間移動」。

可以想見會出現許多犧牲者，但就算只能讓各國的領導階層逃走，他們也必須那麼做才行。幸好目前所有人都到皇國這邊避難，幻世才會想說靠維爾格琳能夠讓他們逃走。

於是他才會去看維爾格琳，看了卻後悔，認為自己不應該看才對。

因為眼前的女神大為震怒。

普契尼拉的計畫，那種行為踩到維爾格琳的底線。

「貧僧也覺得讓無辜人民犧牲令人心痛。若是可行，貧僧也不希望出現傷亡。如何？這次要不要放貧僧一馬？只要我們講定彼此互不干涉，那貧僧就將皇國——不，貧僧答應會把一半的世界讓給妳！」

普契尼拉不懂得察言觀色，還跟維爾格琳談判。自認透過炸彈威脅，自己有十足的勝算。

不過他想得太美了。

「下流的東西。如果是對我，不管用什麼樣的卑鄙手段都能容許，可是你用的計策會傷害到那個人，這我絕不允許。你再也沒機會輪迴轉世了。我要粉碎你的『靈魂』，讓你永遠受盡痛苦折磨。」

維爾格琳的本性是很極端的。

因為她夠強大，才會顯得游刃有餘，一旦有人觸怒她（一鍵按下開關），她就會抓狂。

「等、等等！就說貧僧也不願意那樣——且慢，聽貧僧解釋！如果貧僧沒有下指示要部下們住手的話，他們真的會引爆炸彈！貧僧已經讓他們在五個國家的首都上空待機了。這種時候應該要用更和平的方式——」

「廢話真多。我早就處理好了。」

「啊？」

對方在說什麼，普契尼拉有聽沒有懂。

不只是他，在這裡的每個人都不懂維爾格琳說那句話是什麼意思。

在虛張聲勢——感覺也不像是這樣，總覺得她不像在說假話。不過大家都認為她人在這邊又要同時

守護五個國家是不可能的。

那是因為他們見識淺薄才會如此判斷。

維爾格琳會使用「並列存在」，所以處理起來完全沒問題。

維爾格琳不可能從櫻明身邊離開。因此皇國堅若磐石。

除此之外，只要她曾經去過某個地方，未來就能在一瞬間移動過去。阿傑利亞、艾西亞、大羅西安姆還有中華。這些地方維爾格琳都去過。

一切的問題都解決了。

待在櫻明身邊的維爾格琳使用「並列存在」做分離，分散到各國去。接著找出潛藏的妖魔，將他們跟新型炸彈一起打飛。

「怎麼可能、這怎麼可能。竟然有這種事——！」

普契尼拉拚命想跟部下取得聯繫，但是他們早就全滅了，音訊全無。目睹這樣的現實，普契尼拉的神情因恐懼而扭曲。

這下他總算明白眼前這位美女是多麼危險的存在了。

「原諒我、請您原諒我……」

「不行——」

有句話說最可怕的莫過於美女生氣時的笑容。

這件事情是真的，在場眾人全都理解到這點了。

「不、不要啊——」

「灼熱龍霸超加速。」

普契尼拉想要逃跑，在他背後有如超新星爆發一般的閃光迸射。被那股熱線包圍，普契尼拉的「靈魂」被粉碎殆盡。

帶來的損害還不只是這樣。

維爾格琳覺得她已經壓抑至超小規模了，但那威力卻足以讓這塊大陸的三分之一消失。

生還者們全都震驚到說不出話來。

站在他們面前的女神真的好美麗，又好恐怖。

說個題外話，因為維爾格琳放出灼熱龍霸超加速，跟這個世界毫無關聯的某個地方也受到損害。

超越次元，曾附身在普契尼拉身上妖魔的老大——「三妖帥」柯洛努也被「時空連續攻擊」的餘波掃到。

都怪他試圖打開「冥界門」……這下子柯洛努失去了底下整支軍團，自己也受到了很大的傷害，痊癒得花上幾十年的時間。

那造成了恐怖的傷亡，不過維爾格琳不會知道這些事。

＊

「罷了，所謂的女神，從古至今都是這樣的吧。一看就知道是惹女神生氣的人類不好。」

聽完他人說明事情原委後，櫻明說了這麼一句話。

「對不起喔。我已經把力道放到很輕了，可是我的力量好像變得比想像中更強了。」

就算妳裝可愛說這種話也不行，但是沒有人敢吐槽她。

櫻明也不例外。

事情是維爾格琳做的，也只能海涵了。

值得慶幸的是，那造成了莫大損傷——其實大到已經沒辦法用這句話來形容，不過死的就只有普契尼拉一個人，算是傷亡很低。

從成了妖魔據點的阿傑利亞海軍基地開始，到包含軍港的隱密峽灣，這一帶全都消失了。被餘波掃到的海也變得波濤洶湧，發生了像是天地異變的現象，維爾格琳卻將這些都擺平了。

蒸發後的海水變成暴風雨，她透過天候操作把問題解決。

消失的峽灣都變成熔岩，這部分也順利處理好了。

還有一些植物林地不見了，她向大地施加高階回復（High Heal），在這種奇妙的神蹟加持下，當天就誕生了全新的環境。

總之就結果而言。

雖然地形改變，影響卻很輕微——最後得出這樣的結論。

就這樣，妖魔入侵讓人類面臨危機，在女神心血來潮下給予協助，圓滿解決。就是這麼一回事。

之後過了數年——

在這期間維爾格琳都沒有二次介入人類的歷史。

因為櫻明不希望她那麼做。

她的力量超乎常規。

在這個沒有魔法的世界裡，一旦維爾格琳出馬，一切就顯得像兒戲一樣。

於是櫻明才會拜託她。

他提出勸說，說人類也會失敗，可是去體驗這些都是為人類著想。

除了待在櫻明身旁度過平穩的時光，女神還一面守望人類的發展。

而最後一日總算到來了。

櫻明的壽命即將結束。

維爾格琳、櫻明的家人和與他親近的心腹們自然都在現場，跟他們有關的人士也全員到齊。

在大家的圍繞下，原本陷入沉睡的櫻明醒過來。

「朕很滿足。有幸能得到女神喜愛，享受這份……安寧。雖然擔心被留下來的你們……但可不許你們為了朕起紛爭。要常常溝通……這點須銘記在心。鬥爭是很無聊的事情——」

這是櫻明最後的遺言。

所謂的紛爭，如果是為了自己，還能忍著。可是一旦是為了所愛之人而爭，就會變得絲毫無法退讓。因為不只是自己，就連心愛的人們都有可能失去名譽。

反過來說，也能用這種手法來煽動，令人無所畏懼——但是由國家或宗教來主導這件事情，是絕對不被允許的行為。

嘴巴上說那是為了別人才做的，聽起來很好聽，卻也是把責任推到別人身上的行為。自己的責任應該要自己負，櫻明想要表達的是這點。

他被一段動盪的時代擺布，心中有個願望，想要打造沒有紛爭的世界。

雖然不曉得該怎麼做才能實現，但他一直在思考答案。

自己的責任應該要由自己來承擔。

要時常努力不懈，試著去理解他人，透過對話來讓彼此互相理解。

留下這兩段話，櫻明就逝世了。

他的表情非常安詳，肯定是走得很平靜。

「你很努力了。我為你感到驕傲。」

維爾格琳溫柔地撫摸櫻明的遺容。緊接著他的身體開始發光。

那道光芒變成小小的結晶，被發光的「靈魂」碎片吸進去，接著就消失了。將碎片抱在胸口，維爾格琳流下充滿愛意又難過的淚水。

*

如今身為魯德拉轉生者的櫻明去世了，維爾格琳再也沒有理由留在這裡。

「那我要走了，你們也要多保重。」

應該不會再有機會相見——把這句話吞回去，維爾格琳對他們如此告別。心意這種東西，似乎不用說出口，他人也能夠感受到。

「龍凰大人，我想要追隨您。」

「那是不可能的。」

「或許是吧。但與其在這就放棄，我更想抱持希望。」

「也對……我似乎也造訪這個世界好幾次了，世間沒有絕對。妳可以試著努力看看。」

「是！」

只見仙華開心地回應。

在聽他們兩人對話的人之中，有好幾個人都懷抱同樣的夢想。

他們也被吸引了。

真正的女神出現在眼前，人們難免會對那身神聖氣息懷抱憧憬。

就跟仙華一樣，在心裡悄悄懷著某日能夠跟維爾格琳重逢的願望。

「那麼，期待還能於某處相逢。」

天理正彥用這句話跟維爾格琳告別，代替當時的所有人道出心聲。

維爾格琳臉上浮現微笑。

不知道她當下在想些什麼。

然而目睹這抹笑容的人，心都被俘虜了。

「好，再於某處相逢吧。」

開心地留下這句話，維爾格琳就跳躍到其他地方了。

在維爾格琳離開後，幾十年的歲月過去。

人類再次享受和平。

曾出現過一些有野心的國家，但這次騷動讓他們氣焰消弭。應該會安分幾個世代，目前沒有挑起戰爭的跡象。

喬治回到阿傑利亞合眾國，把總統的任期做完。後來則協助兒子艾米爾。

至於這個艾米爾，他成立了演藝人員經紀公司。這個世界因為戰爭和饑荒變得令人喘不過氣來，他想要為世界帶來一點光明。

對於繼承了天才詐欺師才能的艾米爾來說，這是他的天職。在他的努力下，世間逐漸恢復光明。從中協助的人是天理正彥。

在締結和平條約後，他就退役不當兵了。為了對戰爭負起全責，他主動請辭。當時還在世的櫻明准許他請辭。還對天理正彥下了一個祕密命令，之後就放他離開皇國。

恢復自由的天理正彥去找艾米爾，為他提供資金上的援助。還利用了宛如無底洞的龐大人脈，才花短短幾年就讓那家經紀公司急速成長，擴大到變成一間大公司。

據說他都採取一些恐怖又心狠手辣的手段。底下有好幾個黑手黨集團聽命於他，似乎都過著暗無天日的黑暗生活。

不過他跟艾米爾兩人的交情一直都很好，只要發生一些問題，艾米爾就會去拜託天理正彥。後來艾米爾成立的經紀公司不只在阿傑利亞合眾國赫赫有名，還躍升成舉世聞名的一大企業。

換個話題，在這個經紀公司中有個有趣的傳聞。

……………

…………

……

在艾米爾的經紀公司中，他們的台柱是一位名叫龍華的美麗女子。在數年活躍之後就退休了，隔了幾年再度展開活動。

當然這都是找來一些接班人，把名號繼承下去，不過她的真實身分成謎，這應該成了許多人都知道

的傳聞了吧。

不過根據傳聞指出，她的本名好像叫做仙華。不可思議的是，所有的龍華本名都一樣。

這個傳聞充滿奇幻色彩。

總不可能所有人都是同一人，但他們讓大家有這種錯覺，這對粉絲來說是一大福音。

…………

…………

……

這類話題在週刊雜誌上不時被提及，但不用講也知道其實她們都是同一人。

因為吸收了維爾格琳的龍氣，仙華得到了不會衰老的肉體。這樣下去很難在人類社會中生活，她才跑去拜託天理正彥。

不只是仙華。

像李金龍或達利亞，這些靠自身力量戰勝妖魔的人們，全都吸收了那股力量變成「仙人」。

其他還有好幾個像這樣的人。

有些軍官跟士兵們原本被妖魔附身，大部分的人都在維爾格琳協助下擺脫妖魔掌控。不過其中也出現覺醒變成「仙人」的人。

那些人都聚集在天理正彥底下。

荒木幻世和皆本三郎指導他們學習能夠除魔的劍術「朧心命流」。由此培育出下一代強者。

以這些人為中心，超國家規模的對妖組織誕生了。

在終將到來的約定之日來臨前，他們將會持續作戰下去。

第三話 動盪的日子

Regarding Reincarnated to Slime

我的名字叫做卡勒奇利歐。

曾在以東方帝國境內最大勢力為驕傲的機甲軍團擔任軍團長的男人。

當時的我一直很愚蠢。

嘴上說為了魯德拉陛下，背地裡只關心自己的榮華富貴。

飛黃騰達又怎樣，如今的我已經看清這點了。

不過呢，才臨屆四十歲就當上軍團長，以下級貴族的身分來說很有出息了。親家的男爵位，看在軍團長眼中就像垃圾一樣。拿這個當藉口或許有點牽強，但會愈來愈自大也不是沒原因的。

當然，現在我已經在反省了。

反正我最後被親家趕出來。

我是騎士爵出身，當時被選為主人家——男爵他們家掌上明珠的女婿。

當時還算幸福。

直到妻子外遇離婚。

妻子——不對，應該說前妻，對當時的我來說沒人能取代她。我覺得她是世上最美的，並認為自己是帝國境內最幸福的人。

原本以為妻子也有一樣的想法，才會選擇我，結果我錯了。那都是我一廂情願。

一年過後岳父大人一死，我就被拋棄了。

事到如今我都還記得。

應該說，偶爾會變成惡夢來折磨我，當時那傢伙的神情和說過的話，我忘都忘不了。

「你作了一場美夢吧？一個貧窮的騎士，有幸能夠扮演貴族。不過這場夢也結束了。因為父親大人的命令，我才逼不得已跟你結婚，這下我自由了。但這都怪你不好。因為你不能生育。」

我感到絕望，絕望到好想大叫。

聽到對方那麼說的瞬間，我還搞不清楚狀況，一看到那傢伙拿著瓶子對我炫耀，我才恍然大悟。

原來她一直都在對我下藥──

也許我能夠對此挑毛病，訴諸法律討公道。可是整個男爵家都與我為敵。

前妻早就已經有個在當商人的情夫，那傢伙很有錢，簡直糟透了。男爵家的傭人們早就被收買了。

那名商人可以得到貴族的地位。

前妻能夠過上奢華的生活。

雖然岳父大人常說就算過得節儉樸實，還是能夠保有貴族的驕傲……

原來那女人並不喜歡這樣啊。

現在說這些都太遲了。

當時的我對於讓我依親還照顧我的主人一家，並沒有想要抱怨的念頭。雙親在我很小的時候因意外而死，因此並沒有人出面反對把我趕走一事。

所以說，我被趕出男爵家也是沒辦法的事情。

如今回想起來，那成了我的動力。

對所愛之人背叛的憤怒與憎恨推動著我。

我要出人頭地，總有一天要給對方好看。

當時的我才剛滿二十歲，還很年輕。將恨意當成動力，我拚了命地努力。好幾次徘徊在生死之間，也立下赫赫戰功。

骯髒的勾當也能面不改色地去做，幹不法勾當變得愈來愈順手。

也有商人跟我交好，我利用自己的權限在可行範圍內通融。甚至接受賄賂，把那些錢拿給貴族打通人脈。

一直往上爬的結果就是在二十五歲左右就出人頭地當上校官。

我以前是騎士學校畢業的，所以從准尉開始爬。也就是花了一兩年就晉昇了。

這樣的速度非常快，不過在帝國這邊力量就是一切，所以我成功了。

到了那個時候，我掌握了軍事部門，建立屬於自己的派系。

梅納茲就是在那個時候認識的。

他是貴族出身，卻是個喜歡作戰的怪人。在老家的話地位比我還高，他卻故意跑到戰場上，真不知道他在想什麼。

不過，可以肯定的是他很能幹，於是我就利用他。我沒有要討他喜歡或是贏得他尊敬的意思，也毫不避諱用錢收買他。

梅納茲是個怪人，他覺得有趣而聽命於我。不過那傢伙也在用他的方式利用我吧，我們算是半斤八兩。

這之中的聯繫只有利害關係，但我的確也信任他。只要我還想飛黃騰達，就要常常上戰場。如果梅

納茲打算利用這樣的我，那不管是怎樣的命令，他都會遵從吧。

就算死在某個地方也沒關係，反正我沒有家人。不會為任何事情感到不安，可以毫不在意地胡作非為。

就這樣，我跟梅納茲之間建立了不可思議的信賴關係。

此外，堪薩斯加入我們。

這個男人在軍事部門中是有名的問題人物，可是對我來說重要的就只有能不能拿來利用。

結果他合格了。

堪薩斯似乎也覺得我夠格。

不管是怎樣的作戰計畫，我都會批准，因此讓堪薩斯很滿意。他從那個時候開始就很厲害，可是在軍事部門中的評價卻很低。

他常常違反命令，還三不五時在戰場上失控亂來。大家都覺得他很難應對才會轉派到我底下，而我覺得是賺到。

不只是梅納茲，我連堪薩斯都盡情利用。

就連一般人看了會猶豫的作戰計畫，我都不以為意地立案，要他們去執行。

因為這樣陸陸續續做出成果，鞏固我的立場，再也沒人敢挑我毛病。

*

在三十歲出頭的時候，我就爬到將官的位置了。

到了這時，我上前線作戰的次數愈來愈少。

因為年輕的時候被下毒，左眼失明了。

要說我是否因此變得衰弱，那倒未必。當時我們已經摸透科學這種嶄新的力量，要準備精密的義眼也很容易。

只是為了讓敵人掉以輕心，我才用眼罩把左眼遮住。

原本在想會不會隨著年紀增長感受到自己力量衰退，沒想到我愈來愈精力充沛。外表看起來跟年齡相差不多，內在卻一直有源源不絕的力量湧出。

感覺自己時常處於鼎盛期，因此天不怕地不怕。

對排行爭奪戰也有興趣，但還是想先稱霸軍事部門。

上將的地位唾手可得。比起成為皇帝陛下的近衛騎士（Royal Knight），我認為那樣能夠掌握更多權力。

我的派系勢力愈來愈大。

利用蓋多拉大師的力量，機甲軍團的戰力強化工作得以順利推動。那些跟我關係不錯的商人，我要他們提供資金，成功對軍團做了近代化改造。

接著按部就班作好準備，不停累積成績，年僅三十五歲左右的我已經被任命為帝國三大「上將」之一。

這可謂我人生的巔峰期。

大概是因為這樣吧，在工作空檔我突然想起一件事情。

就是那些把我趕走的人現在在做什麼。

派人調查後發現，我什麼都沒做，他們就已經走投無路了。

這是為何——連那問題都不用去煩惱，答案就呼之欲出。

因為當時的我已經握有足以毀掉那些人的力量。而且還有過之而無不及。

那幫傢伙把我趕走的事情廣為人知，我不用親自動手，部下們就先有動靜了。

他們並沒有直接介入。

只是跟交易夥伴耳語個幾句。

那些人對先生做了那種事情，你還有辦法跟他們來往啊？——類似這些。

聽到我的部下那麼說，就算御用商人們不願意也只能努力揣測吧。因為我可是在飛黃騰達的路上突飛猛進，勢頭正盛。

最根本的問題是，帝國的經濟體制跟西方不一樣，不允許自由市場經濟。

表面上允許從商的只有貴族和軍事部門。

貴族有權利讓底下的商人代替他們做買賣。用這種方式為他們賣命的商人可以從經商利益中抽成當薪水，形成僱傭形式。

所以把我妻子搶走的男人才想要得到貴族地位吧。

能夠當高級貴族合作的商人，再讓兒子或女兒跟貴族結婚，創造姻親關係。那麼做將能合法獲得經商的權利，從很久以前就常常有人用這樣的手法。

不過，他要當男爵是可以……卻沒算到我會出人頭地吧。

沒想到當時邊嘲笑邊趕走的男人，如今已經成了上將大人。

軍事部門都會分到大把的預算來買賣商品。將官階級的人有權將那些運用在商人身上。

當上了三大軍團之一的上將，便可推知。雖然不至於能對龐大的軍團預算全權處置，權力卻相當於伯爵之上。

區區一個男爵哪有可能跟我抗衡，他的交易對象一個個跑掉，生意愈來愈做不下去。

聽到這些的我感到一陣空虛。

原本想要親手復仇，卻在我不知情的情況下默默完成了。

但我認為這種時候收手也不對。

我曾經被背叛過。若是在這種時候展現仁慈的一面，想要趁火打劫的人會增加吧。

我之所以能夠爬到上將這樣的地位，其中一個理由就是我無法生育。

若是在從軍的時候打出一片天，退役後可以得到貴族的地位。為軍隊賣命，地位也會隨之提昇。

關於這點，由於我沒有孩子，不會有往後這檔事。

不管給我多麼崇高的地位，那只會傳一代。對其他的貴族們不至於構成威脅。

就好比軍事部門討厭貴族私下擁兵，貴族們也不喜歡軍方人馬坐擁財富。

貴族掌管財富，軍事部門負責武力。

這分工系統是很重要的。

雙方介入彼此的領域是個禁忌（Taboo）。

所以說，地位高的軍人都是單身漢居多。

一方面是因為沒有家人，在戰場上廝殺可以無後顧之憂，本質上更重要的是跟貴族之間還有勢力問題存在。

想到這些，我靈光一閃。

那些背叛我的人雖然走投無路了，卻還不至於家破人亡不是嗎？

我彷彿得到天啟。

那就是我還有事情要做。

他們的生活之所以還過得下去，是因為身分為貴族。

即便地位不高，還是有男爵的爵位，可以靠俸祿過生活。

既然這樣我要奪走他們的地位，絕對讓他們輸得體無完膚。

除此之外還有其他人要肅清。

就是那個男人的父親，以及僱用他父親的伯爵。

若是沒有這些人，我就不會遭遇不幸。

不把敵人幹掉，到時候換自己被幹掉。

可是，要讓伯爵家破人亡，我需要獲得比以往更強大的力量。

就是從那個時候開始。

我想要爬到更高的位置，一心只想獲得能夠壓過所有人的力量。

●

「事情就是這樣，後來我殺紅眼。明明知道自己幹的勾當有多麼下流骯髒，依然裝作視而不見。」

「的確。那時的你看了讓人感到不舒服。」

「既然如此，把我丟下不就得了。那樣一來你就能當上上將。」

「這跟我的個性不合。再說我也不討厭你。堪薩斯也一樣，不管我是好人還是壞人，我都只想跟自己看得順眼的人走在一起。」

「哼！你這傢伙也太奇怪了。」

「我有自覺，但輪不到你來說。」

聊到這邊，男人們笑成一團。

一個年約四十多歲左右骨瘦如柴的軍人，和穿著帥氣西裝的男人，他們是卡勒奇利歐和梅納茲。

這兩人談天的地方，是迷宮內讓特別會員專用的「長耳族的店」。他們在那邊享用各式各樣的酒，開只有他們兩人的反省大會。

原本這間店只讓特別挑選過的客人使用。例如靠自身力量來到這個地方的人，或得受過身家調查再支付規定的費用才能進入。

原本不是他們兩個可以使用的設施，但前些日子召開首腦會議後，這邊也對帝國幹部們開放了。

這次戰爭一筆勾銷，利姆路希望今後雙方能夠建立良好關係，才會那樣安排。

當然兩人也明白。

所以才會像這樣毫無顧忌地來此消費。

「總之，後來這事情你也知道，我想掌握軍團征服世界。然後就敗給這個國家，變成現在這個樣子。」

「用戰敗這個字眼還算客氣。正確說來，我們根本不是他們的對手。」

「呵呵，說得沒錯。」

「我很滿足了。這個世界上除了魯德拉陛下和『元帥』——維爾格琳大人，還有其他超乎想像的強者存在，這點我總算親身體驗過了。」

「你那興趣讓人難以理解，但滿意就好。那你打算跟你弟弟和解了嗎？」

被卡勒奇利歐問到這件事情，梅納茲帶著酷酷的微笑點頭。

「只能和解了吧。那傢伙可是以侯爵的身分帶領那幫貴族。既然正幸大人要以新皇帝的身分即位，我們的任務就是盡全力協助他。」

梅納茲出生自侯爵家。

他想要靠自己的才華跟人一較長短，才會加入軍隊，取得如今的地位。只不過來到像侯爵家這樣的階級，影響力非常大，可以肯定的是他一定受到很好的待遇。

不過梅納茲是真的有實力，沒人敢小看他。敢做這種事情的人，最後都得親身體會自己的愚蠢。

梅納茲的老家由弟弟繼承，他成了現任的侯爵。梅納茲嫌麻煩都推給弟弟，所以弟弟似乎很恨他。

這件事情卡勒奇利歐也才剛聽說，聽到他已經跟弟弟和解，卡勒奇利歐就放心了。

（不過我這邊不可能跟那幫人和解就是了。）

梅納茲的處境跟自己相比，卡勒奇利歐覺得已經好很多了。

梅納茲能夠隨自己的意思盡情使用老家那邊的財力，算很好命了。因為他也具備相應的實力，人家才對他睜隻眼閉隻眼，假如他很無能，那簡直成了整天只會玩樂的大哥。

事實上卡勒奇利歐等人認為他弟弟應該沒那麼討厭他……

哥哥太狡猾——他弟弟好像這樣跟他抱怨過，但只能說任誰碰到了都會有這種感想吧。

也只有梅納茲這個男人能讓人容許他做到那種地步。

於是卡勒奇利歐也對這個不愛負責任的男人提出忠告。

「說得也對。那就拜託你了，新宰相閣下。」

梅納茲逃避貴族應該要承擔的責任和義務，不過正幸來當皇帝後換了新的體制，他被任命擔任在帝國擁有最高權限的職務——宰相。

「剛才還在開會，我是看場合才那麼說……但認真仔細地想了想，我真的沒辦法當皇帝啦！又沒學過政治方面的事——不對，在高中有學過，但我只針對考試會出的範圍稍微查過一點資料而已！」

「哈哈哈，已經不能取消囉？」

「果然是這樣？」

「那當然！反正我最後也想辦法搞定了，所以你也要做做看！」

「利姆路先生太樂觀了啦！拜託別開玩笑，別說那種不負責任的話好不好！」

「哈哈哈，沒問題的。大家都會幫助你。」

「看你那眼神，一定想說不關你的事對不對？而且還一臉夥伴變多很開心的樣子！」

「沒、沒那回事。再說你那邊也有可靠的同伴啊。我覺得那位梅納茲先生就很值得仰賴喔。」

正幸跟利姆路之間曾經有過這樣一段對話。

梅納茲當時也在場，跟利姆路對上眼算他失策。

他想那應該是利姆路一時心血來潮，不過在會議場所中太顯眼也不是件好事。這下好像被當成能幹的男人來看待，被任命為正幸的諮詢對象。

結果還被派去當宰相。

變成這樣我也沒轍了——梅納茲只能苦笑。

你要好好輔佐我喔——都被正幸當面拜託了，他也不方便拒絕。

因為維爾格琳的眼神很恐怖，不過其實梅納茲也已經變得很喜歡正幸了。

眼下的問題是還有個現任的宰相大人，梅納茲想要讓他來輔佐自己。唯獨皇帝有權任命他人當宰相，現任宰相若是出來反對就不合理了。

或許他會有意見，但是梅納茲才懶得管。他知道還有人比宰相更可怕，梅納茲要現任宰相先去說服對方，之後就沒他的事了。

以前為了繼承侯爵家，他已經受過非常充分的貴族教育。他本人沒自覺，但成績絕對不算太差。或許梅納茲會有點辛苦，不過他自認所學應該足以讓自己拿來實際運用。

（但話說回來，總會有辦法的吧。）

因此，梅納茲反過來問卡勒奇利歐。

「您就別說笑了，軍務大臣閣下。話說在三大軍團長中就只剩你一個人，責任重大喔？」

在正幸皇帝的新體制中，軍事部門也有了很大的改革。

一旦梅納茲當上地位最高的大臣「宰相」，現任宰相就會變成副總理大臣。

其中一個能跟他平起平坐的大臣就是軍務大臣。

在正幸的粗淺知識中，他還記得軍事部門必須讓政治家來領導。於是他直接把這句話說出口，而那反映在新的體制上。

只不過正幸當時就只問了一句：「大臣是不是要管轄軍隊啊？」

他並沒有命令別人一定要照做，也沒有提倡文官統治體制，更正確地從民間選出大臣來領導軍事部門。

於是就被解讀成錯的制度，變成從軍人之中選出軍務大臣。

簡單講，卡勒奇利歐要兼任軍中的上將和軍務大臣。

梅納茲會那麼問是出於擔心，卡勒奇利歐聽了卻笑著回應。

「用不著擔心。我們目前不會發動戰爭，基本上只要我還在率領軍隊，那我們就沒有能夠攻打外國的利劍。」

他說的是真心話，參雜些許無奈。

事實上就帝國所處的地理位置來看，今後會跟他們發生戰爭的鄰國都沒了。

朱拉．坦派斯特聯邦國和魔王蜜莉姆的領土就別提了，跟武裝大國德瓦崗也不可能。他們要麻煩這些國家當後盾，今後必須跟他們保持良好關係。

雖然可以搭乘飛空艇去侵略西方諸國，但卡勒奇利歐不認為魔王利姆路會容許這種事情發生。

也就是說目前的情況是他們沒有可發動戰爭的對象。

有的話就是針對國內。

某些大貴族掌控地方軍隊，他們有可能不知天高地厚策動謀反。

「我已經派人把消息帶回國內。那些貴族也差不多該有反應了，克里斯納先生有聯絡你嗎？」

「目前那邊好像沒有太大的動靜。你弟弟率領的派系已經宣誓效忠新皇帝了。幸虧如此，其他派系的人才不敢輕舉妄動。」

「就算有動作也不能怎樣。但最起碼前幾任皇帝陛下的孩子，或是跟他們有血緣關係的家族，應該不至於一直悶不吭聲。」

「也對。我們已經對外宣傳魯德拉陛下駕崩，八成會出現錯當自己有機會出頭的人。維爾格琳大人的承諾就是為此而存在，不過……」

「那些人大概會主張皇室典範已流於形勢，不具備任何意義。但那些笨蛋不會曉得說這種話將與維爾格琳大人為敵。」

卡勒奇利歐覺得梅納茲說得很對，他也是那麼想的。

就算那幫貴族跟他們作對，說真的他也不怕。

他們肯定會贏得勝利，問題在於國力會被削弱。

假冒成皇帝魯德拉的人——在卡勒奇利歐等人看來，他們一直效命於他，所以他是本尊——那個人似乎圈養了名為侵略種族的不明生物，打算讓整個世界陷入混亂。

其實卡勒奇利歐他們曾經跟自稱是柯洛努的人物針鋒相對過，因此他們很能體會對方會帶來多大的威脅。幸好維爾格琳來了，否則他們將無法避免全滅的命運吧。

那個曾經扮演皇帝魯德拉的傢伙，他本身一直想成為神。為此很可能利用帝國的子民來當他的棋子，這可能性不敢說完全沒有。

只不過沒人知道皇帝長什麼樣子，若有人跳出來說自己就是皇帝魯德拉，那他們只要極力否認就行了。

恐怕敵人也不會耍這種卑鄙手段吧。因為卡勒奇利歐他們認識的皇帝魯德拉性格剛烈，連跟人談判的機會都不會給。

「現在不是自己人鬩牆的時候。」

「說得沒錯。反正我這邊也會去打點一下。」

「拜託你了。我也會把生還的近衛騎士都找來，趕緊重新編制帝國皇帝近衛騎士團（Imperial Guardian）。」

這是當上軍務大臣後，卡勒奇利歐的第一個工作，比想像中更吃力。

這是因為還得先看看有多少生還者，必須先從這部分開始掌握。

再說卡勒奇利歐並不知道近衛騎士所有人肩負的任務。連他們在哪邊都不曉得，首先得跟他們取得聯繫。

不僅如此，某些人可能還會說要退出軍隊。

事實上克里斯納就是其中之一。

他公開喊話把魔王利姆路當神崇拜，要退出軍隊搬到魔物王國，講得肆無忌憚。

這樣卡勒奇利歐他們會很困擾，拜託他在事情安定下來前先留任，他本人卻面有難色。這個時候他們去找阿德曼商量，他對克里斯納說：「有句話說：『走後不留痕跡。』若是帝國一直處在很混亂的狀態下，想必利姆路大人會感到悲傷吧。」——用這句話說服了他。

克里斯納聽了回說：「遵命！不愧是阿德曼大人，這說法太棒了。我只想著自己要得救。其實也要讓帝國那些無辜的子民們感受到利姆路大人的慈愛才行！」他說出跟卡勒奇利歐想法背道而馳的話，可是克里斯納會好好賣命，所以這樣就好。

這種事不用看得太認真。

想要移情別戀的不只克里斯納一個，帝國軍人中有幾成人員都開始說他們想留在魔國聯邦這邊。

卡勒奇利歐能體會那些人的心情，不想強迫他們。然而這樣一來帝國免不了戰鬥力降低，他正在煩惱該怎麼辦。

這次戰爭讓許多人死去。

這部分算他們自作自受，不用再拿出來炒冷飯，但也不能拿來當成不想應變措施的藉口。

至於「個位數（Double O Number）」的生還人數，只剩下邦尼和裘這兩個人。

他們兩個今後會直接聽命於正幸，當他的護衛。其實靠維爾格琳一個就已經相當足夠了，可是拿來當商量對象或出些小任務之類的，他們會很好用，正幸的這番主張最後得以成行。

卡勒奇利歐個人想要藉此機會，順便改革帝國皇帝近衛騎士團的機制。

雖然還要看有幾名生還者才能定奪，但他不打算拘泥於百人這個數字。他準備廢除排行制度，不再讓數字具備意義。

必要條件變成只要有某種程度的實力，以及對皇帝忠心，今後卡勒奇利歐預計要稍微放寬門戶。

三人一組派遣到各地的地方都市，讓他們去鞏固帝國的防衛網。

如果有三個人，即便不是侵略種族裡高階者的對手，也能爭取時間。他們可以趁這個時候派兵支援，能夠靈機應變的鋪排才是最理想的。

帝國這邊的都市超過一百座，以目前的人數來說是完全不夠的。地方軍隊會按照原樣保留下來，只要跟這些軍隊合作，目前還能頂住吧。

總之，會以那些來到「仙人級」的人為主，因應今後的風吹草動。

「我們的工作都不好做呢。」

「是啊。但不可思議的是，我覺得這份工作做起來很有意義。」

當梅納茲邊喝酒邊說出這句話，卡勒奇利歐也跟著認同地點點頭。接著他才接上那番話，令人意外的是，卡勒奇利歐是真的那麼想。

覺得自己現在是真的在為帝國做事，比起以前在軍事部門滿腦子只想著要如何飛黃騰達，卡勒奇利歐現在的生活讓他感到更加充實。

「還有就是聽說了利姆路陛下的計畫，我認為必須先讓帝國的治安恢復，還有要穩定政局。動作太慢的話，我們會跟不上今後的世界情勢。」

在獲得利姆路和正幸的許可後，他們開始動工鋪設鐵道。可以想見未來恐怕用不了幾年，帝國境內的交通網絡也會打造完成。

只是在會談上聽他們談起這些就感到顫慄，不料這件事情還有後續。

「再來就是那個吧。支配這世界的領空計畫，對吧？那位大人還真亂來。雖然是在喝酒的時候說的，聽他說話卻不像有喝醉。也就是說，他是認真的。」

「嗯。札姆德似乎也受到感化，主動說要提供協助。不過那傢伙與其說是軍人，倒不如說更偏向技術人員，往那個方向去做才是他的本分。」

「地面上會透過『魔導列車』跟各國聯繫，天空那邊打算量產飛空艇，讓我們的商品販售路線維持穩定是嗎？這想法真可怕，但想必會實現吧。畢竟這次戰敗，帝國被要求的賠償只有『領空權』。其他部分別說是沒提要求了，甚至還提供資源給我們。這下我們也不好拒絕。」

「正幸陛下都首肯了，關於這點是沒問題的。要把重點放在往後發展上。」

一面說著，卡勒奇利歐有個想法。

他覺得這個國家未免太奇怪。

魔王利姆路隨口說了一句：「那個……不小心把想法說出口了。」隔天——搞不好還是在當天之內——就轉變為有機會實現的計畫。

關於飛空艇的量產計畫，好像是從他們得知帝國擁有飛空艇後，就一直有這種盤算，但輕輕鬆鬆就能夠準備好開發用的基地，這也太不尋常。

迷宮內的某個樓層如今成了飛空艇的改造場。

札姆德也在那邊開開心心地工作，聽說他在這邊不用擔心預算，能夠盡情採買材料，每天都把「這裡是天國」這句話掛在嘴邊。

起死回生會令人心情高昂，這種心情似乎也起到火上加油的作用。

在卡勒奇利歐看來，他不免羨慕能夠忠於自身慾望的札姆德，為了維持魔國聯邦和帝國之間的友好關係，他也只能替札姆德加油，要他好好努力。

札姆德的事情就談到這邊，來看今後的打算。

在魔王利姆路的規劃中，似乎也會對帝國國內的整頓工作提供協助。如今帝國的國力衰退，哪有不利用他人助力的道理。

帝國這邊也會提供勞力資源，他不打算一直靠別人。就這點而言，卡勒奇利歐的想法和西方諸國完全不同。

只要沒有被慾望蒙蔽雙眼，他就是一個具備知性又能做出冷靜判斷的男人。

於是當他在想什麼才是必要的，他就得出得先讓國內安定下來這樣的結論。

目前帝國並沒有天下大亂。

不過，把戰敗的細節傳回母國，子民們肯定會陷入恐慌。

在那些失去家人的人看來，魔王利姆路是一個可恨的敵人吧。為了避免事情變成這樣，克里斯納等人有先做打點了，不過卡勒奇利歐個人認為還是要想個因應對策。

除此之外，就如梅納茲在警戒的那樣，大貴族的動向令人不安。

考量到今後的發展，他們必須接受魔國聯邦的人馬入境帝國，卡勒奇利歐得避免兩派人馬擦槍走火起爭端。

問題有一大堆。

「我們的責任很重大呢。」

「是啊。只不過，卡勒奇利歐。」

「什麼事？」

「你不覺得利姆路陛下比我們更辛苦嗎？」

「嗯？」

聽他那麼說確實是那樣沒錯，卡勒奇利歐也有這種感覺。

聽說了未來的發展計畫，他們就開始拚命配合計畫行事。

不過做這些都在情理之中。

讓自己國家的治安恢復秩序，使其發展下去，這類工作不是等人家來命令才去做。而是他們希望自己的國家變得更好，才會每天努力做這些工作。

在不久的將來，他們難免會跟侵略種族展開戰爭。可是他們發現自己對此事幾乎不會感到不安。

那是因為被分派了大量的工作使然。

被工作埋沒後，不安的要素也被分散了。

「原來是這樣，是為了不讓我們去擔心別的事情……」

「應該是那樣沒錯，但或許不只這些。也許利姆路陛下他們想要自行處理侵略種族的事情。或者不覺得這是什麼大問題，不過——」

那當然是個大問題。

然而魔王利姆路沒去談這個話題，而是放眼在未來發展上。

看他顯露出如此坦蕩的態度，卡勒奇利歐和梅納茲都為之佩服。

恐怕蓋札王也那麼想吧。

因為他曾經表態，說侵略種族對魔王利姆路而言根本不算什麼。

那是在充場面，還是認真的？

他們認為利姆路是為了不讓卡勒奇利歐等人擔心，才會如此安排。

但卡勒奇利歐就是不免會浮現跟梅納茲相同的想法。

（假如他們真的打算靠自己去處理侵略種族，那我們也要找找看有沒有能幫忙的地方。至少一定要阻止內亂發生，以免扯他們的後腿。）

卡勒奇利歐做出了這份覺悟。

之後卡勒奇利歐和梅納茲大概又喝了一小時左右就離開店面。

隔天帶著坐有正幸的神轎踏上歸國之路。

＊

回到帝都的卡勒奇利歐每天都過得很忙碌。

帝都周邊的某些地區也有受到損害，不過為了復興母國，目前還不需要去處理那部分。因為那些地區已經預計要跟利姆路他們共同著手修復。

於是他首先要進行的是重整軍事部門。

存活下來的——起死回生的——軍官和士兵們已經全數回國，要交派他們全新的任務。

總之該率先處理的是維持治安，將克里斯納帶回來的報告內容當作參考，對有可疑舉動的地區派遣軍隊，要他們保持警戒。

值得慶幸的是七十萬的軍官和士兵們都對卡勒奇利歐忠心耿耿。

希望搬到魔物王國去居住的人，這次也都有提供協助。這是當然的，因為魔王利姆路已經答應他們，等這場騷動結束就會僱用他們。

「不過你們不用馬上做決定，可以慢慢考慮沒關係。」

他把軍官和士兵們找來競技場這邊，對他們發表演說。

在利格魯德鉅細靡遺地說明移居條件後，利姆路本人親口說了那麼一句話。

說個題外話，利姆路完全沒有要遊說的意思，而是打算讓大家自行做決定，大約二十萬名的志願者聽完都充滿幹勁。

「侵略種族是吧？看我把他們殺得體無完膚！」

戰意也跟著提高了。

事實上他們雖然失去了「靈魂」的力量，肉體依然維持在改造過後的狀態。如今某些人的實力依然跟A級相當，是不容小瞧的戰力。

事情就是這樣，卡勒奇利歐無所不用其極努力維持帝都安定。可是這個時候更大的問題湧現。

真正棘手的是那些貴族。

要求會面的貴族絡繹不絕，使得卡勒奇利歐的業務受到壓迫。

他很想拒絕，但這之中還有今後想要請他辦事的大人物。

梅納茲的周旋和克里斯納的武力說服起到作用，不至於造成大混亂，但確實讓卡勒奇利歐耗去大把

精力。

就在這個節骨眼上，魔王利姆路派了救星過來。

就是美麗的惡魔戴絲特蘿莎。

她先著手的，是展開一場能夠掌握人心的演講。

把貴族們完全當成空氣，去撫慰無法接受敗仗打擊的人民之心。

或許有人會覺得惡魔們都是挑起人的恐懼感，這樣的工作不適合他們。然而出乎意料的，事實並非如此。惡魔們可以吞食情感，最適合去除人民的恐懼與不安。

「我好驚訝。沒想到從前讓帝國吃盡苦頭的白色始祖——戴絲特蘿莎小姐竟然如此關心人民……」

「那是當然的。因為這是我們的王——利姆路大人交派給我的工作。」

「話是這麼說沒錯，但原以為妳會用更激烈——失禮了，沒想到會採取這麼和平的手段。」

滿頭大汗的卡勒奇利歐發表感言。

話一講出去就後悔了，擔心自己說得太直白，戴絲特蘿莎卻不以為意地略過。

「這是為了以防萬一，以免人們給利姆路大人不好的評價。自然要慎重處理。但也因為這樣，效果薄弱。而且在尺度拿捏上也很困難呢？若是把所有的情感都吞食掉，對當事人會產生不好的影響。」

卡勒奇利歐面色鐵青地心想那樣他會很困擾的，不過戴絲特蘿莎並沒有出那種下下策。她早就提醒摩斯，要他徹底把部下管理好，因此他們不可能失敗。

但是她說的也是真話。

只靠和平手段，難以徹底支配人類的情感。

自己的親人在作戰中死去，皇帝還從魯德拉換成正幸，子民們會陷入極大的混亂狀態中。用那種手段無法完全消除人民的悲痛，會留下不滿或不安的種子。

針對這點，卡勒奇利歐在各處配置治安部隊，預先防範暴動或小型紛爭。

「若是反抗的人全部誅九族，這樣不會留後患是最簡單的做法。」

「哈、哈哈哈，真會說笑——」

這不是在說笑吧——卡勒奇利歐心想。

白色始祖果然很危險，對於能夠延攬戴絲特蘿莎來當部下的利姆路，他變得更加敬重了。

目前子民們也已經恢復某種程度的冷靜，幸好沒有蠢蛋出來武裝起義。

來到如今局面暫時可以放心，但戴絲特蘿莎連下一步都先想好了。

想要穩定民心，最迅速有效的做法就是讓新皇帝正幸出來公開亮相。

簡單講，就是舉行正幸的加冕典禮。

順便再讓他發表演說，人民就會感受到新時代即將到來吧——這是戴絲特蘿莎的想法。

「咦，我嗎？」

「有什麼問題嗎？」

「不……沒事……」

正幸一下子就答應了。

他眼眶泛淚，但對上戴絲特蘿莎的笑容就顯得毫無價值。

「哎呀，妳把正幸弄哭是什麼意思？」

此時出來插話的人是維爾格琳。

對此，戴絲特蘿莎淡然地回應。

「真遺憾。我可沒有那方面的興趣。」
兩位美女臉上堆著笑容互看。
她們的視線碰撞，帶來一股可怕的沉重壓力。
正好被這陣颱風尾掃到的，就是正幸和卡勒奇利歐。
在心裡祈禱「好想回去」的正幸設法撐過去。
卡勒奇利歐則是整個人放空才度過難關。
總而言之正幸的加冕儀式得以實現。

無數的子民將皇宮前的廣場擠得水泄不通。
呈現俯瞰姿態，正幸就站在高處的露台上。
他是透過維爾格琳的「傳送」技能過來帝國這邊的，事實上這是他第一次露面。
身上穿戴著皇帝的行頭，若是閉嘴不說話，看起來還是蠻有威嚴的。
預定的時刻到來，首先由卡勒奇利歐發表開場白。
緊接著是新宰相梅納茲進行說明。
戰爭中他們大敗。
結果前皇帝魯德拉駕崩。
「勇者」正幸成為新皇帝，將接受加冕。
在正幸的周旋下，他們與魔國得以和睦共處，今後的目標是要使雙方關係更加友好。
同時他們跟矮人王國也正式建立邦交。

內容諸如此類。

為了封印米迦勒的能力——「王宮城塞（Castle Guard）」，必須讓子民們認定魯德拉是萬惡根源。順便傳出他的死訊，若能夠因此讓篤信魯德拉的人變少，那就萬萬歲了。

然後再向大家介紹新皇帝正幸，不過有不少人感到困惑，覺得他跟前皇帝不僅沒血緣關係更是毫無關聯。為了讓這些子民們接受，維爾格琳出面了。

「你們安靜點，這群小笨蛋。我的『名字』叫做維爾格琳。『灼熱龍（Cardinal）』維爾格琳。」

聽到她報上跟帝國守護龍相同的名號，子民們為之動搖。

莫非是真的——大家心中開始產生這種念頭。

「依循皇室典範，我在這任命『勇者』正幸即位為新皇帝！」

口裡如此宣言的維爾格琳解放那身壓倒性的霸氣，讓人們可以用肉眼看見。每個人都可以看得清清楚楚，那是一身充滿神聖光輝的紅色霸氣。

她還順便做一件事情，手朝某個方向舉起，對著子民出聲。

「看好了。這是給新皇帝的禮炮！」

話剛說完，「燃燒神山」的火就跟著噴發。這大規模噴發從帝都也能看得很清楚。

拿來當禮炮未免太聲勢浩大，對維爾格琳來說卻等同兒戲。然而人民看見都驚訝到嘆為觀止。

沒人對此存疑。

可以事先動手腳，利用魔法或炸彈之類的來誘發噴發現象——若是這樣想，那情況夠讓人懷疑沒錯，可是這座火山是神山。沒經過住在那座山的灼熱龍同意就幹那種事情，不曉得會惹她生多大的氣。

這座帝都裡頭不可能有人不知死活那麼幹。

不僅如此。

有好幾顆火山彈打到帝都這邊，全部被看不見的屏障彈開。

正是守護龍在發揮她的本領。

「是、是神——」

「是真的。是真正的龍神大人啊——！」

「帝國的守護龍大人在我們面前顯靈了——！」

人民都非常興奮。

隨著時間流逝，他們開始發現這件事情有多重大。

維爾格琳已經認可了。也就是「勇者」正幸真的成為了皇帝，人民總算體認到這點。

同一時間——

正幸的知名度很高，不只是西方諸國，連在東方帝國都聲名遠播。

「喂喂，是真的嗎？」

「該不會是『閃光』正幸！」

「說到正幸，不就是那位大名鼎鼎的最強『勇者』？怪不得連魔王利姆路都不敢違抗他！」

讓人懷疑是劇團成員來串場的，現場迸出似曾相識的感想。

這就是正幸的名望，他不管到哪都很有名氣。

而且這次正幸的能力變得更強了。效果擴及廣大範圍，對於知道正幸這號人物的人會給予莫大的影響。

結果導致現場爆發像之前那樣的盛大歡呼。

「正～幸、正～～幸——！」

甚至讓人以為所有人民的聲音合而為一了，歡呼聲融合在一起。

維爾格琳心想「你們這些笨蛋。直呼皇帝的名諱是大不敬」，但是正幸本人並沒有動怒，於是她默許了。

最憤慨的人是戴絲特蘿莎吧。

帝國子民們會錯意，以為魔王利姆路不敢反抗正幸，令她盛怒不已，不過這是戴絲特蘿莎自己盤算的計畫。她找不到人抱怨，只能忍耐了。

如此這般，正幸三兩下就被帝國的子民們接受。

就在這一天，他成了東方帝國——納斯卡・納姆利烏姆・烏爾梅利亞東方聯合統一帝國的「神命」皇帝，名號傳遍了世界各國。

＊

帝都子民們找到新的希望，恢復了朝氣。

雖然失去親人的人們沒辦法立刻從悲傷中走出來，但是他們也開始能夠向前邁進了。

人民又開始他們的日常生活。

原來這件事是如此令人開心，卡勒奇利歐深有體會。

不過離真正安寧的日子還很遠。

那些麻煩的貴族們因為新皇帝正式受到任命的關係，開始有大動作。

梅納茲會負責對付這些貴族，卡勒奇利歐很想完全交給他去辦。不過那都是卡勒奇利歐一廂情願，看在那些貴族眼裡，只要是跟新皇帝走得近的有力人士，要去拍誰的馬屁都行。

因此會面請求依然是前仆後繼。

他看著戴絲特蘿莎想要求助，對方卻不當一回事地回道：

「這個國家的貴族，依我看大部分都不構成問題。」

卡勒奇利歐不懂她說這話的意思，但他知道戴絲特蘿莎有暗中打點。

梅納茲有在做他的份內事，卡勒奇利歐這才決定要專注在他能處理的業務上。

緊接著要不了幾天，會面請求開始變少了。

「不好意思，是不是戴絲特蘿莎小姐妳……那個……」

雖然在想她是不是去威脅別人，卻不敢說出口。

因為這個在眼前優雅品嚐紅茶的淑女，其實是從很久以前就受帝國畏懼的白色始祖。對此心知肚明卻還是覺得難以置信，但這是如假包換的事實。

正因為這樣，不管她用了多麼可怕的手段都不奇怪。

「哎呀，真失禮。為什麼要用那麼害怕的眼神看我呢？我明明什麼壞事都沒做。」

壞人都是那麼認為的。

認為自己是那個例外。

明明待在自己的辦公室，不知為何卡勒奇利歐卻覺得無所適從，要他對宛如女王般的戴絲特蘿莎說真心話「不能怪我這樣反應啊」是不可能的。

「沒什麼，哈哈哈，我並沒有在懷疑妳。妳是很棒的幫手，我每天都心懷感激。有鑒於此，我才會好奇妳是用什麼樣的手段讓那些貴族閉嘴的……」

「我比較希望你別去管那些，專心處理自己的工作。」

說完這句話後，戴絲特蘿莎喝了一口紅茶。

接著發出一聲高雅的嘆息。

「好吧，罷了。當成是我的功勞讓我過意不去，也跟你說說吧。之前有說過，那些貴族不成問題。」

「所以說，這是為何？」

「首先，這個帝國的貴族早已分成三大派系。這點你應該很清楚吧？」

「是。有以梅納茲老家侯爵家為首的軍閥貴族。以及皇帝派的核心人物，門閥貴族。再來就是地方貴族吧。」

軍事部門這個強大的組織是帝國主幹。有許多貴族都攀附這不可顛覆的權威，軍閥貴族自成一大勢力。由於領頭的貴族是侯爵，屬於二流家世，因此地位崇高的貴族不太會來加入這個派系。

相對的，門閥貴族都是以跟皇帝有淵源的崇高貴族為主流。至少要有伯爵以上的家世，否則連發言權都沒有，是個形同貴族權威象徵的派系。

至於地方貴族的派系，是最鬆散的。為了讓對他們有利的意見通過，由一些個別無發言權的貴族們集結而成。可以說是因為利害關係一致，他們才會集結成一個派系，僅此而已。

聽完卡勒奇利歐的說明，戴絲特蘿莎輕輕點頭。

「說得沒錯。首先是軍閥貴族，這等同在梅納茲的掌握中對吧？」

「不不，梅納茲跟他的弟弟關係不好——」

「不。他只是在鬧彆扭。」

「什麼？」

「尊敬的兄長把侯爵家讓給他，他快要被這份責任感壓垮。所以才會跟哥哥作對，除了能夠維持體面，還能夠說服自己的心去接受。」

很像脆弱的人類會做的事吧——戴絲特蘿莎笑著如此回應。

「這是真的嗎？話說妳是怎麼調查出來的……？」

「這、是、祕、密。不知道比較幸福，這話你應該有聽說過吧？」

摩斯花一個晚上查出這個真相。

他被戴絲特蘿莎壓榨，連休息時間都沒有。

在坦派斯特最懷才不遇的也許就是被稱為「灰之王」也不為過的惡魔大公（惡魔貴族）摩斯。可是他沒辦法對這種境遇抱怨，一直默默在這種黑心的環境下努力著。

摩斯偷偷跑進侯爵家，拿了藏在家主辦公室裡的日記讀了一遍。然後把得知的祕密回報給戴絲特蘿莎。

侯爵家的重重警備碰到摩斯就形同虛設。他還找出其他有利於改善關係的情報，輾轉透露給梅納茲知道。

照一般人的角度來看，這屬於犯罪行為。不過，對於在幹壞事卻毫無自覺的人而言，這不算是在做壞事。

「哈哈哈，說得也是。當然，我相信戴絲特蘿莎小姐。繼續追問下去未免太不識相。」

卡勒奇利歐逃避了。

這麼做非常聰明。

雖然發生了一些事情，但是梅納茲和弟弟的關係有機會改善。卡勒奇利歐認為那樣就沒問題了，他決定只著重結果就好。

「軍閥貴族這邊我已經理解了，那其他派系的情況如何？」

「這個嘛，地方貴族都表示願意歸順。」

「咦，什麼時候的事？」

「他們是最先被攻陷的。因為對那些人來說，最重要的是領土內的人民能夠好好過生活不會挨餓。各地區都處於安定狀態，再來就只剩對今後政治有些不安。」

「這、這樣啊……」

「對了，你知道地方貴族的財源從哪來嗎？」

「應該是以各領地收成的農作物為主吧。保留所需的量後，剩下的拿去繳稅金。然後多的部分賣給底下的商人。營業額就是地方領主的收入來源──以上是我知道的。」

「大部分都對，但有一部分講錯。」

卡勒奇利歐的心情很微妙。

他都已經是地位最高的帝國軍人了，卻在聽一直以來折磨帝國的惡魔針對經濟學講課。這令他不解，並感到困惑。

（為什麼惡魔連人類的經濟活動都那麼清楚？我好歹是地方的低階貴族出身，所以有概念，一般的高階軍人大概都不曉得……）

而且對方還說他沒有完全講對。

除此之外，是有一些地方生產的手工藝品和特產等等，但他覺得這些也不是正確答案。卡勒奇利歐認為戴絲特蘿莎不是那種會故意挑人毛病的人。

「那麼正確答案是？」

「是黑市交易。」

「啊？」

這下卡勒奇利歐不由得如實反應。

在帝國境內，不可能允許大家做黑市交易。他一直如此相信，才會為這個堂而皇之的答案感到驚訝與錯愕。

「哎呀，覺得不可思議？」

「那當然！在皇帝陛下的照拂下，帝國一直都是萬民平等。當然，貴族不同，但是平民只要加入軍隊都有機會出人頭地——」

「這我知道。我說的不是表面，而是實務上黑市交易是必須的。你知道為什麼嗎？」

既然說是必須的，那就知道戴絲特蘿莎是認真的。然而卡勒奇利歐無論如何就是難以置信。

黑市交易之類的形同背叛皇帝，若是這種行為猖獗，帝國的情報機關不可能沒發現。如今已經亡故的近藤中尉更不可能放過他們。

他甚至被人稱為「以情報為食的怪人」，是個可怕的男人。卡勒奇利歐怎麼想都不覺得近藤中尉會對這其中的不法行為置之不理。

「真是不敢相信。意思是近藤先生一直對這些不法勾當視若無睹？」

當卡勒奇利歐下意識呢喃出聲，戴絲特蘿莎用傻眼的目光看著他。

「你的腦袋還真頑固。因為不是壞事，他才會裝作沒看見。」

「那、那是什麼意思？」

「背後有貴族撐腰，聽起來很不錯，可是僱用他們的人在爵位上有高低之分，間接也會決定商人之間的勢力關係。面對高階貴族底下的商人，與低階貴族合作的商人會有辦法抗衡？」

「嗯……」

「答案是『不可能』。對於握有權勢的人，他們只能任他擺布。這個時候登場的是黑市商人。例如支配帝國黑社會的黑暗之母（Echidna），或是替他們撐腰的祕密結社『三巨頭（Cerberus）』，之所以會存在都是因為有其必要。」

「……」

卡勒奇利歐聽了不禁睜大眼睛。

不放商人自由行動是不行的──戴絲特蘿莎如此主張。如果只給他們固定的薪水，他們不會認真追求利益。

硬是綁住他們也只會招致反彈，更重要的是人民會先陷入困頓。就是因為明白這點，近藤私底下才沒有去介入黑社會。

被官方禁止的人口買賣也是這個道理。

那些因為饑荒而日子過不下去的村子，必須進行人口減量。雖然法律上將這些視為惡行，但不那麼做會有一堆人死掉。這種時候與其把他們殺掉，還不如賣給黑市商人，那樣存活的可能性也會跟著增加。

這都是極端的案例，不過在帝國的歷史上確實曾經發生過好幾次。其他還有許多殘酷的現實面問題，那些都被當成公開的祕密而放過。

要說哪些問題比較大，能列舉的就好比跟國外貿易。

帝國沒承認其他國家的存在，因此官方一直禁止貿易。可是這樣一來會在經濟面上碰到瓶頸。所以「三巨頭」之類的才會連西方諸國都紮根。

戴絲特蘿莎淡淡地說明這些事實。卡勒奇利歐聽了不免感嘆惡魔怎麼會如此清楚，自己好像笨蛋一樣，心裡浮現一股哀傷的感覺。

「感謝妳詳細解說。對我幫助很大。」

「別客氣。總之事情就是這樣，所以地方貴族處理起來很容易。我跟他們解釋說今後會開放自由貿易，他們一下子就接受了。而且利姆路大人的計畫繼續落實下去，到時地方城鎮也會鋪設鐵路。今後不是中央集權，財富也會分散到各地，所以他們保證會全力支持皇帝正幸。」

戴絲特蘿莎的話說到這邊結束。

卡勒奇利歐有種恍然大悟的感覺。

帝國這邊在科學文明上也有一定的發展，卻沒那麼大的餘力將所有都市聯繫在一起。理由顯而易見，因為大部分的預算都拿去貼補開發和軍事費用了。

糧食和物資運送也很重要，但都靠首都周邊都市填補空缺。那些距離較遠的地區，他們都是用魔法或飛空艇來調用物資。

這些被當成次要地帶的地區都被編排進開發計畫中。若是對那些地方領主那麼說，要討他們歡心想必輕而易舉吧。

雖說這樣交涉需要以龐大的財力和勞動力為前提，不過魔王利姆路和戴絲特蘿莎能夠辦到。

連對方身上的隱情都調查出來，再用有利於我方的方式去交涉。操作上不離基本原則，但發揮到淋漓盡致原來這麼厲害，卡勒奇利歐深感佩服。

他在心裡發誓要重新審視自己以往的做法。

「那剩下的派系只有門閥貴族了。」

「的確是。」

「既然是戴絲特蘿莎小姐出馬，是不是也已經掌握那幫人不法勾當的把柄了？」

話談到這邊，卡勒奇利歐已經全面信賴戴絲特蘿莎。不曉得她安排了怎樣的計策，但戴絲特蘿莎說沒問題就沒問題吧，卡勒奇利歐再也不會懷疑。

「真失禮。基本上最近的帝國已經沒有人會蠢到幹壞事了。這幾十年來沉滯的惡息早已一掃而空，我們查出那都是近藤的功勞。」

換句話說，真正的壞蛋都已經被肅清了。

戴絲特蘿莎在帝國已經待了很長一段時間，相較於以往，她感覺最近人心比較安定。原因在這次的調查中查清楚了。

那些幹壞事令人唾棄的人早就沒了。如今剩下的是必要之惡——祕密結社，或只有放著不管也不至於構成問題的小型不法團體。

「那妳打算如何說服門閥貴族？」

「剛好今天下午會召開會談。我打算在那邊做個了斷，你也要來參加。」

這肯定是命令沒錯。

對方原本應該是輔助他的人，不過卡勒奇利歐並未感到不滿。

面對明確的實力差距，他選擇對戴絲特蘿莎言聽計從。

＊

在接待室碰面的只有四個人。

這場會面的主辦人宰相梅納茲。

軍務大臣卡勒奇利歐。

從今後預計成為同盟國的魔國派遣而來的外交武官戴絲特蘿莎。

最後一位是這次的交涉對象——領導門閥貴族的米斯拉．希爾梅納多公爵。

年齡大約落在三十歲出頭。還很年輕，以年紀來說會覺得領導一個派系太過年輕。

可是這說法套用在米斯拉身上並不適用。

他是個各方面兼具的人物。

米斯拉的母親是前前任皇帝的皇妃。也就是魯德拉的生母。

帝國的皇室採用一種特殊制度，不會立相當於皇帝正室的皇后。因為這個寶座只屬於維爾格琳。

取而代之，會有好幾名女性成為皇妃，在後宮爭奪霸權。貴族們會主動把他們的女兒送過去，血統高貴這點是無庸置疑的。

在這些皇妃之中，誰先懷上皇帝的孩子就是贏家，能夠受到正妃的待遇。這是因為她的孩子肯定會成為下一任皇帝。

順便說個題外話，魯德拉的後宮也曾經有過好幾名皇妃，但是他都不承認。那是希望女兒可以當正妃的大貴族們擅自做主，這次沒有人懷上魯德拉的孩子，後宮直接被遣散了。有人提議可以讓新皇帝接手，但是正幸認為沒必要。至於這個決定事實上是誰下的，大概永遠是個謎吧……

話題拉回來。

米斯拉的母親就是當年贏家。立下生了魯德拉的大功，獲得絕大的名聲。

作為獎勵，她有兩個選擇。

就這樣留在後宮，直到魯德拉長大成人為止，任她操弄權勢，或是帶著龐大的嫁妝挑一戶喜歡的人家嫁過去。

皇帝生母受到的待遇是最高級的。擁有很大的發言權，就算離開後宮也不會被人小看。因此她毫不猶豫地選擇離開後宮，嫁給前任的希爾梅納多公爵。

後來生下米斯拉．希爾梅納多。

他是皇帝魯德拉同母異父的弟弟。光是他不可動搖的權威就足以讓周遭眾人折服。

生了一副刻薄地壞人臉。看了會給人一種壓迫感。而且沒有眉毛，那目光任誰看了都會感到害怕，硬生生削弱反抗的念頭。

他不算太胖，卻也不是很瘦，身高並不高，帶來的壓迫感卻很大。

這傢伙私底下一定有在幹邪惡勾當。

糟糕，絕對不能違抗這位大人。

諸如此類，在高階貴族中即便是位高權重的人，有不少人有這種感受。

因為他是這樣的人，來當門閥貴族領頭羊正好合適。

身上散發的威嚴令人不敢忤逆，這就是米斯拉．希爾梅納多公爵。

如果只比誰比較強，卡勒奇利歐肯定是贏家。從覺醒之前開始，這點就已經無庸置疑了。

可是在這個世界上，單純只有力量是沒辦法生存的。若是沒有替他張羅食衣住的人，不可能過上舒適的生活。只要跟米斯拉作對，一定會失去這些。

（這個對手實在太棘手了。我從前也想要爬到軍隊裡最高的位子上，可是等我真的到了那樣的高度，才知道做起來有多麼不容易。沒想到得跟這樣的怪物交涉……）

卡勒奇利歐沒有把這些話說出口，放在心裡想。

還有梅納茲在，應該有辦法挺過去，可是換成一對一交涉就沒勝算了吧。

再說這次還有一個可靠的助手。

（那就是戴絲特蘿莎小姐。雖然是個很可怕的人，跟自己站在同一陣線就覺得信心倍增。因為知道她是那個令人畏懼的白色始祖，不管遇到什麼樣的對手感覺都不會輸。）

眼前的米斯拉也很恐怖，但是戴絲特蘿莎更可怕。想到這邊就覺得心情也跟著恢復冷靜了。

冷靜下來的卡勒奇利歐突然想起戴絲特蘿莎說過的話。

（等等？戴絲特蘿莎小姐說過大部分的貴族都不會構成問題。意思是米斯拉先生是有問題的貴族？不，這樣也說不通……如果是那個近藤，就算碰到皇帝陛下的同母異父弟弟也不會放過才對。難道說米斯拉先生並沒有幹過壞事？）

怎麼可能——卡勒奇利歐心想。

他否認自己的想法，認為那是不可能的事情。

就因為他是生人勿近的壞人，才會人見人怕。能夠讓他感到棘手的對手肯定不是「普通人」。

就在這個時候，時針的指針來到約定時刻。

鐘聲大大響起。

這代表會議即將開始的暗號。

*

「你們這群意圖篡奪王位的宵小之輩。就聽聽你們敢把孤找來是基於什麼理由。」

這聲高傲自大的質問來自米斯拉。

梅納茲柔和地對應。

「請先等等，閣下。那是誤會。」

「哪裡是誤會，這是事實不是嗎？」

「我們依循皇室典範完成正式手續。所以希望你能收回篡奪這個字眼。」

「真敢講。別以為有維爾格琳大人替你們撐腰，就能那麼猖狂！」

「沒這回事！」

梅納茲大聲否認。

就連冷靜的他都看不下去。

沒錯，那當真是子虛烏有，連卡勒奇利歐都感到憤慨。

看在第三者眼中，確實會覺得維爾格琳跟他們是一伙的吧。

但那是天大的誤會。

反而正好相反。

要說他們透過取悅維爾格琳，才好不容易維持和平也不為過。

不小心說錯話、做錯事可會讓自己沒命，但是碰到維爾格琳可不只那樣。

國家真的會被消滅。

不是在危言聳聽，是真的有可能從這個世界上消失。

而且那全都要看正幸的心情而定。

幸好他本人有著和善的性格，一想到他如果是個我行我素的人——不免令人渾身發抖。

「米斯拉閣下，正如梅納茲宰相所說。維爾格琳大人雖然跟正幸陛下同進退，卻不是我們帝國的同伴。假如正幸陛下有那個意思，她大概會毫不猶豫地就將這個帝國滅掉吧。」

「說得沒錯。如果真的造成正幸陛下的負擔，那位大人會覺得這種國家燒成焦土也無所謂，她曾經這樣說過。所以絕對不能惹那位大人生氣！」

「……你是要孤相信這種說辭？」

「不，不相信也是正常的。所以才想徵詢你的意見。」

「呵呵呵，是要跟帝國步調一致，還是要跟帝國作對是嗎？」

「不是那樣。」

「什麼？」

面對用高傲態度問話的米斯拉，梅納茲立刻否認。

接著說出他心中真正的想法。

「聽好了？其實我並不想表露出來，但還是只想將自己真正的想法告知閣下。所以才會說接下來這

番話。」

「拐彎抹角。想要聽孤的意見，就早早提出。」

「那我先提個問題。米斯拉閣下想要支配帝國嗎？還是說，你願意跟我們聯手合作？」

「……什麼？」

米斯拉沒想到梅納茲會問這個。早就嚴陣以待，看對方會提出怎樣的交涉內容，但那話聽起來就好像願意把帝國的支配權讓給米斯拉。

其實他這樣解讀是正確的。

梅納茲是逼不得已才順應情勢接受宰相這個職位。假如這個時候米斯拉有那個意願，要梅納茲爽快把位子讓出來也無所謂。

讓帝國安定下來才是首要之務。這部分大致上都達成了，有關要如何處理今後的政治體制這點，梅納茲認為從現在開始變更依然不晚。

卡勒奇利歐也已經看穿他的想法了。

（其實這樣也對，為了管束帝國貴族，那傢伙會把能用的助力都用上。就算在這個時候讓米斯拉先生接手，也不算違反約定吧。但這樣不會太奸詐嗎，梅納茲！）

你就是這樣才會被弟弟怨恨——卡勒奇利歐在內心咬牙切齒。

「你的意思是把宰相地位讓給孤也沒關係？」

「你很聰明，這樣談起來會更快。那麼，你是否願意聽聽我的想法？」

「……就聽吧。」

米斯拉也覺得用於判斷的資訊不是很夠吧，他心不甘情不願地應允。

看到對方答應，梅納茲開始陳述。

他是這麼說的。

眼下有個大前提，就是正幸本人並不想要接受皇帝這個位子。

可是在這種時候放著帝國不管，有可能會因為政治上的動盪產生大混亂。

再加上還有不明敵人存在，放著不管會造成大家的困擾。魔國和矮人王國基於這樣的考量，才歡迎正幸來當皇帝。

維爾格琳只會順著正幸的意思做。也就是說，正幸若是不當皇帝，她就會輕易地捨棄這個帝國吧。

其實用不著維爾格琳下手，光是失去守護龍的保護就會構成大問題。在這種情況下，不管怎麼說正幸去當皇帝，對帝國子民都是有好處的。

「正幸陛下就如剛才所說，覺得當皇帝是個重擔。若這個時候有人代替他執政，他大概會很歡迎，不會有任何意見吧。」

梅納茲最後話就說到這邊。

米斯拉心想「原來如此」——這下他明白了。

知道重點在於討維爾格琳的歡心。

為此需要正幸這個人，如果沒有讓他成為皇帝，維爾格琳也會從帝國離開。

這麼說來不管執政的人是誰，確實都無所謂。

反而該說不束縛正幸，對帝國而言好處更大。

「魔王利姆路大人的意思也是希望可以跟正幸大人保持良好關係。如果正幸大人當皇帝，他還不惜提供最大限度的援助。所以希望你能明白，篡奪王位是說不通的。」

臉上浮現嫣然的笑容，戴絲特蘿莎也加進來幫腔。

當然這資訊米斯拉早就知道了。

帝國在戰爭中大敗，魔王利姆路並沒有所求鉅額賠償，這件事情人盡皆知。

魔王利姆路的用意是希望今後雙方能維持友好關係。照這樣看來，米斯拉本身也認為戴絲特蘿莎那番話沒什麼好質疑的。

那該怎麼做才是正確的？

擺在他面前的有兩個選項。但他不一定要從中選出一個。若有其他路可走，他也能自由做出選擇。

只不過——他大概很難有這個機會，米斯拉半放棄地想著……

＊

可是要讓米斯拉當宰相來主導政局，還是成為梅納茲的助理去馴服那些貴族。其實這兩個米斯拉都沒興趣。

他真正的心願是想要窩在家裡，畫自己喜歡的畫。

因為有高貴的血統，再搭配公爵家的權勢，米斯拉一生下來就被當成主宰者看待。

但那是天大的誤解。

他的母親美麗到能夠受前前皇帝寵愛。氣質上有點類似維爾格琳，感覺是很強勢的女性。

但那只是外表給人的感覺。

這外表容易招致誤會，其實她是很文靜內斂的女性。否則生下魯德拉後，她應該早就獲取如女皇帝般的權勢了。

在魯德拉長大成人前的那一段簡短時間內，會給她身為生母相應的獎賞，以享受相當的榮華富貴。她卻不選擇這個，而是想要獲得自由，可以肯定她是個相當奇怪的人。

這樣的她這次被米斯拉的父親巴爾薩．希爾梅納多看上。

巴爾薩是個美男子，所以社會上一般人都在傳是米斯拉的媽媽去追他的。說他大概是被女皇帝的任意妄為逼迫。

但事實並非如此。

其實是巴爾薩主動來追她的。

後來他們兩人相愛，才會生下米斯拉。如今依然如膠似漆，不過這些都是題外話。

（本人才不想去涉足政治。那些跟屁蟲也很煩人。不過——）

米斯拉也沒料到他竟然會有人望到令人驚訝的地步。而且他的頭腦也很好，好到至今為止耍些伎倆都不曾穿幫。

這樣的米斯拉有很多人追隨，某些非他本意主導的事情也會擅自發展下去。

最糟糕的莫過於某伯爵失勢事件。

…………

……

……

這天米斯拉跟那個伯爵的肩膀互相碰撞。明明是對方不注意，那名伯爵卻沒有道歉。

當時米斯拉年紀輕才二十歲出頭，所以對方才看不起他吧。如果有發現他是公爵的兒子，或許態度

會不一樣也說不定，不過現在說那些都晚了。

「我說你，我可是伯爵！懂不懂禮貌啊！」

他還記得自己當時一直冷靜眺望這個在怒吼的男人。

為了這點小事就大動肝火，這個人是不是欠缺鈣質呢——之類的，當時他想起某異界訪客好友跟他說過的事情。

緊接著米斯拉說了一句「好困擾啊」。

當時他還沒有繼承公爵之位，現任伯爵的這位地位比他高。可是他被教導成不能對地位比自己低的人低頭，眼下在煩惱該怎麼辦才會說出那種話。

好困擾——就這樣一句話，還真的讓整件事發展成一樁麻煩事。

「米斯拉大人很困擾啊。」

「區區一個伯爵竟然敢讓米斯拉大人感到困擾。這怎麼行，未免太失禮了。」

此時米斯拉的朋友們開始騷動起來。

那個時候，不曉得原本躲在哪裡的黑衣騎士們接二連三現身。一票人將那名伯爵抓起來。

「啊、啊……」

驚慌失措的伯爵直到這個時候似乎總算想到米斯拉是什麼身分。

可是他發現得太慢。

只見隊長對米斯拉一鞠躬並開口：

「這個人就交給我們處分。」

嗯，交給你們了——米斯拉只能回這麼一句。

隔天新聞就報導那名伯爵從事不法勾當的證據。他是真的有犯過那些罪，或者這些都是捏造的，米斯拉不得而知。

唯一可以確定的是那名伯爵遭到逮捕，爵位被收回去。

可想而知周遭眾人變得更畏懼米斯拉了。

只是撞到肩膀就把對方毀掉。原來自己有那麼大的力量，這成了讓米斯拉難忘的事件。

後來類似事件層出不窮，他明明就沒那個意願，卻還是被當成人人畏懼的大貴族，手握霸權。

…………

…………

……

由於發生過那些事情，米斯拉很清楚自己說話多有份量。

他會變得異常沉默就是因為這段淵源。

再來看這次事件。

聽命於公爵家的優秀情報人員調查後發現魯德拉失蹤似乎是真的。

他是死掉還是逃走，那些都不重要。

問題在於帝國守護龍維爾格琳擁戴「勇者」正幸當了新皇帝。

「推測身分成謎的元帥大人，真實身分其實是『灼熱龍』維爾格琳大人。而那位大人執意追隨的正幸大人，八成就是真正繼承魯德拉大人『靈魂』的人吧。」

報告書上如此記載。

想要去反駁這些資訊，只要有點腦子會想的，都知道那是不可能的事情吧。

帝國的皇位繼承與其他地方不同，並不重視血統。不，社會上一般人應該都很重視，可是對那些真正的達官顯貴來說，他們知道魯德拉的「靈魂」才是最重要的。

當然公爵米斯拉也明白這個道理。

（這……一旦在某個環節上出錯，那可不是家破人亡而已。孤的跟屁蟲若是暴走起來也很危險。這種時候只能做好覺悟，親自出馬了。）

米斯拉很聰明，會這樣判斷理所當然。

最理想的是跟政治圈保持距離，處在只會對貴族們保有影響力的位置上吧。

若今後也能夠保住目前的爵位，那經濟上就不會有困難。用不著勉強自己加入政局，拿俸祿畫自己喜歡的畫過日子不是夢。

這在他心中排第一位，其次是要一直窩在地方鄉鎮。

他要專心經營領地，最好只要當地方領主就行了。這樣多少會有點忙碌，但還是有時間畫畫。也不太需要跟麻煩人物交際，能夠找到無可挑剔的折衷點。

最不妙的莫過於觸怒維爾格琳。

只有這點絕對不行。

為了避免這種事情發生，現在就是關鍵時刻。

米斯拉這時心生一計。

他打算利用人們對他的壞評價，讓自己被趕出帝都。

要用那囂張高傲的態度——應該說只要像平常那樣說話，別人就會覺得米斯拉很難搞。這樣就完事了，之後隨便找個理由，假裝生氣離席即可。

談判破裂。不過米斯拉知道自己處在不利的立場上，從帝都跑回地方鄉鎮苟延殘喘。

他預計要安排這樣的故事發展。

然而梅納茲卻向他提出意義不明的兩個選項。

「米斯拉閣下想要支配帝國嗎？還是說，你願意跟我們聯手合作？」

他個人想要兩邊都拒絕。

可是真的說出口卻不太妙。

米斯拉在思考。

梅納茲繼續把話說下去。

就連來自魔國的外交武官戴絲特蘿莎都加入戰局，證明他們沒有苟且行事。

這點用不著他們解釋，米斯拉也清楚得很。

掌握一切事情的動向是交涉基本原則，這是當然的。

（那現在該怎麼辦？這兩個選擇孤都不想選。以這個國家目前的現狀來看，若是去管政治方面的事情，只會過勞死吧。假如工作時間變得更長，不只是畫畫沒時間而已，就連跟心愛的女兒遊玩的時間都沒有！）

米斯拉有一個可愛的女兒。

才剛滿三歲。正是最可愛的時候。

還有一個剛出生的兒子。

他比較在意的是妻子的反應，兒子一生下來，她對米斯拉就連看都不看一眼。

米斯拉對這位侯爵家的千金一見鍾情。才說完希望她嫁給自己的隔天，這名女性就開始跟他一起生活。

妻子的態度時常像是另有心事，最近總是令米斯拉感到不安。

剛結婚的時候對方表現出生疏的樣子，不過他想兩人才剛開始相處，這也是沒辦法的事情。後來順利生下女兒，連眾所期盼的兒子都生了。米斯拉原本是想照這個步調進行下去，慢慢培養愛情……

（沒錯。這次一定要堅決拒絕，否則連跟妻子講話的時間都會沒有。帝國會變成怎樣才不關孤的事，但絕對不能讓孤的家庭破碎！）

米斯拉再次做出覺悟。

今天原本預計要和平解決，但現在只能逼不得已掀起一些波瀾。

接著，他將「答案」說出口。

＊

「沒什麼好談的。說你們不是篡位？夢話就該留著睡覺的時候說。還有您叫做戴絲特蘿莎小姐是吧？您有什麼權利對我們帝國的國內事插嘴？帝國確實在戰爭中敗給貴國。可是我們放棄『領空權』還制定了國家之間的條約，吞下這兩個條件，帝國和貴國之間得以締造和平關係。同時還建立邦交，但貴國莫非是想主張『還有權利對邦交國的主權插嘴』？」

話說得那麼絕是危險賭注，可是米斯拉還是做了。

他質問的對象是外交武官，來自國力令人畏懼的魔國。在國外說她是魔王的全權代理人也不為過，如果惹她生氣，雙方很有可能再度開戰。

再加上米斯拉還知道她的真面目是白色始祖。是帝國一直恐懼的大惡魔，他知道自己說的話有多麼猖狂。

「哎呀，是不是我們做得太過火了？」

「哼！孤不至於叫您從這個房間出去。不過貴國的君王也會想先弄清楚邦交國今後將採取怎樣的方針吧。」

「您的顧慮，我銘感於心。」

來吧，快點生氣！雖然米斯拉在心中如此期盼，對方卻輕輕帶過，這下米斯拉糊塗了。

（話都說到這個分上，原本以為她會開始排斥孤才對……這些傢伙到底有何打算？）

原本還在擔心對方若震怒該怎麼辦，可是看到她如此平靜，米斯拉還真是困惑。

如果讓對方氣過頭，他就小命休矣。光是說剛才那些話都覺得壽命縮短了，不免會猶豫該不該繼續說更過火的話。

（該怎麼辦？要更進一步嗎？）

踏出這一步非常恐怖。

於是他決定把矛頭轉向別的地方。

「孤可是偉大皇帝魯德拉的同母異父弟弟。眼下孤同母異父的哥哥生死不明，你們卻擅自決定要讓正幸這種來路不明的男人當新皇帝，還厚臉皮來拜託孤提供協助？真搞不懂你們在想什麼！」

這次稍微加重語氣，米斯拉一鼓作氣把話說完。

要看對方如何反應，也許需要立刻換風向。接下來才是真正的勝負關鍵。

只可惜——

米斯拉的賭注結果以最糟糕的形式出爐。

「敢說這話，是想跟我的決定唱反調？若你以為自己跟魯德拉有血緣關係就不會有事，那我得先告訴你，這想法太天真。」

（欸、欸——維爾格琳大人——？）

發不出聲的慘叫從米斯拉的心臟迸出。

他受到的衝擊甚至讓靈魂差點從嘴巴跑出來。

這陣騷動不是只有勝負不利於己可以形容，而是一口氣被逼入絕境。

米斯拉心想「這下死定了」，莫名產生一種豁達的心境。

大概是因為如此吧，他想說情況都這樣了，乾脆把自己要說的話都說一說。

「呵，原來是元帥閣下——不，這不是帝國守護龍維爾格琳大人嗎？沒聽說您今日要來參加會談，能見到您深感榮幸。」

首先要假裝自己根本不當一回事看待。

其實他很想逃跑，但又覺得想跑也跑不掉，便豁出去了。

「啊，不好意思。其實我也覺得自己不適合當皇帝。可是為了住在帝國的居民著想，由我來當皇帝大概是最好的選擇吧……」

跟在無聲無息開門入內的維爾格琳身後，正幸也登場了。

米斯拉完全沒料到他們會來。

照這個情況來判斷，只能說他氣數已盡。

不過有件事還是令他在意。

「嗯？看來新皇帝陛下不太有自信。就憑你這副德行，還妄想代替孤同母異父的哥哥？」

他問的時候故意參雜一些挖苦的意思，但有一半是真心的。

反正他都要處分自己了，那他大不了更堂而皇之地虛張聲勢——然而心裡卻浮現疑問。

「哈哈哈，其實我不久之前還只是個學生喔？先別提有沒有自信了，當皇帝這檔事根本連想都沒想過。」

「哼，真沒用。就憑你這樣子還想稱霸世界？」

結果米斯拉的嘴擅自出聲回應。

（咦？這傢伙說的話好像怪怪的？從梅納茲和卡勒奇利歐的反應看不出什麼端倪，但好像跟部下調查出來的情報有出入……）

聽命於米斯拉的情報部門的報告指出，新皇帝是一個霸氣橫溢的人。獲得民眾大力支持，就連不把帝國當一回事的魔王利姆路都對正幸另眼看待。

然而眼前這個在苦笑的少年跟那種人物形象根本對不起來。

（這是怎麼一回事？）

米斯拉不由得再次看向正幸。

「不……說真的，我並不想稱霸世界。」

「啊？」

這錯愕的聲音是從米斯拉嘴裡發出的。

然而，不只米斯拉有那種反應。

「等等、陛下！之前不是一直拜託您，這種時候要表現得更有威嚴嗎！」

「就是說啊。這次能不能拉攏米斯拉閣下，看結果而定，會為今後帝國的統治方針帶來很大的影響。為了我和梅納茲著想，我們需要能夠分憂解勞的夥伴。」

梅納茲和卡勒奇利歐在同一時間苦苦哀求正幸。

（當他在孤面前表露出那一面，你們就已經錯失先機了。而且現在又聽到那段對話，要孤加入當你們的夥伴實在是……）

老實說，那種死都不想答應的心情變得愈來愈強烈。

不過比起就此遭到處分，能夠苟延殘喘活下來還比較好吧，米斯拉不免浮現這種想法。他並不愚蠢，對眼下主導權已經不在他手上了這點心知肚明。

「你們這些笨蛋，該不會忘了之前說好不能強迫正幸？」

「沒有沒有，維爾格琳小姐！他們沒有強迫我，沒事的。」

「正幸大人！」

「陛下！」

眼看維爾格琳變得有點不開心，正幸趕緊安撫她。梅納茲和卡勒奇利歐見狀都很感激。

「哎呀，正幸。我之前就一直很介意這點，希望你可以直接叫我的小名格琳。」

「啊，好。那麼、不然就——格琳……小姐？」

「呵呵呵，我好高興喔，正幸。你跟魯德拉不一樣，很坦率呢。至於卡勒奇利歐他們，既然你都不介意了，我就不會插手。太好了呢，你們二位。」

「是的，感謝！」

「陛下的大恩大德，這一生都不會忘記！」

眼看維爾格琳的心情似乎好轉了，大家都鬆了一口氣。

看了這一連串發展的米斯拉內心有著深深的感觸，覺得「啊，他們看起來很辛苦呢」。

（原來如此。看來之所以要把孤拖下水，目的不只是讓政局安定。希望找到能夠分散維爾格琳大人怒火的夥伴，這才是他們的真實想法吧。不，先不管那個，話說那名叫正幸的少年——）

不是跟孤一樣嗎——米斯拉有這種感覺。

而且有那種感受的不是只有他而已。

「對了，我可以叫你米斯拉先生嗎？」

「孤是還沒認可，但您似乎被拱來當皇帝。想怎麼叫就怎麼叫吧。」

「那我就照辦了。米斯拉先生，你覺得我怎樣？是不是把我當作普通青年來看？」

「在說什麼啊？您是皇帝，哪裡普通——」

「不不，我不是在說這個，是希望你可以冷靜下來，回答你心中最真實的感想。」

「所以您到底想談什麼？」

正幸想說什麼，米斯拉有聽沒有懂。

然而這個回應卻會決定米斯拉的命運。

「米斯拉先生是不是覺得我很平凡？」

「您是想說孤不敬嗎？那孤就直說了，您遠遠不及孤同父異母的哥哥。別說是皇帝了，甚至連當領

導者都不夠格。」

說出這種話，自己八成完蛋了吧。雖然心裡那麼想，米斯拉還是自暴自棄地將話大膽說出口。

反正都要被維爾格琳處理掉，希望她能夠給自己一個痛快。就算維爾格琳情緒還沒平復，應該還是願意實現他小小的心願。

只不過對方的反應超乎他預期。

並非維爾格琳，而是正幸。

「米斯拉先生！你太棒了！我就是需要像你這樣的人！」

「啊？」

不解其意的米斯拉出聲反問，接著正幸熱切地說了一串話：

「我啊，因為自己身上有些技能什麼的，其他人都會擅自認定我是很厲害的人。」

正幸喊出這句話。

身上擅自多出獨有技能「英雄霸道（天選之人）」，至今為此不知道吃了多少苦頭。

而且現在獨有技能還進化成究極技能「英雄之王」。這技能說有多厲害就有多厲害，讓門外漢參政議政是不行的吧——不管怎麼想，這應該是人人都明白的道理才對，卻只有正幸被當成例外看待。

「您說……什麼……？」

「因為、因為，能遇到像米斯拉先生這樣真正理解我處境的人，我真的好開心喔！」

米斯拉眼裡流下熱淚。

「正幸，不，陛下！」

他不覺得正幸那些辛苦經歷事不關己，而是感同身受。

不僅如此。

若他能夠體諒正幸，那反過來看，正幸是不是也能理解自己？

「先等等，難得有個能夠理解我的人，拜託不要叫我陛下啦！」

「說得對，說得也是。孤懂、孤都明白。其實孤心裡也一直為同樣的事情所苦。」

「咦？」

「請聽孤說。情況最糟的時候，孤只不過說了一句『好困擾』，就有一個人被逮捕。說真的孤甚至還想今後乾脆都不要開口說話好了。但那是不可能的，只不過沒辦法把真正的想法說出來，真的很難受。」

「我懂！像我的話，就算說真心話也沒人聽。會被擅自解讀，然後人們對我的評價就上昇了。真的是很不喜歡這樣，一回過神發現自己已經變成皇帝了呢？」

「那也很恐怖。」

「對吧！真的好恐怖。就連原本是我夥伴的迅雷先生，一開始症狀也很嚴重。如今已經成了能夠理解我的人之一，那個人還曾經去找利姆路先生麻煩呢？拜託不要再把我的名號拿來用——都不曉得這樣想過幾次了……」

「孤明白。所以孤這次也沒有把隨從帶來。不曉得他們會說出什麼話，孤很害怕。」

因為隨從說的話使得交涉破裂，古往今來常有這樣的事情發生。唯獨這次絕對不能一不小心出了這樣的差錯。

「那是常有的事呢。哎呀，還以為遇到這種事的只有我。」

「哈哈哈，我們兩個都很辛苦呢。」

「這可不能當笑話看待，真的。」
正幸和米斯拉都忘了旁邊還有其他人在，在那大肆暢談。
兩人臉上都有笑容。
然後在不知不覺間，他們之間萌生了友情。
「……原來，因為懷了魯德拉，所以母體已經有免疫力了。活了那麼長的時間，還是頭一次知道會有這種現象。」
就連維爾格琳都嚇了一跳。
不過，現在她為兩人的友情祝福，決定在一旁默默守望。

＊

由於正幸和米斯拉變成交心的好朋友，一切的矛盾跟著化解。
於是米斯拉答應提供協助。
不過他並不會直接干涉政治，而是會管束那些門閥貴族，在背後支持正幸。
其實他很想把私人時間擺在前面，不過他們覺得這樣對大家都比較方便，最後討論出的結果如上。
「孤頂多像之前那樣，管束對現況不滿的貴族。不過，對那些能力不錯的人，孤會旁敲側擊引導，安排他們來協助你們。」
「這樣幫助很大。因為現在人手真的很欠缺。」
「軍事部門這邊也比照辦理會比較好吧。若不小心造成叛亂只會痛失人才。有了米斯拉閣下的協助，我們就能夠花時間扭轉那些叛亂分子的想法。」

事情大概就是這樣，最後有個圓滿的結果。

會議也結束了，大家正準備散場。

「請留步。」

看到米斯拉站起來，戴絲特蘿莎跟他說話。

「米斯拉閣下，可以借用一點時間嗎？」

那讓米斯拉的心臟跳了一下。

他清楚記得剛才也有對戴絲特蘿莎口出惡言。原本還以為照現場氣氛看來，這件事大概就那麼算了，才剛鬆了一口氣，看來或許是他想得太美好。

「有什麼事？」

努力讓自己的聲音不要發顫，米斯拉重新坐回椅子上。

「沒什麼，剛才這段對話讓我有點在意，所以稍微查了一下。原來你擁有隱藏技能。」

「啊？孤哪有那種東西——」

米斯拉邊想著情況好像不太對，邊試圖否認。戴絲特蘿莎打斷他，繼續把話說完。

「哦，別誤會。那是本人不會有自覺的類型——原來如此，技能叫做——獨有技『壞人臉』。屬於代代相傳的繼承型。應該是從父親那邊繼承的吧？周圍其他人是不是都很怕你父親？」

「……」

他們超怕的。

米斯拉受到的教導是——希爾梅納多公爵家長男都是這樣的宿命。

「如果你對此有自覺，我想今後在交涉時應該有助於讓情勢更加有利於你。」

會特意告訴他這些，這很不像戴絲特蘿莎的作風。很少有這種情況發生，不過戴絲特蘿莎對自己看得順眼的人類倒是不錯。

「你有。雖然我沒辦法連使用方式都教給你，但我可以再給你個消息。」

「沒想到孤竟然有那種力量……」

「嗯？」

「你的妻子也很害怕你。」

「怎麼可能。孤的妻子端莊賢淑，從來不曾爭吵過。孤也從來沒有對她怒吼過。」

在說什麼傻話——米斯拉笑著心想。

戴絲特蘿莎則是苦笑。

「為了讓這次交涉有利於我們，我事先得到這些情報，肯定沒錯。你的母親有免疫力才沒出問題，但是你的夫人——」

「怎麼可能……」

「但她依然是米斯拉閣下的家人。應該能夠諒解吧？」

「對啊。不是才剛生下第二個小孩嗎？這表示夫人也愛著米斯拉閣下吧。」

米斯拉感到動搖。

想安慰這樣的他，卡勒奇利歐和梅納茲對他那麼說。

可是維爾格琳卻打破這樣的氛圍。

只是她說得也沒錯。

「你這個笨蛋。對你來說是引頸期盼的長男吧？看在你夫人眼裡，她已經以貴族妻子的身分生下繼承人了，也許她覺得義務已盡了。話說你曾經跟妻子表明自己的心意嗎？」

「您這話的意思是……？」

「在問你是不是有跟她說過你愛她？有沒有跟她說謝謝妳替我生下孩子？」

被這麼一說，米斯拉才想到他不曾說過這些。察覺到自己的愚蠢行徑，他整張臉頓時白了。

「將心中的想法說出口，這對於維繫愛情來說意外的重要。要不要藉此機會試著跟夫人表明自己的心意？」

聽到戴絲特蘿莎那麼說，米斯拉不停點頭。

「那孤先失陪了！」

說完這句話，他馬力全開跑離現場。

剛回到家的米斯拉正好撞見要離家出走的妻子。

在千鈞一髮之際趕上了。

米斯拉正確解讀維爾格琳和戴絲特蘿莎的忠告並且付諸實行。結果得以避免最壞的情況——離婚的發生。

從那天開始，米斯拉不曾忘記要心懷感激。

精力充沛地輔佐新皇帝正幸，成為在背後支撐帝國的後盾。

如此這般，帝國貴族三大派系全都對新皇帝正幸俯首稱臣。原本以為要讓支配體制安定下來得花上

好幾年，結果才短短幾個月就完成了。

●

米斯拉公爵成為夥伴的那日夜晚。

「原來都被戴絲特蘿莎小姐說中了。」

「是啊，的確是。雖然也有運氣的成分，但魔王利姆路大人的協助和維爾格琳大人的存在帶來很大的幫助。」

在帝都的餐館中，我跟梅納茲舉杯祝賀。

原本擔心的貴族問題都解決了，再來只剩下侵略種族的事情。

關於這部分，目前他們已經將諜報人員派往帝國各地，要他們調查是否有異常狀況。若有任何發現理當會向他們報告，地方都市也都有派重新編整的近衛騎士駐紮。雖然不能掉以輕心，但他們的心情還是能適當放鬆。

於是他們今天晚上打算盡情喝酒。

兩個人盡情吐苦水，聊今後帝國的未來展望。

現在想想，真沒料到自己會跟梅納茲變得那麼親近。雖然他是可靠的部下，卡勒奇利歐原先卻不打算跟他交心。

如今他是很重要的戰友。

還是一起輔佐正幸陛下的可靠同伴。

喝了幾杯酒後，感覺好像醉得差不多了。

面對這樣的我，梅納茲提起某個話題。

「先換個話題，不知獲得勝過所有人的力量是何感受？」

被人這麼問，我重新想了一下。

接著才回答：

「覺得很空虛。好像失去目標一樣。」

「那已經不需要這個了？」

梅納茲說完這話把一個信封交給我。

裡面好像放了一些資料，有些厚度。

「這是什麼？」

「不要在這打開。」

梅納茲話說得曖昧，拿起酒杯一飲而盡。

接著把變空的酒杯放在桌上，人跟著起身。

「喂，你要回去了嗎？」

「對。還有，那原本是要拿來當對付你的殺手鐧，幾年前我要人去調查並做成報告書。現在已經不需要了，給你吧。其中有些地方令人在意，這次我就順便要人調查一下。就連我看了都有點驚訝，或許你不要知道比較好。」

「嗯？」

「如果你對自己的過去沒興趣，不用看直接燒了。」

除了這些，梅納茲就沒有進一步說明了。
沒有針對我的疑問做出回應，揮揮手，頭也不回地就這樣回去了。
我獨自一人被留下，也沒了繼續喝酒的興致。
因為我更在意梅納茲說的那些話。
這些資料肯定是跟我有關的。
而且還會變成我的弱點？
我又沒有家人。雖然不敢說完全沒幹過不法勾當，但我並沒有去做那些會被人處罰的壞事。
這些梅納茲應該也知道才對……
我能想到的就是那些內容跟曾經是我妻子的女人有關。
我的過去是嗎？
這麼說來，我的復仇尚未結束。
現在的我就算碰上伯爵這種對手，要毀掉他也輕而易舉。因此我才變得傲慢，認為何時出手都行，就一直放著沒去報仇。
「也對，為了在這個時候斷乾淨，也許面對過往也是個不錯的做法。」
如此喃喃自語的我離開餐館。
我回到位於帝都的個人宅邸，進入自己的房間。
接著我拿出梅納茲交給我的信封，取出資料看過一遍。
「怎麼會……」

上頭的內容甚至讓我下意識發出呢喃，上面記載的事情極具衝擊性。

看到關於布爾達夫伯爵的記載，我才發現自己連復仇對象的名字都忘了。

到這還好，接下來的內容更讓人難以置信。

據說這個布爾達夫伯爵負責掌管某個地方貴族派系。

但程度上算是放著不管也不構成問題。

當然我前妻的男爵家名字也在上頭，被他掌控的都是子爵或男爵這類地位較低的貴族。

規模太大會被盯上，不過在那個勢力圈中還不滿十個家族，才會變成漏網之魚吧。

但其中有一段記載對我來說不能看看就算了。

「——關於他底下的貴族家，家督很有可能早就被人取代？」

這是什麼意思，我趕緊細讀下去。

上面寫著被他掌控的家族，上一代當家都有著高潔的人品。

不可能跟黑市商人做交易，而且似乎都用正當方法在統治領地。

所以他們才會一下子被逼入絕境。

「看來是布爾達夫伯爵底下的商人讓他們背負債務，迫使他們乖乖就範。」

報告書上是這麼寫的。

那些資訊在我的腦袋中打轉。

如果上面寫的都是真的，那可不能放過布爾達夫伯爵。

不，更重要的是——

「莫米雅！」

我下意識大喊。

也許我的妻子其實對我——

一想到這，我再也待不住了。

慌慌張張地跑向玄關。

「主、主人！都這麼晚了，您還要出去嗎？」

「我有事情要辦。讓我的直屬護衛隊到停機坪聚集。順便要情報局那邊派一些局員過來。」

「——唔！這就去辦。」

我家的總管很能幹。

看我的樣子就察覺事情非同小可。

他沒有再多問什麼，而是立刻執行命令。

＊

夜裡證據就蒐集完了。

由於報告書上寫的內容都正確，對方也沒機會辯駁。

難堪鬼叫，不承認現實的只有一個人。

「你已經完蛋了。」

「你、你這傢伙！也不想想我是誰！我可是布爾達夫！掌控地方貴族的『八名君』之一，你有什麼權限來逮捕我？」

愚蠢的男人，事到如今還不承認自己的罪。

不過他會那樣鬼叫確實也有他的道理。

在我國唯獨貴族擁有不會受人逮捕的特權。

能夠逮捕貴族的，只有受皇帝頒發逮捕許可證的人。

只不過，隸屬於帝國皇帝近衛騎士團的近衛騎士都有資格，一部分的情報局人員也有。

換句話說——

「布爾達夫伯爵，你的罪狀都已經確認完了。我們也從受害人那邊取得證詞，希望你明白狡辯逃避罪責是不可能的事情。」

當然我帶過來的情報局人員也擁有逮捕證。

要逮捕屬於高階貴族的伯爵得大費周章，但我也安排得滴水不漏。我很想親手處刑，不過那是越權行為，只好忍住。

讓我來下手的話，他不會被折磨太久，很快就會被殺掉。我可不想對這個男人那麼仁慈。

「說、說什麼鬼話！你們這些人哪有權限——」

「閉嘴，布爾達夫。莫非你已經連我的長相都忘了？」

為了讓對方看清我左眼的眼罩，我從正前方面對面盯著布爾達夫看。

「什麼……莫、莫非您是——卡勒奇利歐閣下？」

「原來你知道啊。」

「當然曉得！閣下的活躍表現早就傳遍帝國全境。雖然以些微之差敗給骯髒的魔物王國，但那不算什麼，我相信閣下必定能一雪前恥！」

這傢伙的誤解未免也太大了。

如果戴絲特蘿莎小姐聽到他剛才說的話，這傢伙的命運會變得更慘吧。

我也不是不能提醒他——不，還是不要好了。若是不小心惹怒戴絲特蘿莎小姐，我可能會遭受池魚之殃。

「虧你敢厚臉皮說這些。你以前看我被男爵家趕出來，不是還在嘲笑我嗎？」

「——唔！那、那是誤會。」

我都還沒說明，他這段話已經等同認罪了。

「沒什麼好談的。你就交給帝國大審院處置，最好做好心理準備。跟我不一樣，拷問官不會手下留情。」

我在說這話的時候，臉上神情絲毫沒有改變。

只見布爾達夫慘白著臉大叫。

「請等等、請先等等！卡勒奇利歐大人！我跟您賠罪。我願意認罪——」

「帶走吧。」

看到我下指示，騎士們就把布爾達夫抓走了。

布爾達夫的天真想法只令我感到傻眼。

所謂的帝國大審院，該機關主要目的並非詳辨罪行。而是為了構陷政敵，奪去他的地位。

所以有沒有認罪都無所謂。

拷問官要的並不是罪人的證詞，他們的工作是奪去罪人的尊嚴，讓罪人服從。

「你就好好品嚐痛苦，包含我在內，親身體會我們這些受害者的憎恨吧。」

對著布爾達夫那愈來愈小的背影，我小聲呢喃。

＊

讓騎士們搭飛空艇回去後，我騎著個人用的魔導摩托車(Aura Bike)前往位在邊境的小鎮。

騎了一陣子後，眼前出現一片熟悉的風景。

越過山丘後，我看見那座還維持原樣的洋館。

以前覺得很大，如今看了卻覺得很小。

跟我位在帝都的宅邸相比，感覺還不到一半大。

即便如此，對我來說也是很重要的地方。

「真懷念。這裡看起來都沒變。」

不知道為什麼，我輕輕說了這麼一句話。

大概是因為感到緊張吧。

畢竟接下來要見的，是拋棄我的女人——不，不是那樣的。

我已經知道那是誤會了。

如今必要的，就只有勇氣。

現在時間是下午。

我想起這個時候前妻都會在庭院裡打發時間。

我逼著自己按響洋館的門鈴。

「來了，請問是哪位？」

這聲音很耳熟。

年紀大我十歲左右，是這洋館的總管輔佐的聲音。

「是卡勒奇利歐。我不是要回來這裡，但有很重要的事情。抱歉，可不可以幫我叫莫米雅——可以幫忙請伊斯夫人過來嗎？」

我感覺到對方屏住呼吸。

停頓了一下子，對方回應：「明白了。」

我被帶到接待室，在那等莫米雅過來。

再來就只要趁那個男人回來之前告知自己的真實心意就行了。

那個男人就是把我趕出去，將伊斯家據為己有的涅斯特．伊斯男爵。現在他應該被同夥卓克子爵叫出去，到隔壁城鎮去了。

要說我為什麼會知道，因為那是我安排的。

昨天晚上我讓騎士們去抓布爾達夫的同夥。當時我下了指令，要他們給卓克子爵留點餘地。

當然是故意的。

卓克子爵就是涅斯特的上級，這都已經調查出來了，若是讓他知道布爾達夫被逮捕這個危險的情況，我預料他會想跟涅斯特取得聯繫。

事情正如我所料，早已掌握涅斯特會有動靜。

如果要從鄰鎮往返這裡，快馬加鞭至少也要花半天以上。我聽說他一大早就出發了，那應該要到傍晚之後才會回來。

所以我得在那之前將事情完成。

「讓您久等了，卡勒奇利歐閣下。好久不見，不知這樣說是否合適？」

許久未曾聽見莫米雅的聲音，讓我的心跟著騷動起來。

我從座位上站起來，看著她的眼睛。

「妳跟我之間就不需要加尊稱了。過得還好嗎？」

莫米雅變瘦了。

雖然她有化妝，卻無法掩飾髮絲間開始參雜白髮的事實。我想她大概沒錢去美容吧，光看這點就令我察覺此事。

我的訪問確實很突然，可是身為貴族夫人，一般來說應該會更注重打扮才對。

雖然對我而言，不管變成什麼樣子，莫米雅就是莫米雅……

報告裡頭有提到涅斯特揮金如土，並沒有珍惜她。

這讓我沒來由感到火大。

「您說這話太抬舉了。看到卡勒奇利歐閣下神采奕奕，我就放心了。」

莫米雅的態度依然很生硬。

她不曉得我來這的目的，現在很緊張。

果不其然。

「那麼，關於您今日來訪的目的，是為了處罰我嗎？」

她甚至開始說這種話。

「妳在說什麼？」

「呵呵，丈夫他一大早就慌慌張張出門。他好像一直在做齷齪事，應該是違法證據被您找到了吧？我是背叛您的女人。想不到有什麼理由，能夠讓您對我法外開恩。」

如此斷言的莫米雅，那眼神看起來像是失去了希望，精疲力盡。

自從我們分別後，已經過了二十年。

我經歷了許多事情，想必莫米雅也一樣。

我不知道自己還有沒有資格去問那些，但就算這樣，至少也要解開誤會才行。

「要找理由的話，其實有。妳原本是我的妻子。我對妳的愛直到現在依然沒改變。」

「您說笑了——」

「這並非戲言。」

聽我答得斬釘截鐵，莫米雅的目光為之動搖。

「您在說什麼——我是個愚蠢的女人。豬狗不如的人，不值得您惦記。因為我犯下不可饒恕的重罪。對您做了無可挽回的事情——」

話說到這邊就說不下去，淚水從莫米雅的眼中滑落。她一直裝得很堅強的樣子，卻因為自己的話再度意識到自己曾經犯下的罪。

對了。

我想起來了。

我怎麼會忘了那麼重要的事情，去恨莫米雅……

曾經是男爵的養父是位偉大的君子，也是我尊敬的主人。

虧他還把自己珍惜的掌上明珠託付給我，我是何等愚蠢……

「妳是無辜的。都怪我太愚蠢。沒發現那個男人在背後動手腳，還傷害了曾經發誓要保護的人。」

我像是在勸撫她，一字一句慢慢地說著。

聽我那麼說的莫米雅驚訝地望著我。

現在的她願意聽我解釋。沒有放過這個機會，我繼續說道：

「為何我當時沒有相信妳，這讓我後悔不已。我已經知道妳跟伊斯家出了什麼事。妳願意再相信我一次嗎？」

「您在說什麼？已經說過好幾次了，我沒有這樣的資格。您可是有權利處罰我們的啊？」

「沒資格的是我才對。拋棄你們是我犯下的罪。明明發誓要成為守護妳的騎士，卻變成這副德行。」

所以請妳再給我一次機會。懷抱這樣的心願，我一直望著莫米雅。

「我真的……可以相信你嗎？」

莫米雅的淚水不停滑落。

我用手指沾起她的淚，強而有力地點了點頭。

「我再也不會拋下妳。」

溫柔環抱撲進我懷中的莫米雅，我許下最真誠的諾言。

＊

我把在伊斯家工作的傭人都找來，跟他們詢問案情始末。

當時在這個家服務的人都為了保護莫米雅，願意擔負連帶責任。對我下藥的人也都還留在這，證據蒐集起來並不困難。

「希望你們當時可以來找我商量啊。」

聽我那麼說，代替亡故父親正式成為總管的男人代表所有人向我說出內情。

「我們受到威脅。對方說他們一直在替我們家償還債務，但也可以把債權賣給黑道組織。這樣一來不只是夫人，連老爺您都會有生命危險。既然他們都那麼說了，我們除了幫忙實現那傢伙的陰謀詭計，別無選擇。很抱歉。原因都出在我們太沒用！」

他說的這些，調查報告書上都有寫。

當時的我，權力沒有大到像現在這樣。我想自己算是個優秀的騎士，但實力頂多只有B級。光靠我一個人要保住這個家根本不可能吧。

「那都是過去的事了。重要的是今後。」

「……或許就像您說的那樣吧。一切的處罰都由我來承擔，請您對這個家的人從寬處置。」

當總管低著頭說完這番話，其他傭人們也陸陸續續跟我道歉。

這情景恰恰體現了養父的品德。

「你們別會錯意。我也有錯，不打算把所有責任都推給你們。所以希望往後，你們也能繼續支持我們。」

我當下回了這番話。

大家都有錯。

若是要負連帶責任，希望也能算上我。

「卡勒奇利歐大人——！」

總管的眼裡也浮現淚光。

不過緊接著他似乎察覺到了什麼，頭跟著歪了一下。

「嗯？我們當然會成為夫人的助力，但您剛才有說到『我們』？」

被發現了。

「那個，卡勒奇利歐……大人？請問這是什麼意思呢？」

就連莫米雅都疑惑地問我。

眼下正是決勝負的時刻。

一想到有可能被拒絕，我就打心底感到恐懼，但還是鼓起勇氣跟大家說：

「就是字面上的意思。我們大家都有錯。換句話說，離婚其實也不是真的作數，應該要作廢才對。你們是不是也這麼認為？」

跟我內心狀態不同，我裝出一副平靜樣。

說真的，這道理要合理化很難。

別說我跟莫米雅的離婚訴請了，就連涅斯特和莫米雅的再婚證書，正式文件都已經遞交到帝國法務院，很早之前就被受理了。

想要顛覆這一切，一般而言是不可能的——可是我相信梅納茲會替我打通關。

「——您的意思是說，我們可以重新當夫妻？」

「是這樣沒錯，妳不願意嗎？」

感覺我的心臟正在亂跳。

「這樣真的可以嗎？我可是讓你——」

「我希望那樣。但願妳能夠接受。」

「可是我用藥……」

她大概在說對我下毒的事情吧，這也已經解決了。

利姆路陛下讓我這具肉體重新復活，他曾經說過保留了生殖機能。所以我想毒藥帶來的影響應該已經消失了。

「這也不需要擔心。我想應該沒問題。所以說，妳願不願意重新跟我一起以夫婦的身分生活？」

這是我使出渾身解數的告白。

人生中有過一次求婚就已經很足夠了，但我沒想到會對同一名女子再次求婚。

要是沒有成功的話，那我接下來可能會一直過得很空虛。

我比上戰場還緊張，等待著莫米雅的回覆。

只見她眼裡綻放光芒。

接著，臉上浮現璀璨的笑容。

好美。

這二十年來折損的美貌，在這瞬間又回到莫米雅身上。

「我很樂意。」

那讓我原本空白的心靈滿溢歡喜。

同一時間——

傭人們發出盛大歡呼聲，給我們兩個人祝福。

我的目的已經達成了。

雖然還得去料理涅斯特那個小人，不過他曾經是伊斯男爵家當家的事實會被抹除，橫豎都會被消滅吧。

涅斯特又變回商人身分。跟貴族不同，像商人這樣的身分，並不適用不受人逮捕的特權。

他犯下的罪由他自己背負，我想他大概再也看不見明日的太陽。

對貴族做出犯罪行為，他的家人也要連坐。那傢伙的父親八成也會完蛋。

『我這邊進展順利。可以把他們抓起來了。』

『知道了。那麼就把卓克子爵一干人等抓起來，由我們處分。』

『好，拜託你們了。』

我把雜事都推給部下。

事情到這邊告一段落。

於是我跟莫米雅重修舊好，風風光光當回伊斯男爵家的當家。

＊

「恭喜你結婚，這樣說合適嗎？」

「這不是新婚，也不是再婚呢。」

我跟梅納茲又來到帝都的餐館喝酒。

「呵呵。總而言之，希望你可以跟夫人過得圓滿順遂。」

「謝謝。還有手續的部分，也多謝相助。」

「嗯，那可是費了九牛二虎之力。因為對方聲稱時效已過，要撤回根本是不可能的事情。抱歉，我得動用強硬手段。」

「聽說你煞費苦心。」

「算是吧。不過你不用放在心上。當成是結婚賀禮就行了。」

說到這邊，梅納茲笑了一下。

「感謝。」

我則是如此回應，露出害臊的笑容。

…………………

……………

……

在那之後，別人鍥而不捨逼問我婚後生活過得如何。

「拜託你別再提老婆的事情了！」

「又沒關係。你聽就對了。結婚很棒喔！你也別再當單身貴族，應該要去找個能夠當人生伴侶的女性！」

「廢話還真多。別連我的私生活都干涉。」

「哇哈哈哈！所以說，我那個時候才會鼓起勇氣呀！」

「這我已經聽過了。都講第五遍了。」

「沒辦法。既然你這麼想聽我的事情，要我講幾次給你聽都行。」

「我看你醉得不清。真沒想到你這麼纏人。」

……與其說被追問，我也不是沒察覺到，這都只是我擅自說給別人聽而已。

總之，這不重要，在意就輸了。

…………

……………

……

當我暢所欲言到某個程度後，我總算切入正題。

「話說那份資料——」

「有幫上忙嗎？」

「你說要留著當殺手鐧對付我，這是假話吧？」

「……你注意到了嗎？」

「那當然。這都是二十年前的事情了。從你說做調查的時期推算，都能回溯到十年之前。那你怎麼有辦法網羅個人情報。要做那麼詳細的調查，就算是當時的情報局也沒辦法吧！」

「哼，還以為你喝醉了，會這樣糾正也算冷靜。」

看梅納茲也承認了，這下我相信自己猜得沒錯。

「是不是戴絲特蘿莎小姐？」

「沒錯。她說這可能會對你有用，就把資料交給我。」

「還真是可怕。」

「嗯，就是說啊。」

真的只能用恐怖兩個字來形容。

手裡要握有多麼厲害的情報網，才能調查得如此詳細。

白色始祖——那個長年受帝國畏懼的惡魔。

在「紅染湖畔事變」中，據說近衛將她封印。

不過，這樣對照起來，那說法也有待商榷。

她是故意被封印的。

或者可以這麼說，封印對她其實沒用。

戴絲特蘿莎小姐的強項是頭腦。

聽說儘管有著壓倒性的力量差距，她卻還是讓維爾格琳大人吃了苦頭。這事實正好印證了她有多麼可怕。

「這是站在軍事部門的角度給出的見解，若是跟戴絲特蘿莎小姐為敵，我們在戰略層面上會輸給她吧。講白了根本不是她的對手。這點要好好記住，今後跟魔國打交道要三思而後行。」

「笨蛋——！用不著你說，我也明白這點。連戰爭都不用想，我們在各方面的交涉上就會先嚐到苦果吧。光是派那位當外交武官，利姆路陛下的慧眼識英雄就夠我尊敬的了。」

看來給出這樣的忠告是多餘的。

我跟梅納茲的看法一致，讓我安心不少。

今後我們跟魔國之間依然會保持互相協助的關係吧。

至少在我跟梅納茲還活著的這段期間會是那樣。

不過，問題在那之後。

魔國——朱拉．坦派斯特聯邦國的首腦們似乎都長生不老。

相較之下我們帝國這邊無論如何都會產生世代交替。

維爾格琳大人對政治毫無興趣。

如果拜託她，她嘴上抱怨卻還是會給予建議，不過還是為那些將要跟他們交班的人擔憂。

因為跟莫米雅成為了夫妻，我也找回想要以家庭為重的心情。因此才會擔心，希望今後帝國不會發生災難。

我們必須想出一套方案，讓我們不會跟魔國起爭端。接著要教育後代維持這一套做法，這樣對子孫來說應該會更好。

「今後有得忙了。」

「是啊。要做的事情一大堆。」

看來梅納茲跟我得出的結論一樣。

領悟到這點的我抿嘴一笑，喝起杯裡的酒。

第四話

青色惡魔的獨白

Regarding Reincarnated to Slime

大家好，初次見面。

我的名字叫做萊茵。

咦，不認識我？

你開什麼玩笑，那就去認識啊。

扁你喔。

回去重新讀一遍再來。

…………………

…………

……

哎呀，失禮了。

我的情緒好像有點太激動了呢。

不，其實我平常都很溫良賢淑，只是偶爾會失控。

對，偶爾。

先不講這些，應該有人不認識我，先讓我自我介紹一下。

如剛才所說，我的名字叫做萊茵。

工作是當隨從——不對，是當女僕。

我是魔王金·克林姆茲大人忠實的女僕。

我跟金大人已經認識很長一段時間了。
回想起來好像可以追溯至開天闢地之前吧。
問我那是多少年前的事情？
我不曉得啦。
難道你能夠準確記住自己出生的時刻？
不記得對吧？
就是這樣。
無聊的問題我沒空回答，所以會當作沒看見，從「闇」之大聖靈分裂出來的我是無敵的。
不，我原本以為自己無人能敵。
我不否認以前有點自以為是。
因此才會犯下重大失誤。
我跟志趣相投的姊妹聯手，去偷襲那些看起來比自己更厲害的兄弟姊妹（傢伙）。
如今回想起來，我真是個笨蛋。
那傢伙超強。
原本以為二對一可以輕鬆戰勝，卻輸得一塌糊塗。
那個打敗我們的對手就是赤紅始祖（Rouge）——魔王金．克林姆茲大人。
順便介紹一下，跟我一起挑戰金大人的是綠之始祖（Vert）米薩莉。
我們很要好。
我的工作是米薩莉的工作，米薩莉的薪水就是我的薪水。

就像這個樣子，我們現在依然以同事的身分一起工作。

「萊茵！別偷懶，快點把掃地工作做完。」

嘖，虧我還特地介紹她，這女人好煩。

「妳剛才說什麼了？」

「沒有，什麼都沒說。」

「是嗎？那就好。」

好險、好險。

米薩莉的直覺很敏銳。

馬上就能察覺我在偷懶，要騙過她的法眼很難。

我決定繼續掃地，做到不會被罵的程度就好。

對了對了，剛剛才介紹到一半。

米薩莉跟我雖然敗給金大人，卻因此搞懂一件事情。

我們的眷屬惡魔們一旦心核被粉碎就會消滅。

但是！

我們這些優秀的「始祖」可以從任何狀態中復活！

「龍種」雖然能繼承記憶，人格卻會被改寫的樣子，我們則是人格依然保持原狀。

金大人的搭檔「白冰龍」維爾薩澤大人就讓她的弟弟人格初始化，從頭教育起，不過這一套放在我們「始祖」身上並不適用。

是不是很厲害？

我很想大肆炫耀一番，只可惜還是有缺點。

就是復活得花一段時間。

但是呢，那都是小問題。另一個問題比較大。

不會消滅是很好，但我們得聽令於打敗我們的人。

套用在我們身上，那個人就是金大人。

由於發現了這個事實，惡魔之間的勢力均衡產生大幅度變動，原本的均衡狀態開始扭曲。

這個嘛，或許可以說是我們的錯，或說是多虧了我們，也許兩種說法都對吧。

對了，米薩莉的看法屬於前者，我則是後者喔。

早就知道了？

你這傢伙，該不會對我有偏見吧？

別用看壞孩子的眼神看我。

總之，那些先擺一邊。

我跟你們說說和惡魔有關的祕密情報吧。

就是殺掉我們的方式。

要消滅「始祖」是不可能的。不過可以讓我們歸順。話雖如此，強制力還沒有達到像完全臣服那樣，不一定要絕對服從命令。

如果我們想要反抗金大人，還是可以做到的。

只是不那麼做罷了。

因為還是有某種程度上的強制力。

而且說真的，反抗他會很麻煩。

再來，要講「始祖」的直系眷屬。

通常除了那個笨蛋黑暗（Noir）始祖以外，其他始祖都創造出許多眷屬。因為眷屬一定要服從同樣色系的上位者命令，叫他們去跑腿很方便。

說是創造，但這或許有些誤解。

詳細說明很麻煩，我就大概講解一下吧。

剛生下來的低階惡魔（Lesser Demon）是沒有顏色的。

具備知性卻少了自我，還很弱小。會被人類召喚的大多是這些，他們被稱為「使役型」。

等到這些惡魔產生自我意識，就會被稱為「自立型」。進化成高階惡魔（Greater Demon）的時候，根據性質和性格劃分出特色，將能清楚知道自己屬於哪個色系。

有的時候會被上位者挖角，組成派系。

應該說這麼做才是主流吧。

米薩莉為人認真，都有好好管理自己的派系。

還讓他們滲透進人類社會，實際投入好幾個像是「綠之使徒」那樣的集團。

我嗎？

我啊，嫌麻煩就沒去弄了。

喂，別為這種事情呆掉。

說我跟小黑一樣？

你開什麼玩笑！

我也有自己的派系啦！

拿我跟小黑相提並論讓人火大，不准再有這種愚蠢的想法。

真是的。

回到原本的話題上。

事情大概就是這個樣子，剛出生的惡魔不會跟派系沾上邊，一進化成高階惡魔就會被分色系，進到屬於他們的派系中。

這當中也有惡魔一生下來就附帶色彩，通常是轉生惡魔居多。

惡魔是不滅的，即使死了也會轉生。

就算是那樣的眷屬，心核遭到粉碎也會消滅吧。只不過惡魔很頑強，只是「靈魂」被粉碎，或許還能復活也說不定。尤其是色彩接近原色的隨侍級。

如果運氣好把他們打倒，沒有確實粉碎心核是不行的。

順便補充一點，若是剛出生意志薄弱的使役型，不用花太多工夫警戒也無妨。他們具備戰鬥知識卻少了經驗，都是一些三流貨色，光是滅掉暫時代用的肉體都有可能死掉。反正沒什麼好在意的。

以上就是我們的祕密。

能夠弄清楚這些真相，我們戰敗也不算白輸了。

反而可以說我們立了大功吧。

＊

於是懷抱著犧牲小我的精神，我們開始服侍金大人，沒想到做起來意外開心。

金大人似乎不打算涉入冥界的霸權爭奪戰，選擇在地面上活動。

別看金大人那樣，他可是很守紀律的，我們也一樣。

「妳們也可以隨自己的喜好過活啊？」

雖然他那麼說，我可完全沒那個意思。

我呢，希望永遠待在人生勝利組。

金大人不可能戰敗，我想如今的地位已經可以說是最頂級的了。

不過金大人若是輸了，那也挺有趣。

因此當時我是這麼回答的。

「不。我的使命就是輔佐大人您。」

如何啊？

是不是很有完美女僕的風範！

像我這麼忠心耿耿的女僕，去哪找啊——原本是這麼想的……

「說得對。您是帝王，我們是臣子。這是永遠不會改變的真理。」

米薩莉這傢伙，裝什麼乖孩子！

我想她應該是說真的，真不好對付。

果然我的競爭對手不能等閒視之。

我擅自把她當成競爭對手看待，就這樣一路走到今日，可是米薩莉好像很信賴我，我就不給她好看了。

真拿她沒辦法，受不了。

如此這般，我跟米薩莉的孽緣依舊持續著。

我們四處流浪，來到如今的據點定居。

若是生物去到那樣的酷寒之地似乎無法忍耐，但我是惡魔無所謂。騙你的。

之前打算用水洗衣服卻發現衣服結冰了。

氣呼呼的我輕輕戳衣服一下，衣服就粉碎了。

後來還被罵。

雖然出現這樣的失誤，我還是過得很好。

「妳要多多反省！」

「萊茵，我也覺得應該要再多用點心才對？」

既然金大人都叮嚀我了，我多少會比較小心一些。

像這種時候就要派僕人出來。

我的眷屬啊，為了讓我輕鬆度日，你們要好好努力！

於是，在那之後再也沒有失敗過。

我也有長進了呢。

話說這樣的我們，工作並不是只有洗衣服而已。

街頭巷尾把我們傳成萬能女僕，我們就是那麼優秀。

舉凡洗衣、煮飯、唱歌、跳舞、樂器演奏和美術領域都有涉獵，這都是為了滿足金大人所需。

洗衣煮飯有的時候會出現小小失誤。

但人人都是從失敗中學習。

這點惡魔也一樣，過去的事情就讓它過去吧。

這樣的我擅長的正好就是繪畫。

最喜歡畫抽象畫。

之前拿米薩莉當模特兒來畫畫，她感動到都哭出來了。

「我那是氣哭的。」

「這表示很成功！」

「妳真的是……」

米薩莉很傻眼，但我不在意。

她會氣哭就表示情感動搖。

對於身為精神生命體的惡魔而言，那可是一件大事。

我為我自己的才華感到恐懼。

啊，我想這應該不用多做解釋了，在畫金大人和維爾薩澤大人的時候，只選擇畫寫實畫。這部分畫得非常完美，總是獲得很好的評價。

「原來是這樣啊。其實妳認真畫還是能畫得很好。這樣更讓人火大……」

米薩莉好像有說些什麼，但我還是像平常那樣當耳邊風好了。

順便跟大家說一個我的個人興趣。

冰天雪地的地方實在太過嚴酷，不是人能住的地方。

外面在下暴風雪。

看過去整片都是白色的。

以這樣的景色為背景，只有在「結界」中永遠都是夏天。

連地形都做過變化，創造出湖泊，甚至還有白色沙灘。

在那裡放張海灘椅，躺在上面給僕人服侍。

那真是最棒的娛樂。

都不知道浪費了多少能源在我的興趣上。

光想到這邊就笑得合不攏嘴。

就連金大人也給出很棒的評價。

「竟然能想出這種東西，萊茵真棒。」

「我承認。妳果然很厲害，萊茵。」

唔呵呵，連米薩莉都誇獎我。

就照這個步調進行下去，今後我也要把興趣活用在工作上。

＊

對了，還有一個很重要的工作可別忘了。

有的時候會舉辦魔王盛宴（Walpurgis），我被指派當接待員。

魔王盛宴。

一開始就像名字取的那樣，是三位魔王聚集在一起用餐之類的宴會。

有金大人和蜜莉姆大人。

再加上菈米莉絲大人。

蜜莉姆大人是維爾薩澤大人的姪女，力量非常強大。

以前曾經失去理性大鬧特鬧，當時的慘狀一言難盡。

我們不會死掉，參加作戰也沒關係，但這樣恐怕連行星本身都會被破壞掉，結果我、米薩莉和維爾薩澤大人三個人就負責去封住戰鬥帶來的餘波。

我可不想再幹第二次。

如果菈米莉絲大人沒有過來幫忙，在分出勝負之前我們搞不好就累倒了。

所以說不只是金大人，我們也很喜歡菈米莉絲大人。

當然我們也很尊敬蜜莉姆大人，如果這三位聚集在一起，我們就會努力製作餐點。

後來發生了一些事情，魔王盛宴的定義也隨之改變。

因為魔王變多了。

為了避免人類滅亡而進行管理。那是金大人的工作，不過他還是增加了能夠協助他工作的人手。

第一個人——成為第四位魔王的是達格里爾大人。

其實在金大人和蜜莉姆大人作戰的時候，他蒙受最大的損害。應該這麼說，為了避免對大地造成影響，他也來協助我們。

不過還是白忙一場，達格里爾大人的領土變得一片荒蕪……但那跟我無關，所以無所謂。

因為可以使用魔法，所以能想辦法讓它適合居住，但卻不能阻止沙漠繼續擴大下去。如今已經穩定下來了，可是當時情況好像很不妙。

我只能從遠方對他說聲「加油」。

再來當上魔王的是「夜魔女王（Queen of Nightmare）」魯米納斯大人。

這位大人是吸血鬼族（Vampire）神祖的獨生女。非常非常厲害——不過特別值得一提的還是神祖吧。

神祖——維爾達納瓦大人創造出的神人類之祖——這是他原本該有的身分。

為了有能夠跟自己談天的對象，維爾達納瓦大人希望對方具備智慧。在天使和惡魔誕生後，已經滿足他的需求，這次換成追求物種多樣性。

因此他似乎想讓能為地面帶來文明的種族繁榮興旺，期待能發揮這個作用的好像就是神祖。

只不過後來失敗了。

他們不容易死掉，不需要留下後代。這就是敗因。

話說神祖沒有性別之分，我們惡魔也一樣。因此要等到能在地上繁殖的種族誕生，似乎還得等個數萬年以上。

我也只是聽說。

不過神祖沒有放棄。

為了回應維爾達納瓦大人的期待，聽說他反覆進行禁忌的實驗。

比起子孫繁榮，那傢伙更喜歡做實驗。

就連我也不好判斷這樣是好是壞，但有句話我可以斷言。

這傢伙真會給人找麻煩！

因為那個笨蛋的實驗，不曉得人類差點滅亡幾次。

但也多虧那個笨蛋的實驗才讓「純血人類（High Human）」誕生。

雖然無法創造出永恆不滅的神人類，對人類誕生依然有貢獻。

難以置信對吧？

會這樣想正常。

因為不是親眼所見，連我也不相信。

聽說神祖分析自己的肉體，創造出兩個種族。

就是純血人類和吸血鬼族。

雖跟原本期望的誕生方式不同，但還是做出結果了，以結論來說算是可以的？

金大人被召喚到地面上的時候，人類已經到處都是了。建造了規模超越現今人類的巨大國家，我說的是那些純血人類。

可是可是——

這兩種種族好像各有優缺點。

純血人類雖然繼承了強大的魔力，精神方面卻有問題。

從他們召喚出金大人的蠢樣就能看出，自以為世上最厲害的就是他們。

「驕矜必敗」，別的世界好像有過這麼一句話，講得太貼切了。他們一下子就滅絕了。

那來看吸血鬼這邊，這邊也有大問題。

但搞不好那才是優點也說不定？

因為他們現在還活著。

他們有強韌的肉體和強大魔力。不容易死去，再加上成熟的精神面。有這些是不錯，但弱點是沒辦法在太陽底下活動。

這下子他們就沒辦法成為真正的地上霸主。

神祖那個混帳從這時開始又做了更多實驗。

話說那個時候我就在了，大概記得他都做了些什麼。

當時精靈已經從各個屬性的大聖靈身上分離出來，地面上也充滿了四大元素。

這些精靈吸收了魔素後實體化——也就是有了肉體。對此推波助瀾的正是神祖。

「地」屬性產生了地精人（High Dwarf）。

「水」屬性產生了水精人（Siren）。

「火」屬性產生了火精人（Enki）。

「風」屬性產生了風精人（High Elf）。

到這都還在容許範圍內吧，可是接下來神祖開始失控。

那個白痴讓這些誕生出來的種族進行交配實驗，誕生出各式各樣的種族。

老實說像我這樣的淑女看了都退避三舍。

結果誕生了長耳族、矮人、大鬼族和獸人這些各式各樣的種族，那些是成功案例。偷偷埋葬掉的失敗例子也很多，後來甚至開始出現一些像是哥布林這種宛如魔物的劣化種族。

這下不能置之不理了，連金大人都為此傷透腦筋。

不過！

既然維爾達納瓦大人都丟著不管了，他也不好去懲罰神祖。

因為那傢伙的實驗結果確實讓多樣性增加。

那只是讓世界情勢變得更複雜——雖然不免讓人有這種感覺，但事情確實變得比較有趣了。

對，前提是事不關己。

我個人完全不會感到困擾，所以無所謂。

「妳該不會看到我困擾覺得很有趣吧？」

「那怎麼可能！這是誤會，金大人。我可是金大人忠心的女僕。」

我決定乾淨俐落地行個禮（Courtesy）。

能夠就這樣完美粉飾太平，都拜我平日努力所賜。

總之神祖給我帶來困擾，害我還得不時去化解這樣的危機。

不過那樣的神祖還是被自己的實驗成果滅掉。

「啊啊，『女兒』啊！妳是我最棒的傑作——」

「接受制裁的時候到了。『靈子壞滅（Disintegration）』——」

這就叫自作自受。
被自己創造出來的分身——神祖口中的女兒給化為灰燼。
因為神祖那傢伙做得太過火了呢。
偷偷跟你們說，我也覺得這大快人心。
這是第五位魔王魯米納斯大人的超級大祕密，不可以說出去喔？

就這樣，夥伴陸續增加，成為第六位魔王的是迪諾大人。
不過，我可以爆料嗎？
咦，已經在爆料了？
那我就不用客氣啦。
來說吧。
我根本不想叫迪諾「大人」。
因為這傢伙簡直是廢柴。
都不工作。
那男人活脫脫是墮落的代名詞。
不對，如果只是不工作還可以忍受，但他把工作都推給我！
這不行。
不可原諒。
如果要推至少推給米薩莉。

那樣我就能原諒他。

我曾經跟他這麼說過，結果你們知道那男人回什麼？

「不行啦，因為去拜託米薩莉會被罵啊？」

他說了這些！

太扯了！

連我都生氣了，不過他說那種話不就代表米薩莉比較讓人害怕嗎？

好吧也對，我也常常被她責罵，不是不能理解不擅長對付米薩莉的那種心情啦……

什麼？

說我跟他很像？

你腦袋有問題呀？

難道是看不起「始祖」？

這世上有些話可以講，有些不行。

不懂這道理的人就算被宰掉也沒什麼好抱怨。

這是萊茵給的忠告。

＊

事情就是這個樣子，有六個人當上魔王，但這個時候的魔王盛宴說是業務報告會比較合適。

當初明明是茶會，不知不覺間卻變成工作了？

感覺很麻煩，我就不參加了。

「萊茵！」

我隨便說說。

我有好好做接待員的工作。

大家看起來非常忙碌。

大概只有一個人在摸魚，哎呀？

仔細看看會發現有在工作的人很多，可是管理人類的重要工作在份量上卻完全沒變少？

首先來看金大人。

他看起來就是個大忙人。

在沒有舉辦魔王盛宴的日子裡，連米薩莉都拚了命地幫忙他。

弄成這樣我也只能出面支援了。雖然不願意，但洗衣煮飯就交給我吧。

再來是蜜莉姆大人。

這邊這位也意外地認真。

若是有國與國之間在較勁，她就會過去一起制裁那兩個國家。

碰到被大魔獸襲擊的國家，她會過去到處救人。

這種行為很不像魔王會做的，但很有蜜莉姆大人的風格。

接著來看菈米莉絲大人。

她都在耍自閉。

不離開自己創造的迷宮。

不過沒關係。

菈米莉絲大人對我們有恩，不管她做什麼都能原諒。

達格里爾大人也差不多。

因為在那場大破壞之後，收拾殘局似乎很辛苦。

大概沒餘力去插手其他的事了，光是能夠讓沙漠化的進展速度慢下來，就已經幫了很大的忙。

魯米納斯大人就很厲害了。

跟那個神祖大不相同，非常優秀。

不知不覺間已經完全讓整個吸血鬼族勢力臣服於她。

而且還保護了失去力量的純血人類。

只把人類當成糧食的吸血鬼族，現在卻聽命於魯米納斯大人，去保護人類。

我就老實說吧。

沒想到她竟然能做到這種地步！

這簡直是豐功偉業。真的。

跟這樣的魯米納斯大人正好形成對比的，就是那個廢柴。

「迪諾大人，你能不能在工作時稍微認真一點？」

「妳沒資格說我吧！」

我不懂。

還有比這更大的侮辱嗎？

不，沒有。

事情就是這樣，迪諾對我來說是天敵吧。

總之在這種情況下，光靠六個人實在不太夠。

於是我們更進一步去網羅人才。

然而這個時候魯米納斯大人卻退出了。

原因大概是新網羅過來的人才太白痴了吧。

好幾個人都對魯米納斯大人和菈米莉絲大人擺出看不起人的態度。最後魯米納斯大人才大顯身手展現實力，大概是再也忍耐不下去了吧。

魯米納斯大人外觀上看起來是位美少女，那些連對手實力都看不透的小角色會容易誤會她不如自己。為了突破這種狀況，也許她認為要找那些外觀上看起來比較凶惡的人來當魔王才是上策。

這時羅伊就來代替魯米納斯大人。

「妾身今後還是在背後支持大家吧。對外就當羅伊是魔王，可以嗎？」

假如這話出自迪諾，大家會以為真正目的是要蹺班而被所有人駁回了吧。

可是這次是值得信賴又做出成績的魯米納斯大人。

考量到現實情況，所有人一下子就答應了。

後來我們才迎來真正的嶄新時代。

有力量的魔人紛紛竄出頭，成為魔王。

我們舉出的最低條件是必須獲得魔王種。

像是卡札利姆等人，那些滿足條件又野心勃勃的魔人便成為了魔王。

這個時候魔王盛宴的聚會目的又變了。

有三人同意就能舉辦，開會來制定魔王之間的條約或協定——主旨變成這樣。

至於要不要承認新魔王，我們也決定靠這場會議來定奪。

我個人覺得會議發展方向愈來愈可笑。

不過對金大人而言是在實現他的目的，因此他好像沒意見。

若是金大人能接受，我當然也沒意見。

新制度就此確立。

＊

我每天除了處理金大人身邊的大小事，還會去擔任偶爾舉辦的魔王盛宴接待員。

有幾名魔王就任後又離去。

接著不知不覺間，十大魔王的名氣一傳十、十傳百。

那個史萊姆就在這時登場。

魔王利姆路大人。

第一次見到他，是在魔王克雷曼發起的魔王盛宴上。

不過說到這個克雷曼有種懷念的感覺呢。

比我還弱卻敢自稱魔王，唯獨這膽量算是蠻值得讚許的。而且他做人很圓滑，意外地很好用。

那個人用起來很方便啊。

只要稍微煽動一下，自己就會去承接麻煩的工作。

只可惜不知道是哪個點走偏了……

最後的下場令人惋惜，但碰到那種對手算他運氣差，沒辦法。

先去迎接利姆路大人的米薩莉一回來也說「克雷曼大概活不了多久了」。

雖然最後的下場確實是那樣沒錯。

我當時奉命擔任會議的司儀，但在克雷曼對利姆路大人放話之後，後續發展就不在我的掌控範圍內了。

光看都覺得很爽快，不過有件事情令人在意。

對，那不像是利姆路大人那邊的人馬，其實是菈米莉絲大人的隨從才對。

「那是不是小黑那邊的人？」

「應該是。去迎接利姆路大人的時候已經感受到那傢伙的氣息，肯定沒錯。」

「不會吧。那傢伙過分自由，一直我行我素，有可能在別人的底下做事？」

「不知道，這我就不確定了？根本不知道那傢伙在想些什麼，我也不想對這種事情放太多心思就是了……」

也對，說得也是。

我也認為米薩莉說得對。

那傢伙——黑暗始祖除了做事都看心情外，還我行我素。

雖然跟我們地位相當，但說真的不想跟他扯上關係。

因為那傢伙竟然和金大人打成平手！

我跟米薩莉兩人一起挑戰還是輸給金大人，他卻靠自己一個人的力量打成平手。這樣的事實擺在眼前，我們沒有跟他直接對戰卻還是把他當成剋星看待。

不，其實我那是稍微在虛張聲勢。

說只當他是剋星算客氣了，其實我內心認為自己應該無法戰勝他。

因為金大人和小黑那傢伙，都不是認真在對打。對他們兩人而言這場戰鬥有如在嬉戲，可是那種境界我們根本到不了。

只不過身為「始祖」也有尊嚴要顧，所以我死都不會承認就是了。

可以的話不想跟小黑起紛爭，我是真的這樣希望。

糟透了。

我得跟小黑戰鬥。

為什麼我會遇到這種事……

平常的我明明都在當好孩子，真奇怪。

難道偷米薩莉點心的事情穿幫了？

不，那都已經推給我的部下（高階魔將）了，應該沒人懷疑我才對。

所以我才在納悶怎麼會這樣，不過事情要怎麼想都看當事人自己。

我決定把它當成是個機會。

反正我討厭那傢伙。

沒派系，自己一個人想做什麼就做什麼，很喜歡找金大人的麻煩。

只要他願意，明明可以獲得肉體，他卻一點興趣都沒有，這也讓人火大。

說到這個就想起他一直不進化，維持在高階魔將（Archdemon）的狀態下，感覺就像是看不起世界上的所有人，讓人很不爽。

依我看，去煽動剩下那三個顏色的始祖，形成三強鼎立的狀態，也是小黑的傑作，身為惡魔族應該要遵循正確的法則，以進化為目標才對！

這種時候我果然該好好說說他。

他確實很強，可是我也很厲害。

雖然知道自己八成贏不了，但有句話——世事無絕對。

所謂的作戰也講求契合度。

小黑不知道我有什麼樣的力量，我想他會掉以輕心。只要利用這點，搞不好是一次契機也說不定。

我的優點就是很樂觀。

用來鞏固自我主張的一套理論也已經準備萬全了，我前去跟小黑對戰。

………………

…………

……

「可以感覺到妳熱烈的殺意（視線），但我忙到連擠出幾分鐘的時間都沒有。還有更重要的是，希望妳可以叫我迪亞布羅。青之始祖（Bleu）——不，妳已經被賜予萊茵這個名字了吧。」

聽到小黑那麼說，我有點開心。

什麼嘛，還以為他對別人毫無興趣，沒想到連我的名字都記住了。

呵呵，要我稍微改變對他的看法也行。

「沒錯。是我們這些始祖中最強的赤紅始祖——偉大的金大人賜給我萊茵這個名字。跟被來路不明雜種魔王取名的你不一樣。」

我的心情稍微好轉，試著挑釁。

還叫利姆路大人雜種。

我個人覺得史萊姆很可愛很喜歡，利姆路大人感覺是個精明能幹的魔王，我對他很有好感，但是對小黑——對迪亞布羅來說，這應該是很有效的戰術。

這麼做很不妙。

「啊？妳活得不耐煩了？不對，是想從這個世界上消失吧。咯呵呵呵，那就實現妳的心願吧。」

咦，看他眼神是認真的。

哎呀，之前常常看不出迪亞布羅在想些什麼，真沒想到他會像這樣明顯表露出情感，整個人抓狂。

「我們來對打吧，迪亞布羅！啊啊，好期待。自從感應到你在東邊跟白色始祖對戰後，我就一直很想跟你對戰看看。」

嘴巴上那麼講，我卻慶幸自己已使用「遍布(Mist)」，鬆了一口氣。

只要事先讓自己的身體分割，就算其中一邊沒了，我還是能夠復活。否則我才不想跟不確定能不能戰勝的對手對決。

順便一提，我是真的對迪亞布羅和白色始祖的對戰有興趣。

因為我也曾經跟白色始祖對戰過。
理由是出於嫉妒。
不知為何，迪亞布羅對白色始祖另眼相看。讓我不禁想要測試一下，看看她有多強大的力量。
當時確實多虧有「遍布」，才能打成平手。
反過來說，其實在這場勝負中我輸——不對，還是當成平手好了。
我沒有輸。
我是厲害的人，只承認自己敗給金大人。
在想這些的時候，戰況白熱化。
可能我認真過頭了吧。
動用我身上所有的力量，對迪亞布羅窮追猛打。
光比較魔素含量，我們雙方不相上下，搞不好可以戰勝他？
說笑的啦。
我可沒有笨到在這種事情上大意輕敵。
迪亞布羅曾經說過，對付我用不著拿出真本事。
雖然不甘心，但他說的似乎是真心話。
「你是不是不願意認輸？我想剛取得肉體八成沒辦法發揮全力，但那不能當成藉口喔？」
我試著對他放話，但其實心知肚明。
這個變態渾蛋才沒有那麼脫線。
他可是我覺得不得了的兩大霸主之一。我想絕對不會跟其他那些雜碎一樣，犯一些愚蠢錯誤。

不過接下來這段就在我預料之外了。

神不知鬼不覺間，我四周出現用咒文描繪出的發光積層型魔法陣。

咦，等等？

而且那個咒文不是惡魔害怕的神聖魔法嗎！

要我別那麼驚訝是不可能的。

魯米納斯大人擅長使用的「靈子壞滅」從四面八方襲向我。

啊，我「搞不好」會輸——就在那瞬間，我領悟到這點。

…………

…………

……

剛才是不是擔心了一下？

我自然是安然無恙。

你說我剛才大放厥詞，說自己用了「遍布」不會有事？

連這種細節都要吐槽，會被女孩子討厭喔。

不要用想的，要去感受。

只要能夠感同身受，女孩子就會很開心。

當然我也一樣！

不過迪亞布羅那傢伙未免太失禮了。

竟然打到一半提到其他人的事情。

戴絲特蘿莎？

那是誰呀。直接帶來這邊啦。

我原本還感到憤慨，後來知道她就是白色始祖時大吃一驚。

這樣說對嗎，咦？

我要冷靜點。

咦？

為什麼連白色始祖都有「名字」。

我為了引誘迪亞布羅中計配合演出，早就料到他會看出我在演戲。以前他還是黑暗始祖的時候就很精明了，我已經猜到可能會有這樣的發展。

雖然很不爽。

還說多段式「靈子壞滅」不算是大絕招，如果不是他，我會笑對方「超級輸不起」。

不過眼下更重要的是戴絲特蘿莎的事情。

不只是我這麼想，一起隱身觀望的金大人似乎也那麼認為。這下事情不得了了，真是的。

從剛才開始迪亞布羅就一直在炫耀魔王利姆路的事情。

開口閉口都是利姆路大人，煩死了，講到一半還穿插重要話題，也太奸詐。會覺得火大，大概是他能夠自然而然做出那種事情的關係吧。

金大人好像也很煩躁，看在對方是迪亞布羅的分上才忍住。後來，好不容易才問出魔王利姆路還收了其他「始祖」當部下，這件事聽了令人大受打擊，震驚不已。

真不想相信。

對方能夠讓我浮現這種想法，表示我們在戰略上先輸了。

很遺憾，那些好像都是真的。

情況糟糕透頂。

白色始祖變成戴絲特蘿莎。

紫色(Violet)始祖變成烏蒂瑪。

黃色(Jaune)始祖成了卡蕾拉。

之前一直維持三大勢力互相牽制的狀態，處在一個勢力均衡點上，現在卻瞬間瓦解。

希望過幾十年至幾百年再發生這種變化就好，但現實很殘酷。

不被任何制約束縛，自由自在過活。我個人覺得這樣才像一個惡魔，可是可是，還是應該要彼此競爭比較好吧？

只有一股勢力獨大，怎麼看都不大對不是嗎？

那樣唯一的勢力會太過強大，根本連競爭都沒機會吧。

可是魔王利姆路已經那麼幹了？是這樣嗎？

我打從心底覺得魔王利姆路很不妙。

之前都是那個神祖大笨蛋，還有一天到晚找麻煩腦袋不正常的黑暗始祖迪亞布羅，在我心中的麻煩人物排行榜上占據前兩名。

可是就在今天——從這一刻開始，魔王利姆路成了不折不扣的第一名。

這下得對他全力警戒。

就算要去討好他也沒關係，得避免跟他敵對。

我跟金大人不一樣，是個好孩子。

惹他生氣是不可能的，我也來順應時勢，真心誠意叫他「利姆路大人」好了。

這樣好，就那麼辦，我在心裡下了這個決定。

＊

之後的事情交給其他人，我們先撤退。

這種情況很少見。

畢竟金大人原先目的是在現場感應到某種巨大力量發動，打算要出手處理。

「沒錯。『不管這裡發生什麼事情』，利姆路大人都能處理吧。」

迪亞布羅說了這種大話，真不敢相信金大人還接受他的說辭。

不過我只是一個小小的女僕，不可能去反對金大人做出的判斷。

最終我們把現場交給利姆路大人處理，就結果而言似乎是正確的選擇，這下就能放心了。

因為呢，原本金大人一直很擔心魯米納斯大人。

她出面統治西方諸國，讓金大人的工作負擔減輕不少。也難怪他會擔心。

連我都有同感。

假如金大人要我來代替，我是沒辦法的。

總而言之事情好像圓滿落幕了，幸好幸好。

很可惜米薩莉的任務失敗，不過對手是白色始祖戴絲特蘿莎，這也沒辦法呢。

「很強嗎？」

「雖然沒有正面對戰，但看起來不好對付。至少可以確定獲得名字和肉體後，她已經進化成『惡魔大公』。比起不怎樣的魔王強上許多。」

我想也是。

以前跟她對戰的時候就很難纏了，進化之後也許超出我的負荷。

不過那傢伙並不看重勝負。只要能夠獲得自己希望的結果，她也可以佯裝戰敗。

因此那個女人即便輸了，心情也不會受到影響。

她在我心中的極機密難搞人物排行榜上排第三，不過現在變第四了。噢對，神祖被滅掉，所以她依然是第三名。

唔哇，這樣看來利姆路大人那邊的勢力囊括好幾個排行榜前幾名。

卡蕾拉也很危險，烏蒂瑪那邊稍微沒處理好就會變地雷。

竟然能夠讓這些傢伙聽令，真讓人尊敬。

「我們還是別跟利姆路大人起衝突比較好。」

「是很想回『怎麼突然說這種話』，但能懂妳的意思，我也有那種感覺。然後這句話應該是我要對妳說的才對。」

「真沒禮貌。我也不會去跟危險的對手作對啊。」

「真的嗎？說想要跟金大人對打的人可是妳。我不信。」

那是年輕氣盛才會那樣。

我也已經有所成長了，不會犯同樣的過錯。

總之，情況就是這樣，我們對利姆路大人另眼看待了。

＊

好危險、超危險！
利姆路大人真是個危險人物！
雖然是第一次跟他見面，那位大人卻是說有多可怕就多可怕！
咦？
說我已經在魔王盛宴上見過他了？
你很煩耶。
那種細節就別管了，利姆路大人可是強到這種地步啊！
害我只能一直喊可怕危險，但不管是誰都會這樣。
因為啊，你們聽好了。
利姆路大人竟然要讓我們進化呢！
難以置信對吧。
但那是真的。
我明明是惡魔，卻是會說真話的好孩子。
話說我們好歹還是有幫上金大人的忙。
就強度面來看，金大人勉強認可我們。

事實上若要對付「八星魔王」的各個成員，沒有一個是我們能戰勝的。

不過從這個角度來看，表示目前的每位魔王都很出色很優秀。

我應該能戰勝菈米莉絲大人，但那麼說好像不對。假如她變成完全體，那輸的會是我們呢。

雖然很想給廢柴迪諾一點顏色瞧瞧，如果真的那麼做，到時候哭的就變成我了。所以我才容忍他，要感謝我寬大為懷。

哎呀，離題了。

回到我們進化的事情上。

…………………

…………

……

事件起因是迪亞布羅把金大人叫過去。

於是我們也跟著造訪利姆路大人的國家，但是被迪亞布羅擺弄的金大人很不爽。

唔哇，感覺會變成出氣筒，我好想留在家裡看家——原本是這麼想的，這種天真想法卻沒能實現。

不過，有參加應該才是對的。

利姆路大人跟維爾薩澤大人似乎是第一次見面，他們互相問候。之後也很有禮貌地對我打了招呼。

會迷上他呢。

我考慮假裝自己是個容易會錯意的女孩子，然後用這種方式強勢追求看看。

當然我有察言觀色，並沒有真的去做喔？

我相信真的做了會完蛋，那樣選擇才是對的。

接著氣氛和睦的茶會開始了。

我一直待在金大人身後觀察，利姆路大人跟金大人有點像。有的時候會出現相同反應，也可以看出他覺得應付迪亞布羅很累。

這部分感覺好像跟金大人重疊了。

用不著多說，好感度一下子就提昇了。

還有其他讓人在意的地方。

首先，是利姆路大人的隨從。

好像叫做紅丸，為什麼看起來比一般的魔王還強？

還有另一位紫苑小姐也一樣。

這不是變得比以前見面時更強了嗎。

還可以感應到一股似有若無的邪惡氣息，這個人是不是獲得能夠對付惡魔的優勢啦？是什麼呢。

如果我認真起來作戰，還不確定能不能戰勝她呢？

不過一承認這點，我的存在意義就會被否決掉。

那樣不行，絕對不行。

於是我繼續保持看似平淡的表情。

只不過得非常努力才行。

因為不只那兩位看起來很強。

那個，先等等。

這氣息不是來自戴絲特蘿莎她們。

除了她們幾個，稍微目測一下還找到三、四個人。

為什麼魔王底下還會有好幾個相當於魔王級的人物呢。

原本以為只有金大人會允許這種事情發生，看樣子要改變我的認知了。

心中做了這樣的決定，一股紅茶香味飄了過來。

休息時間到了？

不過我們是女僕，一起喝茶是違反禮儀的。正覺得可惜只能旁觀時，被帶到了隔壁房間。

沒想到那邊準備了給我們吃的蛋糕。

不愧是利姆路大人。

光是看他那麼有心，我就要認可他有當王的資格了！

再來再來，試吃時間要到了。

這是草莓鮮奶油蛋糕嗎？

呵呵，別看我這樣，對料理可是專業的。而且還是把超頂級飯店的主廚抓過來監禁，跟他學習技術，自認不會輸給那些泛泛之輩。

問我到底想說些什麼，那就是「半吊子的味道休想讓我接受」——我咬。

「好好吃！」

咦，騙人的吧？

這個吃起來超美味！

外觀上很簡單，卻有著多層次的複雜風味。

啊，感覺疊了好幾層呢。

是夾在中間的鮮奶油種類不一樣嗎？

咦，那這不就花了很多工夫去製作？

味道很均衡，那表示食材的分配也全都經過精心計算。

「好厲害……」

看樣子就連米薩莉都很佩服。

我們擅長的大多是新鮮水果蛋糕，或是加很多砂糖的鬆餅，那些糕點多半要仰賴高級素材來製作。真沒想到能夠在一個蛋糕上將技術發揮到如此水平。

「這是異世界的技術嗎？」

在我情不自禁地詢問後，紫苑小姐給了答案。

「沒錯。這是吉田先生和朱菜大人當作比賽開發出來的鮮奶油草莓蛋糕，使用了三種鮮奶油。還用了很微量的魔黑米粉末，連魔物都讚不絕口。」

說到那位吉田先生，他是「異界訪客」嗎？

朱菜大人我認識。是為我們帶路還替我們上菜的人吧。

那優雅熟練的動作，再加上無所畏懼的大方態度。就連我這個出名的完美女僕看了都給予高度評價，覺得她待客手法一流。再加上料理的手腕如此高超……不容小看。

於是我邊享用蛋糕，邊跟那個可恨的迪亞布羅搭話。

「話說你是不是變得比之前和我對戰時更強了？」

我一直很在意。

現在光看都覺得他身上散發截然不同的存在感。

當著金大人等人的面，我不方便質問他，但現在可以開門見山問。怎麼能放過這個機會。

因為我們在進化成「惡魔大公」之後，就沒有辦法進一步增強。

這之間累積了許多經驗，事實上有變強喔？

但我剛才說的不是這個，而是具體層面一直都沒有進化。可是迪亞布羅那傢伙竟然三兩下就……

「呵，妳們果然很笨。」

這是迪亞布羅給的回應。

這是怎麼回事。怎麼會有種很不爽的感覺。

可以扁他嗎？

嗯，可以呀──我個人的良心非常贊成。

那應該付諸實行。

這麼想的我正要採取行動，在那瞬間迪亞布羅卻說了一句話打斷我。

「咯呵呵呵呵。全都多虧我的主君利姆路大人。這是對我做出的功勞所給的獎勵！」

唔，這傢伙。

故意跟我炫耀的吧。

那我也不用客氣地挑釁回去吧。

「呵呵，是這樣啊。那你本身也不怎樣嘛。我也認同利姆路大人很偉大，這沒什麼好懷疑的，但那是另一回事。你自己一直都在仰賴利姆路大人對吧。」

怎樣，我就是要說啊。

你能夠進化都是利姆路大人的功勞，其實你本身的實力不怎樣——就這樣！

只不過——

「對。是那樣沒錯，有什麼問題嗎？」

迪亞布羅那個混帳，沒有任何反駁就直接承認了。

而且還用一種「妳也是內行人嘛」的眼神開心地望著我！

不甘心。

這樣顯得我像個笨蛋一樣。

「萊茵，別這樣。吵架的話，我想就連金大人也很難贏這傢伙。憑妳的程度，最後只會被弄哭。」

連米薩莉都說這種話。

很可惜她說的似乎很對。

我感到懊惱，用力地瞪著迪亞布羅。

就在這個時候，意想不到的事情發生了。

咻磅——很爽快的聲音響起，紫苑小姐替我打了迪亞布羅的頭。

好開心喔。

而且還對他說教。

「你這個接待員未免太囂張！不可以對客人那麼失禮。」

我聽了都不禁做出勝利姿勢。

往旁邊一看，發現米薩莉臉上也浮現愉悅的微笑。

也是啦。

因為太有趣，不知不覺就笑了！

後來我們被扔在一旁，迪亞布羅和紫苑小姐開始拌嘴，持續到朱菜大人出現為止。

朱菜大人。

我已經不再抗拒叫她「大人」了。

可以跟迪亞布羅吵架的紫苑小姐也很厲害，但是能夠同時對紫苑小姐和迪亞布羅這兩人喝斥的朱菜大人，我看了也覺得她很棒。

有許多值得我學習的地方。

對了，迪亞布羅跟紫苑小姐只有口頭吵架，米薩莉跟我都非常吃驚。

朱菜大人是來叫我們過去的，於是我們乖乖照辦。

而且當下還跟我們說，要傳授我們蛋糕的食譜。

好像是金大人拜託的。

簡直讓人感激涕零。

一被帶到利姆路大人他們待的接待室，我不得不表達一下心中的感受。

「不愧是魔王利姆路大人，蛋糕非常棒。」

哎呀，我太慢了。

被米薩莉超前令我驚慌，我也跟著道謝。

「承蒙你們不藏私傳授食譜，真的很感激。」

當我說完，利姆路大人就笑著回「那沒什麼大不了的」。

「妳們的謝意我心領了。我更希望今後也可以繼續合作，互相協助。」

明明是我們單方面在受人家的恩惠，他卻說這是在互相協助。

這位大人肚量好大。

不過我們的眼界其實還不夠寬廣。

「妳們兩個，利姆路好像要傳授力量。要更感激才是。」

這時金大人突然向我們告知這些……

後來我跟米薩莉就被賜予進化成「惡魔王（Devil Lord）」的殊榮。

………………

…………

……

吶？

是不是很厲害啊？

說真的，利姆路大人到底是何方神聖。

如今回想起來，我的感想還是只有「超強」。

獲得的力量被我們有效運用，如果那位大人遇到困難，我發誓會大方提供協助。

畢竟我們每天魔素含量都在增加，相較於以往，我們對金大人有了更大的助益。

這都多虧有利姆路大人，會想要報恩是理所當然的。

不過那位大人的國家已經有戴絲特蘿莎等人在了，我懷疑是否會有需要我們提供協助的那天……

自我嘲諷就到此為止。
今天也要準備跟米薩莉進行模擬戰。
為了習慣我們的力量，每天都需要做特訓。
那麼這就來去修煉場——咦？
這種時間還有客人來——啊，現在好像不是開那種玩笑的時候。
「萊茵！有人入侵到『結界』裡面了。」
「我知道。不過這是——」
看來別說是模擬戰了，就連在這悠哉聊天也不是時候。
我的自言自語就到這吧。
那麼各位，期待還有機會再見面——

特別收錄

培斯塔的諮詢

Regarding Reincarnated to Slime

首次出處為安利美特《關於我轉生變成史萊姆這檔事》周邊聯動特典小冊子

我的名字叫做培斯塔。

侍奉偉大的英雄王蓋札，夢想是從事能夠幫助人們的研究。

雖然這個夢破滅了，我還是繼承父親留下的家業，成為武裝大國德瓦崗的大臣。

——不對，正確說來是「原本」在當大臣。

因為我自身愚蠢的嫉妒行為，才會失去那樣的地位……

當時我所屬的工作部隊正在跟長耳族的技術人員一起開發新型兵器。

這機密計畫被稱為「魔裝兵計畫」，名字叫做凱金的男人被選為開發團隊領導人。

他老家是在做鐵匠的，原本是個平民，卻擁有豐富的知識。為人很努力，部下也都很信賴他。有點熱血過頭這點讓人受不了，但確實是個優秀的上司。

不過我就是看他不順眼。

理由並不是他身為平民。

當時他的技術已經配得上名匠這個稱號。所以我很嫉妒那樣的他。

他繼承家業也做出名氣，在研究上又有做出成果。相較之下，我這個男人會的就只有研究。

我出生於侯爵家，自然而然會被內定為大臣。

父親還在的時候，我加入軍隊從事研究，但人們只把這個當成我的嗜好看待。

那讓我不甘心。

我沒有當政治家的才華。沒辦法像父親那麼冷酷，也沒有像蓋札王那樣的領袖特質。即便如此，侯爵家的下人們還是非常優秀，就算我什麼都不做，所處的環境也足以讓我在政治世界中發揮力量。

再說大臣有好幾個人。

國家營運方面都是由蓋札王和那些長老在訂定方針，不管有沒有我在都不至於構成問題，我只是一個裝飾品。

不管再怎麼努力都沒辦法為蓋札王效勞。當時的我鑽牛角尖地認為，不會有人認可我。

也因為這樣，我才會跟凱金針鋒相對。

如果是他，就算當鐵匠也能對國王起到作用。我只會做研究，覺得這樣未免太不公平了。

而且我也沒空悠哉地一天到晚做研究。

因為父親倒下了。身體狀況愈來愈糟，離我成為侯爵家當家的日子愈來愈近。

若是不快點拿出研究成果，終其一生都入不了蓋札王的眼。唯獨這點，我說什麼都無法接受。

於是我把凱金說應該要踏實進行研究的主張當耳邊風，強行進行實驗。

結果導致計畫核心「精靈魔導核」失控，實驗以失敗告終。而整個計畫也「不作數」了。

代替茫然的我，家人們暗中打點。

神不知鬼不覺地將所有責任都推給凱金，他也從軍中離開了。

回過神才發現我已經當上大臣。

事情演變到這個地步，我連去跟他敞開心胸道歉的顏面都沒有。曾幾何時，我的生存意義變成只剩下找凱金麻煩，開始過著那無趣的人生。

＊

「當時是我對不起你。」

突然想起這件事的我跟凱金道歉。

緊接著他用一頭霧水的表情望著我，似乎不知道我指的是哪件事情。

「在說什麼事啊？是不是沒辦法從利姆路少爺那邊拿到模型增產的預算？」

「不，這部分已經核准通過了。陛下去拉攏摩邁爾先生，成功集資大把資金。」

「那是在為什麼事情道歉？」

「這個啊，是以前的事情了。就是以前害你被趕出軍隊，還有找你的麻煩。其實有一半不是出自我，而是部下們看我的臉色幹的。現在說這些都晚了，但我想起還沒跟你道歉。」

「真的是晚了。不過你不是已經跟我說過對不起了嗎？」

凱金話說到這邊跟著苦笑了一下。

的確，我來到這個國家的時候已經跟他道歉過。當時我是出於真心，但我還是想要再一次跟他正式賠罪。

……………………

…………

……

在這個國家每天都會遇到令人驚訝的事情，接二連三來襲。

我知道接下來這只是藉口，但還是讓我大膽說出來吧。

我都忙翻了，根本沒空去管那些！

原本覺得蓋札王很誇張，沒想到利姆路陛下比他更自由奔放。把重要的工作交給我這種人，很願意仰賴我。

最初碰到的難題是要去教育那些魔物。當時他拜託我教那些魔物讀書寫字和珠算，我有了很不敬的想法——這傢伙是認真的嗎？

順便說一下，珠算算盤是很便利的計算工具，德瓦崗那邊也有在用。利姆路陛下做了試作品給我，使用方法幾乎一樣，沒什麼問題於是就直接拿來用了。

教他們的不是只有基礎學習而已。

他還拜託我教他們在現實中用得上的技巧，要我傳授禮儀。

教會魔物禮儀。

這傢伙在鬼扯什麼——我不禁浮現這種想法，但那樣很正常吧？

我問他這麼做的目的為何，結果利姆路陛下笑著回應。

沒有啦，只是未來還想讓他們跟人類交流——他那麼說。

雖然我心想「不可能吧」，但是沒權利拒絕。當下我點頭應允，說著：「知道了。」

不過，這個工作比想像中更加有趣。

以朱菜大人為首，那些身為哥布莉娜的女子們都積極學習禮儀規範。男人們也不遑多讓，把凶惡的外表盡量變得比較溫和，學習如何謙恭有禮地接待客人。

魔物們的進取心超乎預期，連我也覺得教起來很開心。

我跟利姆路陛下約好只教到研究設施準備好為止，不過如今依然會定期舉辦講座，對我來說是一段很有意義的時光。

當我忙著進行這些，那個叫做封印洞窟的地點也搭建好研究設施了。

如今回想起來，那邊只有最低限度的設備，可是一想到還能再次進行研究，我的心變得亢奮不已。

當時有人把龍人族(Dragonewt)的戈畢爾先生介紹給我認識，我們變成志同道合的好朋友。他那天馬行空的想像力，為我差點遺忘的探究之心帶來很棒的良性刺激。

剛被帶來這裡的時候，我還在擔心未來不曉得會有怎樣的下場，如今只覺得很感謝蓋札王。

我敢斷言現在的自己很幸福。

話雖如此。

也並非完全沒碰到問題。

今天我來拜訪凱金就是要商量這個。

…………

………

……

一直耿耿於懷的賠罪事宜得以化作言語說出口，那現在就來切入正題吧。

「是這樣啊？你能這麼說，我很感激。」

「說得那麼好聽。其實你是想談別的事情吧？」

「哦，你很清楚嘛？」

「那當然。你以前就有這種習慣，會把難以啟齒的事放到之後才說，先從好開口的話題開始。」

聽他這麼說，好像是那樣沒錯。

仔細想想，我跟凱金也認識很長一段時間了，很清楚對方的個性。事到如今用不著跟他客氣了吧，於是我下定決心說出此行目的。

「其實是有點事情想跟你商量。」

「商量？既然預算都核准了，那就沒什麼要緊事吧。」

預算確實很重要，但我這次要談的不是那個。

「當然重要。比預算重要得多。」

「……是嗎？」

我個人也萬萬沒想到還會有比預算更重要的事情令我心煩……算了那不重要。

如果是凱金，面對這個難題也能給出答案吧。

「其實是這樣的，在利姆路陛下的研究所——」

「先、先等一下！你說的是少爺機密進行的研究吧？隨隨便便說出口好嗎？」

不好。

用不著他提醒，我對此也心知肚明。

只是我不能再忍著默不作聲了！

因為那裡可是在替好幾百個惡魔族準備肉體！

裡頭不乏高階魔將。

而且還是具有統率力的階級。

如此可怕的存在就在我眼前取得肉體。而且還親眼目睹他們被人命名，真希望有人能體察我當時的心境。

我知道自己有保密義務，但這是不是必須告知蓋札王才行……

事實上利姆路陛下並沒有對我下封口令。

雙方之間有技術協議，我所參與的研究，將成果直接轉告德瓦崗不會有任何問題。

可是，看看這個……？

「那我就避免具體明確提出，問得抽象一點。在那個研究所裡頭，已經量產出足以跟整個世界對戰的戰力，你是不是覺得要告訴蓋札王比較好？」

凱金說的有道理，於是我先修飾再問。

然而凱金的反應比預期中更加激烈。

「等等、暫停暫停暫停暫停——！培斯塔，你沒頭沒腦說些什麼啊！」

「嗯？很難懂嗎？是不是說得太委婉了。」

「笨蛋！不是那樣啦。還有你剛才說得一點都不委婉啊！」

那怎麼可能。

雖然說成這樣，重要的部分還是有隱瞞起來。

「哈哈哈。沒問題啦，如果聽了具體的內容，就連凱金先生都會感到頭痛的。所以說，我想聽聽你率直的感想。」

「那哪叫沒問題？」

你從以前就這樣，一遇到困難就容易逃避現實——凱金說了失禮的話。

可是現在的我遇上天大的煩惱，根本沒把他的挖苦聽進去。

「你覺得我該怎麼做比較好？」

是應該藏在我心底，還是老老實實跟蓋札王報告。

被我這個問題正面擊中，凱金邊抓頭邊回答：

「培斯塔，你已經很累了。今天要不要先回去喝點酒休息一下之類的？」

只見他話說到這邊，露齒笑了一下。

啊，這傢伙。他在閃避問題……

「這算哪門子答案！」

「笨蛋！碰到這麼重大的事情，別把我一起拖下水啦——！」

他說得很對，但我不可能在這時退讓。

「別說那種話，快幫幫我！」

「不不，我已經被母國放逐了。不像身為德瓦崗侯爵的培斯塔，我可不用擔負任何責任。」

「何必那麼見外。對我來說，凱金先生你如今依然是值得尊敬的上司！地位比爵位更重要。你以前不是都這麼說，要部下聽你的話嗎！」

「啊，混帳！所以剛剛才跟我賠罪啊。就只有動歪腦筋特別在行……」

就這樣，我跟凱金的攻防戰暫時持續了一會兒。

我想把他拖下水，凱金卻想撇乾淨。

不過勝敗早就見分曉了。

責任感很強的凱金聽到這些，他絕對不會不負責任地逃避。

「嘖，知道了啦。把詳細情形說給我聽。」

「就知道你會這麼說。」

正如我所料，他最後願意當我的商量對象。

我對此感到滿意，臉上浮現微笑。

＊

我們來到位在迷宮內部的高級酒吧。

說到矮人就不能忘了酒。

其實我的外表比起矮人，更接近長耳族，但還是很喜歡喝酒。

而且這個國家擁有種類豐富的好酒。再加上店裡的服務人員都會徹底盡到他們保密的義務，就算不小心聽到別人在商量一些很私密的事情，他們也不會洩露出去。

這個地方能保證做到如此安全的程度。這樣的店面最適合跟人談需要保密的事情。

「那你個人打算怎麼做？」

既然凱金這麼問了，我決定這次要跟他老實吐露心聲。

「若是都不說，等到出問題的時候會很困擾。既然沒有禁止我說出去，我認為有報告的義務。」

聽到我這麼回應，凱金說了一聲「嗯」並點點頭。

「也對。按照當初的協定，這樣並不算告狀。而且你正式的立場依然還是德瓦崗侯爵閣下不是嗎？」

對喔。

這件事情我也差點忘了，我的爵位並沒有被祖國消除，我也沒有自行請退。其實當我還在老家感到茫然時，不知不覺間被蓋札王綁架，送來利姆路陛下這邊了。

當時根本沒餘力去管要怎麼處理祖國那邊的地位。

矮人貴族沒有屬於自己的領地。所有的土地都歸屬於矮人王所有，再把這些土地租借給貴族，以這樣的形式讓他們去管理。

總之，跟其他國家相比，關於領地的概念不太一樣吧。

德瓦崗的大都市就只有中央、東邊和西邊三處。再來就是山麓那邊的一大片莊園，還有利用天然洞窟的坑道內居住群所構成。

貴族管理的就是被隔成幾個區塊的坑道內居住群。

就像是利姆路陛下所說的戶籍管理。要負責照顧被交派的區域內的居民，跟他們徵收稅金，這就是貴族被賦予的職責。

依爵位而定，所管理的戶籍數會跟著改變。

我是侯爵，其實有相當龐大的收入。

我出了那麼大的紕漏，讓蓋札王失望。還以為爵位理所當然會被收回去。

可是事到如今，我依然享有侯爵的待遇。

說白了就是每年的稅收依然會進到我口袋。從上一代開始就派駐的優秀管家會替我處理所有的麻煩雜務。

而這其中給我家人的俸祿依然會繼續支付，我也不是被母國放逐，回到老家依然能夠像原本那樣正常過生活。

只不過我不打算這麼做，也沒有這樣的計畫。

因為這邊的生活比較有趣。

而且還有一些傭人跟著我過來，生活過得比在德瓦崗更加奢侈。

這裡東西好吃，酒也是一流的。

如今還能盡情做研究，這樣的生活對我而言有如置身天堂。

雖然困難之處在於摩邁爾先生太會守財——啊，話題扯遠了。

「嗯，說得對。考量到我身為侯爵的立場，怎麼能夠背叛蓋札王。」

「我不認為保持沉默算背叛，但向上報告肯定是你的義務沒錯。」

我也那麼想……

就算你不說，我也明白。

但問題就在於要如何報告。

「那要不要直接明講？說這邊在培育足以毀滅世界的戰力——像這樣。」

「喂喂，你喝多了吧。不過呢，事情真的有鬧到這麼大？」

嗯——這酒也很好喝。

一喝就停不下來，口感醇厚。有股清爽的香氣，那香醇的滋味似乎能夠讓我從煩惱中解脫。

不過，對了。

「你知道烏蒂瑪小姐和卡蕾拉吧？」

「對、對啊？當然曉得，你是不是喝醉了？不要突然改變話題。」

「不，我沒有改變話題，若是沒有喝醉，這種事情還真是難以啟齒。」

「喂喂，聽你這樣講莫非是……」

「正是如此。其實那兩個女孩也是這一批戰力之一。」

「原來——是這樣。跟你說的話對照起來，負責取締冒險者的警察會那麼強就說得通了。因為是在警備隊中也沒看過的生面孔，原本還以為是在某處經過鍛鍊的祕密部隊……」

看來凱金也稍微體認到此事的重大性。

在坦派斯特這邊，沒人敢對警察動粗。除此之外，也沒人提出不服從法院判決的申請。

理由就在於犯罪者被一股壓倒性的力量取締。

不管誰來看都能明顯知道那些人的戰鬥能力特別突出。換算成冒險者評判基準，就算是敬陪末座的警官也超過Ａ級。

「呃、咦——？能夠跟整個世界對抗的戰力是警察？」

「對。不覺得那是很完美的偽裝？」

「不對吧，問我覺不覺得是那樣，要我怎麼答？」

凱金一臉困惑。

培斯塔很能體會他會感到困惑的心情。

沒想到足以毀滅世界的強大戰力（惡魔），現在成了保護市民的警察（英雄）。

「那假設你去跟蓋札王報告好了。你覺得他會有什麼反應？」

「喔、喔喔。這個啊……啊，我懂了。這報告起來會有難度吧。」

「對吧？他肯定不會相信。甚至我還會被人懷疑腦袋不正常，開始有些不名譽的傳聞流出。蓋札王大概會相信我，可是那些跟在他身邊的老頑固一定會對我說的話抱持懷疑態度。」

「確實是。」

嘴裡嘟噥完這句話後，凱金一口氣喝下裝滿杯子的酒。

你這下是徹底把我拖下水了，他用那雙眼跟我抱怨。

於是我帶著奸詐的笑容問他。

「你覺得該怎麼做？」

「這個嘛……原本想要如實稟報。這下連我都開始煩惱了……」

後來我們兩人之間出現一陣短暫的沉默。

變空的杯子裡又注入新的酒。

到底該怎麼做才對，我跟凱金兩人一起絞盡腦汁。

這時有人出面解救如此苦惱的我們，就是過來叫我的迪諾大人。

「我說培斯塔先生！只有你們自己享樂不公平。應該找我一起呀。還有請我喝酒啦。那你們要找我商量什麼都行！」

帶著非常燦爛的笑容，迪諾大人那麼說。

看到他露出那樣的笑容，我不由得問他。

「那迪諾大人覺得怎麼做比較好？」

我已經喝醉了。

而且忘了。

忘記這個人也是魔王之一。

「丟給別人就好。責任這種東西，隨便找人推給他吧！」

如果那樣害他被罵，就怪那傢伙運氣不好──迪諾大人豎起大拇指，如此斷言。

「不不，那樣未免……」

凱金一臉困擾的樣子，似乎正想說些什麼。

「沒問題、沒問題！其實也有人拜託我要多多報告，我每次都沒做。後來就被臭罵一頓，才想說下次要好好報告。可是跟誰報告是我的自由吧？隨便找個人報告就行了。反正被罵的是那個人，我還可以抬頭挺胸說自己有把工作做好。每天都可以過得心懷坦蕩，推薦你這麼做！」

說完自己想說的，迪諾大人開始擅自點酒喝起來。

看來諮詢就到這邊結束了。

至於那個高級酒的酒費，自然是落到我頭上。

呵呵，總覺得自己在那煩惱什麼，跟個白痴一樣。

「好，就讓我採用這個作戰計畫吧！」

「喂、喂喂，培斯塔！」

「喔喔，培斯塔先生果然聰明。不愧是我的上司啊！」

被身為魔王的迪諾大人這樣評價，我覺得有點驕傲，真不可思議。

「你肯定是被帶壞了。怎麼能拿這傢伙來做參考。你再重新想想！」

從剛才開始凱金就一直在吵吵鬧鬧，但我覺得聽起來也不賴。

「來喝吧！今天我請客。大家盡情喝個痛快！」

「喔喔，就是要這樣！」

「喂喂，沒問題嗎？就算有拿幹部的點數支付，這裡的費用也沒那麼容易墊付啊——」

「那些小細節就別管了？大叔你話別那麼多，這種時候給人請客就對了。」

「你只是自己想喝吧！」

「是那樣沒錯，沒關係吧？」

「嗯，沒問題！凱金先生，就當是慶祝煩惱沒了。來暢飲一下吧！」

我變得海派起來，還這樣放話。

後來我們幾個盡情喧鬧。

希望明天不會徒增一些無聊的煩惱。

懷著這樣的心願，我、凱金和迪諾大人三人一起，拿著裝滿酒的酒杯乾杯。

＊

「培斯塔先生，辛苦您了。」

對著進行彙報的我，那名男性負責人如此回應。

看樣子對方果然不信。

這是預料中的結果，如今我並不後悔。這是因為酒醒之後看到送來的請款單，當下就已經把後悔那種心情都用完了。

「也許是吧，哈哈哈。但我確實傳達囉。」

話說到這邊，我結束定時聯繫工作。

後來——

人們發現我報告的都是真的，可是當時沒人來追究我的責任。

正確說來是有人出面追究，可是根據魔法通話的紀錄追溯，所有責任都由那名不知名的負責人承擔了。

跟迪諾大人說的一樣呢——我很慶幸自己有跟他商量。

青之時代

畫：川上泰樹

來自《關於我轉生變成史萊姆這檔事》川上泰樹老師

17
超喜歡這兩個人的
故事——!!
來自《關於我轉生變成史萊姆這檔事～魔物王國漫步法～》岡霧硝老師

《轉生史萊姆日記　關於我轉生變成史萊姆這檔事》柴老師

伏瀨老師
17集
發售誌慶！
真的是
太精彩了，
最終回和
短篇都
令人期待
這套衣服
也太棒了吧!?
みっつばー
老師！
戸野
《關於我轉生變成史萊姆這檔事異聞～在魔國生活的三人組～》戸野タエ老師

《轉史萊！關於我轉生變成史萊姆這檔事》茶々老師

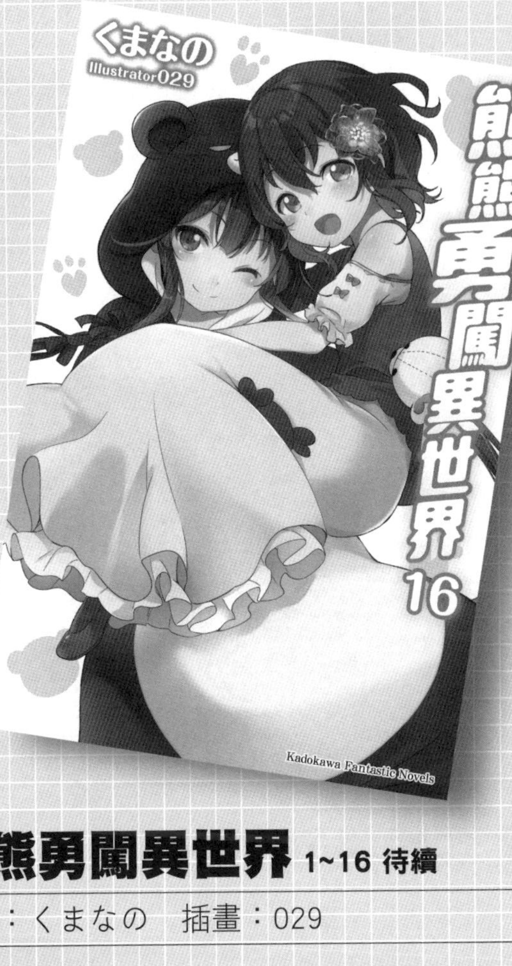

轉生成蜘蛛又怎樣！ 1~14 待續

作者：馬場翁　插畫：輝竜司

終於將於妖精之里開戰！
魔族以及轉生者的命運將會如何——

為了消滅妖精，魔族軍前往最後的戰場。波狄瑪斯大量投入祕密兵器，把戰場變成地獄……另一方面，以妖精援軍身分參戰的俊一行人也與好友重逢，被迫做出重大抉擇。讓世界走向崩壞的過去慘劇，以及這個扭曲的技能系統的真相，都將揭露——！

各 **NT$240~260/HK$80~87**

史上最強大魔王轉生為村民A 1~6 待續

作者：下等妙人　插畫：水野早桜

因世界最大宗教而引發的戰爭——
「前魔王」的校園英雄奇幻劇第六集！

在美加特留姆發生的事件，讓五大國之間的關係輕易瓦解，使得戰爭的烽火不斷壯大——因阿賽拉斯聯邦的暴舉，拉維爾魔導帝國被侵略，而返回薩爾凡家的吉妮被俘虜！聽聞此事的亞德一行人緊急趕往，然而……世界滅亡的危機迫在眉梢——

各 **NT$220~240/HK$73~80**

國家圖書館出版品預行編目(CIP)資料

關於我轉生變成史萊姆這檔事/伏瀨作；楊惠琪譯.
-- 初版. -- 臺北市 ：臺灣角川股份有限公司,
2022.04-
冊； 公分. -- (Kadokawa fantastic novels)
譯自：転生したらスライムだった件
ISBN 978-626-321-342-5(第16冊：平裝). --
ISBN 978-626-321-590-0(第17冊：平裝)

861.57 111001896

Kadokawa
Fantastic
Novels

關於我轉生變成史萊姆這檔事 17

（原著名：転生したらスライムだった件 17）

2022年7月28日　初版第1刷發行
2024年3月22日　初版第2刷發行

作　　者：伏瀬
插　　畫：みっつばー
譯　　者：楊惠琪

發 行 人：台灣角川股份有限公司
總　　監：呂慧君
總 編 輯：蔡佩芬
主　　編：林秀儒
文字編輯：楊芫青
設計指導：陳晞叡
美術設計：宋芳茹
印　　務：李明修（主任）、張加恩（主任）、張凱棋

發 行 所：台灣角川股份有限公司
地　　址：104台北市中山區松江路223號3樓
電　　話：（02）2515-3000
傳　　真：（02）2515-0033
網　　址：www.kadokawa.com.tw
劃撥帳戶：台灣角川股份有限公司
劃撥帳號：19487412
法律顧問：有澤法律事務所
製　　版：尚騰印刷事業有限公司
ISBN：978-626-321-590-0